呼兰河传

【全新校订版】

萧红 著

TALES OF HULAN RIVER

人民文学出版社

图书在版编目(CIP)数据

呼兰河传:全新校订版/萧红著. —北京:人民文学出版社,2017(2022.7重印)
ISBN 978-7-02-013544-8

Ⅰ.①呼… Ⅱ.①萧… Ⅲ.①长篇小说—中国—现代 Ⅳ.①I246.5

中国版本图书馆 CIP 数据核字(2017)第 288272 号

责任编辑　陈建宾
装帧设计　陶　雷
责任校对　韩志慧
责任印制　王重艺

出版发行　人民文学出版社
社　　址　北京市朝内大街 166 号
邮政编码　100705

印　　刷　三河市鑫金马印装有限公司
经　　销　全国新华书店等

字　　数　200 千字
开　　本　680 毫米×960 毫米　1/16
印　　张　17.5　插页 5
印　　数　37001—57000
版　　次　2018 年 4 月北京第 1 版
印　　次　2022 年 7 月第 9 次印刷

书　　号　978-7-02-013544-8
定　　价　39.00 元

如有印装质量问题,请与本社图书销售中心调换。电话:010-65233595

萧红（1938年摄于西安）

萧红的祖父张维祯先生

童年萧红与母亲姜玉兰合影（摄于1915年）

少女时代的萧红（右）与继母的妹妹梁静芝（中）、梁玉芝（左）合影（摄于1926年）

萧红与萧军合影。一只从照相馆的小道具箱里翻出的烟斗使萧红显得非常俏皮（1935年摄于上海）

萧红魂牵梦绕的呼兰河

沙粒

一、

七月裡長起來的野菜，
八月裡開花了。
我傷感它們的命運，
我讚嘆它們的勇敢。

二、

我愛鐘樓上的銅鈴，
我也愛屋檐上的麻雀，

三、

我的窗前結着兩個蛛網。
蜘蛛晚餐的時候，
也正是我晚餐的時候。

四、

世界那麼廣大，
而我卻把自己的天地佈置得這樣狹小！

因為從我童時代牠們就是我的小歌手啊！

萧红手迹：诗作《沙粒》

《呼兰河传》的几个重要版本（自左至右、自上至下依次为：1941年上海杂志公司版、1943年河山出版社版、1947年寰星书店版、1954年新文艺出版社版、1979年黑龙江人民出版社版）

出 版 说 明

《呼兰河传》是萧红最为脍炙人口的名作之一，1940年完稿于香港。作品先是边写作边在《星岛日报》副刊《星座》连载，嗣后由上海杂志公司于1941年5月在桂林出版单行本。可惜作者未看到样书就英年早逝了。之后一直到1980年代，《呼兰河传》又出版过几个版本，均进行了不同程度的修改，也因此存在不同程度的问题。初版可读通而改后读不通的地方比比皆是；初版独有的语言风格（如对于方言字词的择用、拟声词的独特书写方式等），改后风貌也损失不少。遗憾的是，这些讹误几乎全部为现今市场上流行的版本所承袭。因此，还原《呼兰河传》的本然面貌，根据初版本重新进行校订，为广大读者奉献靠得住的善本，就显得非常必要。

此次校订，由萧红研究专家袁权女士与我社编辑部共同承担。以具有重要地位的1941年初版本为底本，并参照其他几个版本进行校核。除不太规范的标点符号进行规范化、明显的手误和排印错误进行改正之外，考虑到当前读者尤其是小读者的阅读习惯，对于一些在民国时期常用，而现在看来不太规范的混用的同音字进行了核正。但为了保存作者语言的历史风貌，一些拗口的句式、拟声词或类似字词、当前汉语规范中将之视为可并用但又不列为首选的某些字词（如"希奇""包米""云豆"等词）未作更动。校订者不能确定改后是否完全确当的一些字词(如"检""煊"等字),亦未作改动;部分则辅以注释说明。另外,我们也遍查资料、问询专家,对于一些不太好懂的字词,作了注释。

骆宾基《萧红小传》和茅盾"序",原为寰星书店版(1947)所有,初版未收,为了给读者贡献更丰富的内容,本次一并收入了。

列入"附录"的萧红的其他几篇名作——《永久的憧憬和追求》《手》《牛车上》《后花园》与《小城三月》,或可与《呼兰河传》做互文性阅读,或本身为萧红短篇中之上佳者,也一并收入。它们以初刊文本为底本,校订方式同于《呼兰河传》,对于流行版本中的一些讹误有所纠正。

我们另遴选萧红相关影像若干,置于书前,希望为读者提供更加丰富的阅读体验。

人民文学出版社编辑部
2017 年 9 月

目 录

萧红小传 ················· 骆宾基 1
序 ······················· 茅 盾 1

呼兰河传 ·························· 1

附录一
永久的憧憬和追求 ··············· 187
附录二
手 ······························ 191
牛车上 ·························· 207
后花园 ·························· 217
小城三月 ························ 237

萧 红 小 传

萧红一九一一年在黑龙江省呼兰县降生。

父亲是当地富有声望的乡绅。远祖是山东胶州半岛的移民，住在呼兰河已经几代了。因之，家庭习俗，受了当地的感染，生活方式，大部分已掺杂着满族的礼仪，而作父亲的，持家又很严。

萧红幼年就死去了母亲，父亲再娶，而不得继母的欢心，所能借以庇护的，只有祖父祖母两个老人。除了祖父每天讲解一两首唐诗之外，大部分的时间，是一个人在那荒芜了的草园子内寂寞自遣的。

一九二九年萧红就读于哈尔滨市立第一女中。最好的同窗闺友，为王君粟英，沈君玉贤，并共同发起野外写生画会。假日，必携画具，邀集会友，到马家沟一带，写生。间或，就在马家沟花园野餐。

史地教师姜某，时常在课余之暇介绍《石炭王》、《屠场》等译作，萧红除嗜绘图外，同时对文学作品发生了浓厚的兴趣。

一九三〇年暑期，家庭勒令停学，因为继母从中作梗，而萧红又不得欢于校长孔繁书；且持家极严的父亲，将为萧红谋嫁。是以，市立第一女中，从此见不到这个蓝短衫、黑裙，梳着两条小辫子，有着两只明亮大眼睛的姑娘了。

秋天，萧红毅然从家庭里出走。有密友李君，北京人，相偕离哈市，去北平。在平，萧红没有久留，因为李君原来家中有一发配妻子。再只身回哈尔滨，住在一个旅馆里。春雪夜晚，时常自己在街路上徘徊，这时候萧红的天真而富于热情的幻想，开始溃灭，仿佛置身荒寂战场的扶戟小卒。

一九三二年夏季，松花江的山洪暴发，萧红得萧军舒群两君助，脱出旅寓的困守生活。似不久，就和萧军结婚。并不采仪式，婚后仍极困窘。这时，"九一八事变"已早在一年前发生。两萧虽在艰危中，依然始终彼此相助相携。移居商市街，共同为《国际协报》撰稿，一九三三年秋两人集：《跋涉》问世。

这时候，萧红将产，入市立第一医院，产后，没钱付费，不得出。萧红坦然忍之，直到旧历年后，就悄然舍弃了孩子，出走，时一九三四年春。

不久，两萧到了青岛，同在《青岛晨报》编副刊。就在这暂时可以喘息的工夫，各抽时间，着手写作。秋天，《八月的乡村》、《生死场》两稿完成，又一起到上海。

一九三五年，得赏识于鲁迅先生，《八月的乡村》、《生死场》先后由奴隶社出版。一时文坛轰动，中国二十年来的新文学，从此开一新的途径。且由此，萧红奠定下以后文学生活的基础。

一九三六年夏末，萧红只身去日本，两萧未来的婚变，实在由这时候潜伏下来的。

第二年，萧红只身回国。这一期间的作品多在《作家》、《太白》、《中学生》上发表，并集单行本出版，有《牛车上》、《手》，都是国内文苑珍贵的佳作。

这年，日本帝国侵华战争开始，上海沦陷，两萧逃亡汉口。住武昌小金龙巷，《大地的海》作者端木蕻良迁来为邻。

一九三八年一月，萧红随聂绀弩、萧军、端木蕻良诸友去临汾，又转到西安,春间,婚变发生。萧军北上,萧红和端木蕻良回到汉口,同住旧居。七月,汉口告急,九月只身赶到重庆,初住江津,后移北碚,完成新作《回忆鲁迅先生》,并写《呼兰河传》。

一九四〇年春天,去香港,四二年一月二十二日在港病逝。遗作长篇《马伯乐》上下两部,约四十万字,而《呼兰河传》刚在桂林出版,作者逝世前未得手读。

萧红性情明朗而真挚,热情,健谈,往往以工作排遣隐忧。常说:"一写东西,个人生活上的一些不愉快,就都忘了。面前总像有一个强固的东西,这东西不倒,人类就很难生活得幸福,生活得美。"因之,就是在肺病已渐严重的时候,还是不停的写作。《小城三月》就是卧伏在病床上两夜完成的,同时,还给《时代文学》封面作画。

生前,常喜欢着红色大衣,面容苍白,长圆型,一双明亮的大眼睛,有着黑黑的润泽,那润泽显示着一种智慧。步态敏捷,但笑声并不响亮。

"人不应该生活得美一些么?应该美一点!"因之,对同代友辈,亲切如家人,就是为人上有些缺点的,也总是宽容,体谅,常常是屈己待人。虽被友辈误为怯弱,然萧也不辩白,坦然一笑而已。不外,历世既深,且置身在历史漩涡的艰险当中,即使个人斗然碰见陡坡,沟渠,也并不在意,因为心里自有攀越力的把握。

直到死,萧红仍在孤独的一往直前的走着,唯脚步慢一些而已。

先生姓张名迺莹,笔名萧红,另署悄吟,得年三十二。火葬,墓在香港浅水湾。

骆 宾 基

一九四六年九月廿二日

待订稿于杭州

序

一

今年四月,第三次到香港,我是带着几分感伤的心情的。从我在重庆决定了要绕这么一个圈子回上海的时候起,我的心怀总有点儿矛盾和抑悒,——我决定了这么走,可又怕这么走,我怕香港会引起我的一些回忆,而这些回忆我是愿意忘却的,不过,在忘却之前,我又极愿意再温习一遍。

在广州先住了一个月,生活相当忙乱;因为忙乱,倒也压住了怀旧之感。然而,想要温习一遍然后忘却的意念却也始终不曾抛开,我打算到九龙太子道看一看我第一次寓居香港的房子,看一看我的女孩子那时喜欢约了女伴们去游玩的蝴蝶谷,找一找我的男孩子那时专心致意收集来的一些美国出版的连环图画,也想看一看香港坚尼地道我第二次寓居香港时的房子,"一二·八"香港战争爆发后我们"避难"的那家"跳舞学校"(在轩尼诗道),而特别想看一看的,是萧红的坟墓——在浅水湾。

我把这些愿望放在心里,略有空闲,这些心愿就来困扰我了,然而我始终提不起这份勇气,还这些未了的心愿,直到离开香港,九龙是没有去,浅水湾也没有去;我实在常常违反本心似的规避着,常常自己找些借口来拖延,虽然我没有说过我有这样的打算,也没有人催促我快还这些心愿。

二十多年来,我也颇颇经历了一些人生的甜酸苦辣,如果有使我愤怒也不是,悲痛也不是,沉甸甸地老压在心上,因而愿意忘却,但又不忍轻易忘却的,莫过于太早的死和寂寞的死。为了追求真理而牺牲了童年的欢乐,为了要把自己造成一个对民族对社会有用的人而甘愿苦苦地学习,可是正当学习完成的时候却忽然死了,像一颗未出膛的枪弹,这比在战斗中倒下,给人以不知如何的感慨,似乎不是单纯的悲痛或惋惜所可形容的。这种太早的死,曾经成为我的感情上的一种沉重的负担,我愿意忘却,但又不能且不忍轻易忘却,因此我这次第三回到了香港想去再看一看蝴蝶谷这意念,也是无聊的;可资怀念的地方岂止这一处,即使去了,未必就能在那边埋葬了悲哀。

对于生活曾经寄以美好的希望但又屡次"幻灭"了的人,是寂寞的;对于自己的能力有自信,对于自己的工作也有远大的计划,但是生活的苦酒却又使他颇为悒悒不能振作,而又因此感到苦闷焦躁的人,当然会加倍的寂寞;这样精神上寂寞的人一旦发觉了自己的生命之灯快将熄灭,因而一切都无从"补救"的时候,那他的寂寞的悲哀恐怕不是语言可以形容的。而这样的寂寞的死,已经成为我的感情上的一种沉重的负担,我愿意忘却,而又不能且不忍轻易忘却,因此我想去浅水湾看看而终于违反本心地屡次规避掉了。

二

萧红的坟墓寂寞地孤立在香港的浅水湾。

在游泳的季节,年年的浅水湾该不少红男绿女罢,然而躺在那里的萧红是寂寞的。

在一九四〇年十二月——那正是萧红逝世的前年,那是她的健康还不怎样成问题的时候,她写成了她的最后著作——小说《呼兰河传》,然而即使在那时,萧红的心境已经是寂寞的了。

而且从《呼兰河传》,我们又看到了萧红的幼年也是何等的寂寞!读一下这部书的寥寥数语的"尾声",就想得见萧红在回忆她那寂寞的幼年时,她的心境是怎样寂寞的:

呼兰河这小城里边,以前住着我的祖父,现在埋着我的祖父。

我生的时候,祖父已经六十多岁了,我长到四五岁,祖父就快七十了。我还没有长到二十岁,祖父就八十岁了。祖父一过了八十,祖父就死了。

从前那后花园的主人,而今不见了。老主人死了,小主人逃荒去了。

那园里的蝴蝶,蚂蚱,蜻蜓,也许还是年年仍旧,也许现在完全荒凉了。

小黄瓜,大倭瓜,也许还是年年的种着,也许现在根本没有了。

那早晨的露珠是不是还落在花盆架上。那午间的太阳是不是还照着那大向日葵。那黄昏时候的红霞是不是还会一会工夫会变出来一匹马来,一会工夫会变出来一匹狗来。那么变着。

这一些不能想象了。

听说有二伯死了。

老厨子就是活着年纪也不小了。

东邻西舍也都不知怎样了。

至于那磨房里的磨倌,至今究竟如何,则完全不晓得了。

以上我所写的并没有什么幽美的故事,只因他们充满我幼年的记忆,忘却不了,难以忘却,就记在这里了。①

《呼兰河传》脱稿以后,翌年之四月,因为史沫特莱女士之劝说,萧红想到星加坡去。(史沫特莱自己正要回美国,路过香港,小住一月。萧红以太平洋局势问她,她说:日本人必然要攻香港及南洋,香港至多能守一月,而星加坡则坚不可破,即使破了,在星加坡也比在香港办法多些。)萧红又鼓动我们夫妇俩也去。那时我不能也不想离开香港,我以为萧红怕陷落在香港(万一发生战争的话),我还多方为之解释,可是我不知道她之所以想离开香港因为她在香港生活是寂寞的,心境是寂寞的,她是希望由于离开香港而解脱那可怕寂寞。并且我也想不到她那时的心境会这样寂寞。那时正在皖南事变以后,内地文化人大批跑到香港,造成了香港文化界空前的活跃,在这样环境中,而萧红会感到寂寞是难以索解的。等到我知道了而且也理解了这一切的时候,萧红埋在浅水湾已经快满一年。

星加坡终于没有去成,萧红不久就病了,她进了玛丽医院。在医院里她自然更其寂寞了,然而她求生的意志非常强烈,她希望病好,她忍着寂寞住在医院。她的病相当复杂,而大夫也荒唐透顶,等到诊断明白是肺病的时候就宣告已经无可救药。可是萧红自信能活。甚至在香港战争爆发以后,夹在死于炮火和死于病二者之间的她,还是更怕前者,不过,心境的寂寞,仍然是对于她的最大的威胁。

经过了最后一次的手术,她终于不治。这时香港已经沦陷。

---

① 因已刊茅盾先生序文中的《呼兰河传》引文与此次校订后的文字略有差异,现依校后文字对引文作了修改。

她咽最后一口气时,许多朋友都不在她面前,她就这样带着寂寞离开了这人间。

三

《呼兰河传》给我们看萧红的童年是寂寞的。

一位解事颇早的小女孩子每天的生活多单调呵!年年种着小黄瓜,大倭瓜,年年春秋佳日有些蝴蝶,蚂蚱,蜻蜓的后花园,堆满了破旧东西,黑暗而尘封的后房,是她消遣的地方;慈祥而犹有童心的老祖父是她唯一的伴侣;清早在床上学舌似的念老祖父口授的唐诗,白天嬲着老祖父讲那些实在已经听厌了的故事,或者看看那左邻右舍的千年如一日的刻板生活,——如果这样死水似的生活中有什么突然冒起来的浪花,那也无非是老胡家的小团圆媳妇病了,老胡家又在跳神了,小团圆媳妇终于死了;那也无非是磨倌冯歪嘴忽然有了老婆,有了孩子,而后来,老婆又忽然死了,剩下刚出世的第二个孩子。

呼兰河这小城的生活也是刻板单调的。

一年之中,他们很有规律地过着活;一年之中,必定有跳大神,唱秧歌,放河灯,野台子戏,四月十八娘娘庙大会……这些热闹隆重的节日,而这些节日也和他们的日常生活一样多么单调而呆板。

呼兰河这小城的生活可又不是没有音响和色彩。

大街小巷,每一茅舍内,每一篱笆后边,充满了唠叨,争吵,哭笑,乃至梦呓。一年四季,依着那些走马灯似的挨次到来的隆重热闹的节日,在灰黯的日常生活的背景前,呈显了粗线条的大红大绿的带有原始性的色彩。

呼兰河的人民当然多是良善的。

他们照着几千年传下来的习惯而思索,而生活,他们有时也许显得麻木,但实在他们也颇敏感而琐细,芝麻大的事情他们会议论或者争吵三天三夜而不休。他们有时也许显得愚昧而蛮横,但实在他们并没有害人或自害的意思,他们是按照他们认为最合理的方法,"该怎么办就怎么办"。

我们对于老胡家的小团圆媳妇的不幸的遭遇,当然很同情,我们怜惜她,我们为她叫屈,同时我们也憎恨,——但憎恨的对象不是小团圆媳妇的婆婆,我们只觉得这婆婆也可怜,她同样是"照着几千年传下来的习惯而思索而生活"的一个牺牲者。她的"立场",她的叫人觉得可恨却又更可怜的地方,在她"心安理得地化了五十吊"请那骗子——云游道人给小团圆媳妇治病的时候,就由她自己申说得明明白白的:

> 她来到我家,我没给她气受,哪家的团圆媳妇不受气,一天打八顿,骂三场。可是我也打过她,那是我要给她一个下马威。我只打了她一个多月,虽然说我打得狠了一点,可是不狠哪能够规矩出一个好人来。我也是不愿意狠打她的,打得连喊带叫的,我是为她着想,不打得狠一点,她是不能够中用的。……

这老胡家的婆婆为什么坚信她的小团圆媳妇必得狠狠地"管教"呢?小团圆媳妇有些什么地方叫她老人家看着不顺眼呢?因为那小团圆媳妇第一天来到老胡家就由街坊公论判定她是"太大方了","一点也不知道羞,头一天来到婆家,吃饭就吃三碗",而且"十四岁就长得那么高"也是不合规律,——因为街坊公论说:这小团圆媳妇不像个小团圆媳妇,所以更使她的婆婆坚信非严加管教不可,而且更因为"只想给她一个下马威"的时候,这"太大方"的小团圆媳妇居然不服管教——带哭连喊,说要回"家"去——所以不得不狠狠地打了她一个月。

街坊们当然也都是和那个小团圆媳妇无怨无仇,都是为了要她好,——像一个团圆媳妇。所以当这小团圆媳妇被"管教"成病的时候,不但她的婆婆肯舍大把的钱为她治病(跳神,各种偏方),而众街坊也热心地给她出主意。

而结果呢?结果是把一个"黑乎乎的,笑呵呵的"名为十四岁其实不过十二,可实在长得比普通十四岁的女孩子又高大又结实的小团圆媳妇活生生"送回老家去"!

呼兰河这小城的生活是充满了各种各样的声响和色彩的,可又是刻板单调。

呼兰河小城的生活是寂寞的。

萧红的童年生活就是在这种样的寂寞环境中过去的。这在她心灵上留的烙印有多么深,自然不言而喻。

无意识地违背了"几千年传下来的习惯而思索而生活"的老胡家的小团圆媳妇终于死了,有意识地反抗着几千年传下来的习惯而思索而生活的萧红则以含泪的微笑回忆这寂寞的小城,怀着寂寞的心情,在悲壮的斗争的大时代。

四

也许有人会觉得《呼兰河传》不是一部小说。

他们也许会这样说:没有贯串全书的线索,故事和人物都是零零碎碎,都是片段的,不是整个的有机体。

也许又有人觉得《呼兰河传》好像是自传,却又不完全像自传。

但是我却觉得正因其不完全像自传,所以更好,更有意义。

而且我们不也可以说:要点不在《呼兰河传》不像是一部严格意义的小说,而在它于这"不像"之外,还有些别的东西——一些比"像"一部小说更为"诱人"些的东西：它是一篇叙事诗，一幅多彩的风土画，一串凄婉的歌谣。

有讽刺，也有幽默。开始读时有轻松之感，然而愈读下去心头就会一点一点沉重起来。可是，仍然有美，即使这美有点病态，也仍然不能不使你炫惑。

也许你要说《呼兰河传》没有一个人物是积极性的。都是些甘愿做传统思想的奴隶而又自怨自艾的可怜虫，而作者对于他们的态度也不是单纯的。她不留情地鞭笞他们，可是她又同情他们：她给我们看，这些屈伏于传统的人多么愚蠢而顽固——有时甚至于残忍，然而他们的本质是良善的，他们不欺诈，不虚伪，他们也不好吃懒做，他们极容易满足。有二伯，老厨子，老胡家的一家子，漏粉的那一群，都是这样的人物。他们都像最下等的植物似的，只要极少的水分，土壤，阳光——甚至没有阳光，就能够生存了，磨倌冯歪嘴子是他们中间生命力最强的一个——强得使人不禁想赞美他。然而在冯歪嘴子身上也找不出什么特别的东西，除了生命力特别顽强，而这是原始性的顽强。

如果让我们在《呼兰河传》找作者思想的弱点，那么，问题恐怕不在于作者所写的人物都缺乏积极性，而在于作者写这些人物的梦魇似的生活时给人们以这样一个印象：除了因为愚昧保守而自食其果，这些人物的生活原也悠然自得其乐，在这里，我们看不见封建的剥削和压迫，也看不见日本帝国主义那种血腥的侵略。而这两重的铁枷，在呼兰河人民生活的比重上，该也不会轻于他们自身的愚昧保守罢？

五

萧红写《呼兰河传》的时候，心境是寂寞的。

她那时在香港几乎可以说是"蛰居"的生活。在一九四〇年前后这样的大时代中,像萧红这样对于人生有理想,对于黑势力作过斗争的人,而会悄然"蛰居"多少有点不可解。她的一位女友曾经分析她的"消极"和苦闷的根因,以为"感情"上的一再受伤,使得这位感情富于理智的女诗人,被自己的狭小的私生活的圈子所束缚(而这圈子尽管是她咒诅的,却又拘于惰性,不能毅然决然自拔),和广阔的进行着生死搏斗的大天地完全隔绝了,这结果是,一方面陈义太高,不满于她这阶层的智识分子们的各种活动,觉得那全是扯淡,是无聊,另一方面却又不能投身到农工劳苦大众的群中,把生活彻底改变一下。这又如何能不感到苦闷而寂寞?而这一心情投射在《呼兰河传》上的暗影不但见之于全书的情调,也见之于思想部分,这是可以惋惜的,正像我们对于萧红的早死深致其惋惜一样。

茅　盾
一九四六年八月,于上海。

第一章

一

严冬一封锁了大地的时候,则大地满地裂着口,从南到北,从东到西,几尺长的,一丈长的,还有好几丈长的,它们毫无方向的,便随时随地,只要严冬一到,大地就裂开口了。

严寒把大地冻裂了。

年老的人,一进屋用扫帚扫着胡子上的冰溜,一面说:

"今天好冷啊!地冻裂了。"

赶车的车夫,顶着三星①,绕着大鞭子走了六七十里,天刚一蒙亮,进了大店,第一句话就向客栈掌柜的说:

"好厉害的天啊!小刀子一样。"

等进了栈房,摘下狗皮帽子来,抽一袋烟之后,伸手去拿热馒头的时候,那伸出来的手在手背上有无数的裂口。

人的手被冻裂了。

---

① 三星,古称"参宿三星",指猎户座中央三颗明亮的星。它们斜着排列成直线形,构成猎户座的"腰带"。三星冬季天将黑时从东方升起,天将亮时在西方落下,人们常据其位置判断时间。

卖豆腐的人清早起来沿着人家去叫卖，偶一不慎，就把盛豆腐的方木盘贴大地上拿不起来了。被冻在地上了。

卖馒头的老头，背着木箱子，里边装着热馒头，太阳一出来，就在街上叫唤。他刚一从家里出来的时候，他走得快，他喊的声音也大。可是过不了一会，他的脚上挂了掌子了，在脚心上好像踏着一个鸡蛋似的，圆滚滚的。原来冰雪封满了他的脚底了。使他走起来十分的不得力，若不是十分的加着小心，他就要跌倒了。就是这样，也还是跌倒的。跌倒了是不很好的，把馒头箱子跌翻了，馒头从箱底一个一个的跑了出来。旁边若有人看见，趁着这机会，趁着老头子倒下一时还爬不起来的时候，就拾了几个一边吃着就走了。等老头子挣扎起来，连馒头带冰雪一起检到箱子去，一数，不对数。他明白了。他向着那走得不太远的吃他馒头的人说：

"好冷的天，地皮冻裂了，吞了我的馒头了。"

路行人听了这话都笑了。他背起箱子来再往前走，那脚下的冰溜，似乎是越结越高，使他越走越困难，于是背上出了汗，眼睛上了霜，胡子上的冰溜越挂越多，而且因为呼吸的关系，把破皮帽子的帽耳朵和帽前遮都挂了霜了。这老头越走越慢，担心受怕，颤颤惊惊，好像初次穿上了滑冰鞋，被朋友推上了溜冰场似的。

小狗冻得夜夜的叫唤，哽哽的，好像它的脚爪被火烧着了一样。

天再冷下去：

水缸被冻裂了；

井被冻住了；

大风雪的夜里，竟会把人家的房子封住，睡了一夜，早晨起来，一推门，竟推不开门了。

大地一到了这严寒的季节，一切都变了样。天空是灰色的，好像刮了大风之后，呈着一种混沌沌的气象，而且整天飞着清雪。人们走起路来是快的,嘴里边的呼吸,一遇到了严寒好像冒着烟似的。七匹马拉着一辆大车,在旷野上成串的一辆挨着一辆的跑,打着灯笼,甩着大鞭子,天空挂着三星。跑了二里路之后,马就冒汗了。再跑下去,这一批人马在冰天雪地里边竟热气腾腾的了。一直到太阳出来,进了栈房,那些马才停止了出汗。但是一停止了出汗,马毛立刻就上了霜。

人和马吃饱了之后,他们再跑。这寒带的地方,人家很少,不像南方,走了一村,不远又来了一村,过了一镇,不远又来了一镇。这里是什么也看不见,远望出去是一片白。从那一村到那一村,根本是看不见的。只有凭了认路的人的记忆才知道是走向了什么方向。拉着粮食的七匹马的大车,是到他们附近的城里去。载来大豆的卖了大豆,载来高粱的卖了高粱。等回去的时候,他们带了油、盐和布匹。

呼兰河就是这样的小城。这小城并不怎样繁华,只有两条大街,一条从南到北,一条从东到西,而最有名的算是十字街了。十字街口集中了全城的精华。十字街上有金银首饰店,布庄,油盐店,茶庄,药店,也有拔牙的洋医生。那医生的门前,挂着很大的招牌,那招牌上画着特别大的有量米的斗那么大的一排牙齿。这广告在这小城里边无乃太不相当,使人们看了竟不知道那是什么东西。因为油店,布店和盐店,他们都没有什么广告,也不过是盐店门前写个"盐"字,布店门前挂了两张怕是自古亦有之的两张布幌子。其余的如药店的招牌也不过是把那戴着花镜的伸出手去在小枕头上号着妇女们的脉管的医生的名字挂在门外就是了。比方那医生的名字叫李永春,那药店也就叫"李永春"。人们凭着记忆,哪怕就是李永春摘掉了他的招牌,人们也都知李永春是在哪里。不但城里的人这样,就是从乡下来的人也多半都把这城里的街道,和街道上尽是些什么都记熟了。用不着什么广告,用不着什么招引的方式,要买的比如油盐、布匹之类,自己走进去就会买。不需要的,你就是挂了多大的牌子人们也是不去买。那牙医生就是一个例子。那从乡下来的人们看了这么大的牙齿,真是觉得希奇古怪,所以那大牌子前边,停了许多人在看,看也看不出是什么道理来。假若他是正在牙痛,他也绝对的不去让那用洋法子的医生给他拔掉,也还是走到李永春药店去,买二两黄连,回家去含着算了吧!因为那牌子上的牙齿太大了,有点莫名其妙,怪害怕的。

所以那牙医生,挂了两三年招牌,到那里去拔牙的却是寥寥无几。

后来那女医生没有办法,大概是生活没法维持,她兼做了收生婆。

城里除了十字街之外,还有两条街,一个叫做东二道街,一个叫做西二道街。这两条街是从南到北的,大概五六里长。这两条街上没有什么好记载的,有几座庙,有几家烧饼铺,有几家粮栈。

东二道街上有一家火磨①,那火磨的院子很大,用红色的好砖砌起来的大烟筒是非常高的。听说那火磨里边进去不得,那里边的消信②可多了,是碰不得的。一碰就会把人用火烧死,不然为什么叫火磨呢?就是因为有火,听说那里边不用马,或是毛驴拉磨,用的是火。一般人以为尽是用火,岂不把火磨烧着了吗?想来想去,想不明白,越想也就越糊涂。偏偏那火磨又是不准参观的。听说门口站着守卫。

东二道街上还有两家学堂,一个在南头,一个在北头。都是在庙里边,一个在龙王庙里,一个在祖师庙里。两个都是小学:

龙王庙里的那个学的是养蚕,叫做农业学校。祖师庙里的那

---

① 火磨,用电动机或内燃机带动的磨面的机器。此处代指面粉加工厂。
② 消信,即消息儿,物件上暗藏的简单的机械装置,一触动就能牵动其他部分。

个,是个普通的小学,还有高级班,所以又叫做高等小学。

这两个学校,名目上虽然不同,实际上是没有什么分别的。也不过那叫做农业学校的,到了秋天把蚕用油炒起来,教员们大吃几顿就是了。

那叫做高等小学的,没有蚕吃,那里边的学生的确比农业学校的学生长的高。农业学生开头是念"人、手、足、刀、尺",顶大的也不过十六七岁。那高等小学的学生却不同了,吹着洋号,竟有二十四岁的。在乡下私学馆里已经教了四五年的书了,现在才来上高等小学。也有的在粮站里当了二年的管账先生的现在也来上学了。

这小学的学生写起家信来,竟有写到:"小秃子闹眼睛好了没有?"小秃子就是他的八岁的长公子的小名。次公子,女公子还都没有写上,若都写上怕是把信写得太长了。因为他已经子女成群,已经是一家之主了,写起信来总是多谈一些个家政,姓王的地户的地租送来没有?大豆卖了没有?行情如何之类。

这样的学生,在课堂里边也是极有地位的,教师也得尊敬他,一不留心,他这样的学生就站起来了,手里拿着《康熙字典》,常常把先生会指问住的。万里乾坤的"乾"和乾菜的"乾",据这学生说是不同的,乾菜的"乾"应该这样写:"乾",而不是那样写:"乾"。

西二道街上不但没有火磨,学堂也就只有一个。是个清真学校,设在城隍庙里边。

其余的也和东二道街一样,灰秃秃的,若有车马走过,则烟尘滚滚。下了雨满地是泥。而且东二道街上有大泥坑一个,五六尺深。不下雨那泥浆好像粥一样,下了雨,这泥坑就便成河了,附近的人家,就要吃它的苦头,冲了人家里满了是泥,等坑水一落了去,天一晴了,被太阳一晒出来很多蚊子飞到附近的人家去。同时那泥坑也就越晒越纯净,好像在提炼什么似的,好像要从那泥坑里边提炼出点什么来似的。若是一个月以上不下雨,那大泥坑的质度更纯了,水分完全被蒸发走了,那里边的泥,又黏又黑,比粥锅潋糊,比浆糊还黏。好像炼胶的大锅似的,黑糊糊的,油亮亮的,哪怕苍蝇蚊子从那里一飞也要黏住的。

小燕子是很喜欢水的,有时误飞到这泥坑上来,用翅子点着水,看起来很危险,差一点没被泥坑陷害了它,差一点没有被黏住,赶快的头也不回的飞跑了。

若是一匹马,那就不然了,非黏住不可。而不仅仅是黏住,而是把它陷进去。马在那里边滚着,挣扎着,挣扎了一会,没有了力气那马就躺下了。一躺下那就很危险,很有致命的可能。但是这种时候不很多,很少有人牵着马或是拉着车子来冒这种险。

这大泥坑出乱子的时候,多半是在旱年,若两三个月不下雨这泥坑子才到了真正危险的时候。在表面上看来,似乎是越下雨越坏,一下了雨好像小河似的了,该多么危险,有一丈来深,人掉下去也要没顶的。其实不然,呼兰河这城里的人没有这么傻,他们都晓得这个坑是很厉害的,没有一个人敢有这样大的胆子牵着马从这泥坑上过。

可是若三个月不下雨,这泥坑子就一天一天的干下去,到后来也不过是二三尺深,有些勇敢者就试探着冒险的赶着车从上边过去了,还有些次勇敢者,看着别人过去,也就跟着过去了,一来二去的,这坑子的两岸,就压成车轮经过的车辙了。那再后来者,一看,前边已经有人走在先了,这懦怯者比那勇敢的人更勇敢,赶着车子走上去了。

谁知这泥坑子的底是高低不平的,人家过去了,可是他却翻了车了。

车夫从泥坑爬出来,弄得和个小鬼似的,满脸泥污,而后再从泥中往外挖掘他的马,不料那马已经倒在泥污之中了,这时候有些过路的人,也就走上前来,帮忙施救。

这过路的人分成两种,一种是穿着长袍短褂的,非常清洁。看那样子也伸不出手来,因为他的手也是很洁净的。不用说那就是绅士一流的人物了,他们是站在一旁参观的。

看那马要站起来了,他们就喝彩,"噢!噢!"的喊叫着。看那马又站不起来,又倒下去了,这时他们又是喝彩,"噢噢"的又叫了几声。不过这喝的是倒彩。

就这样的马要站起来,而又站不起来的闹了一阵之后,仍是没有站起来,仍是照原样可怜的躺在那里。这时候,那些看热闹的觉得也不过如此,也没有什么新花样了,于是星散开去,各自回家去了。

现在再来说那马还是在那里躺着。那些帮忙救马的过路人,都是些普通的老百姓,是这城里的担葱的,卖菜的,瓦匠,车夫之流。他们卷卷裤脚,脱了鞋子,看看没有什么办法,走下泥坑去,想用几个人的力量把那马抬起来。

结果抬不起来了,那马的呼吸不大多了。于是人们着了慌,赶快解了马套。从车子把马解下来,以为这回那马毫无担负的就可以站起来了。

不料那马还是站不起来。马的脑袋露在泥浆的外边,两个耳朵哆嗦着,眼睛闭着,鼻子往外喷着秃秃的气。

看了这样可怜的景象,附近的人们跑回家去,取了绳索,拿了绞锥。用绳子把马捆了起来,用绞锥从下边掘着。人们喊着号令,好像造房子或是架桥梁似的,把马抬出来了。

马是没有死,躺在道旁。人们给马浇了一些水,还给马洗了一个脸。

看热闹的也有来的,也有去的。

第二天大家都说:

"那大水泡子又淹死了一匹马。"

虽然马没有死,一哄起来就说马死了。若不这样说,觉得那大泥坑也太没有什么威严了。

在这大泥坑上翻车的事情不知有多少。一年除了被冬天冻住的季节之外,其余的时间,这大泥坑子像它被赋给生命了似的,它是活的。水涨了,水落了,过些日子大了,过些日子又小了。大家对它都起着无限的关切。

水大的时间,不但阻碍了车马,且也阻碍了行人。老头走在泥坑子的沿上,两条腿打颤,小孩子走在泥坑子的沿上吓得狼哭鬼叫。

一下起雨来这大泥坑子白亮亮的涨得溜溜的满,涨到两边的人家的墙根上去了,把人家的墙根给淹没了。来往过路的人,一走到这里,就像在人生的路上碰到了打击。是要奋斗的,卷起袖子来,咬紧了牙根,全身的精力集中起来,手抓着人家的板墙,心脏扑通扑通的跳,头不要晕,眼睛不要花,要沉着迎战。

偏偏那人家的板墙造得又非常的平滑整齐,好像有意在危难的时候不帮人家的忙似的,使那行路人无管怎样巧妙的伸出手来,也得不到那板墙的怜悯,东抓抓不着什么,西摸也摸不到什么,平滑得连一个疤拉节子也没有,这可不知道是什么山上长的木头,长得这样完好无缺。

挣扎了五六分钟之后,总算是过去了。弄得满头流汗,满身发烧,那都不说。再说那后来的人,依法炮制,那花样也不多,也只是东抓抓,西摸摸。弄了五六分钟之后,又过去了。

一过去了可就精神饱满,哈哈大笑着,回头向那后来的人,向那正在艰苦阶段上奋斗着的人说:

"这算什么,一辈子不走几回险路那不算英雄。"

可也不然,也不一定都是精神饱满的,而大半是被吓得脸色发白。有的虽然已经过去了,还是不能够很快的抬起腿来走路,因为那腿还在打颤。

　　这一类胆小的人,虽然是险路已经过去了,但是心里边无由的生起来一种感伤的情绪,心里颤抖抖的,好像被这大泥坑子所感动了似的,总要回过头来望了一望,打量了一会,似乎要有些话说。终于也没有说什么,还是走了。

　　有一天,下大雨的时候,一个小孩子掉下去了,让一个卖豆腐的救了上来。

　　救上来一看,那孩子是农业学校校长的儿子。

　　于是议论纷纷了,有的说是因为农业学堂设在庙里边,冲了龙王爷了,龙王爷要降大雨淹死这孩子。

　　有的说不然,完全不是这样,都是因为这孩子的父亲的关系。他父亲在讲堂上指手画脚的讲,讲给学生们说,说这天下雨不是在天的龙王爷下的雨,他说没有龙王爷。你看这不把龙王爷活活的气死,他这口气哪能不出呢?所以就抓住了他的儿子来实行因果报应了。

　　有的说,那学堂里的学生也太不像样了,有的爬上了老龙王的头顶,给老龙王去戴了一个草帽。这是什么年头,一个毛孩子就敢惹这么大的祸,老龙王怎么会不报应呢?看着吧,这还不能算了事,你想龙王爷并不是白人①呵!你若惹了他,他可能够饶了你?那不像对付一个拉车的,卖菜的,随便的踢他们一脚就让他们去。那是龙王爷呀!龙王爷还是惹得的吗?

　　有的说,那学堂的学生都太不像样了,他说他亲眼看见过,学生们拿了蚕放在大殿上老龙王的手上。你想老龙王哪能够受得了。

---

　　① 白人,意大致同"白丁",指平民百姓,普通人。

有的说,现在的学堂太不好了,有孩子是千万上不得学堂的。一上了学堂就天地人鬼神不分了。

有的说他要到学堂把他的儿子领回来,不让他念书了。

有的说孩子在学堂里念书,是越念越坏,比方吓掉了魂,他娘给他叫魂的时候,你听他说什么?他说这叫迷信。你说再念下去那还了得吗?

说来说去,越说越远了。

过了几天,大泥坑子又落下去了,泥坑两岸的行人通行无阻。

再过些日子不下雨,泥坑子就又有点像要干了。这时候,又有车马开始在上面走,又有车子翻在上面,又有马倒在泥中打滚,又是绳索棍棒之类的,往外抬马。被抬出去的赶着车子走了。后来的,陷进去,再抬。

一年之中抬车抬马,在这泥坑子上不知抬了多少次,可没有一个人说把泥坑子用土填起来不就好了吗?没有一个。

有一次一个老绅士在泥坑涨水时掉在里边了。他一爬出来,他就说:

"这街道太窄了,去了这水泡子连走路的地方都没有了。这两边的院子,怎么不把院墙拆了让出一块来?"

他正说着,板墙里边,就是那院中的老太太搭了言。她说院墙是拆不得的,她说最好种树,若是沿着墙根种上一排树,下起雨来人就可以攀着树过去了。

说拆墙的有,说种树的有,若说用土把泥坑来填平的,一个人也没有。

这泥坑子里边淹死过小猪,用泥浆闷死过狗,闷死过猫,鸡和鸭也常常死在这泥坑里边。

原因是这泥坑上边结了一层硬壳,动物们不认识那硬壳下面就是陷阱,等晓得了可也就晚了。它们跑着或是飞着,等往那硬壳上一落可就再也站不起来了。白天还好,或者有人又要来施救。夜晚可就没有办法了。它们自己挣扎,挣扎到没有力量的时候就很自然的沉下去了,其实也或者越挣扎越沉下去得快。有时至死也还不沉下去的事也有。若是那泥浆的密度过高的时候,就有这样的事。

比方肉上市,忽然卖便宜猪肉了,于是大家就想起那泥坑子来了,说:

"可不是那泥坑子里边又淹死了猪了?"

说着若是腿快的,就赶快跑到邻人的家去,告诉邻居:

"快去买便宜肉吧,快去吧,快去吧,一会没有了。"

等买回家来才细看一番,似乎有点不大对,怎么这肉又紫又青的!可不要是瘟猪肉。

但是又一想,哪能是瘟猪肉呢,一定是那泥坑子淹死的。

于是煎,炒,蒸,煮,家家吃起便宜猪肉来。虽然吃起来了,但就总觉得不大香,怕还是瘟猪肉。

可是又一想,瘟猪肉怎么可以吃得,那么还是泥坑子淹死的吧!

本来这泥坑子一年只淹死一两口猪,或两三口猪,有几年还连一个猪也没有淹死。至于居民们常吃淹死的猪肉,这可不知是怎么一回事,真是龙王爷晓得。

虽然吃的自己说是泥坑子淹死的猪肉,但也有吃了病的,那吃病了的就大发议论说:

"就是淹死的猪肉也不应该抬到市上去卖,死猪肉终究是不新鲜的,税局子是干什么的,让大街上,在光天化日之下就卖起死猪肉来?"

那也是吃了死猪肉的,但是尚且没有病的人说:

"话可也不能是那么说,一定是你疑心,你三心二意的吃下去

11

还会好。你看我们也一样是吃了,可怎么没病?"

间或也有小孩子太不知时务,他说他妈不让他吃,说那是瘟猪肉。

这样的孩子,大家都不喜欢。大家都用眼睛瞪着他,说他:

"瞎说,瞎说。"

有一次一个孩子说那猪肉一定是瘟猪肉,并且是当着母亲的面向邻人说的。

那邻人听了倒并没有坚绝的表示什么,可是他的母亲的脸立刻就红了。伸出手去就打了那孩子。

那孩子很固执,仍是说:

"是瘟猪肉嘛!是瘟猪肉嘛!"

母亲实在难为情起来,就拾起门旁的烧火的叉子,向着那孩子的肩膀就打了过去。于是孩子一边哭着一边跑回家里去了。

一进门,炕沿上坐着外祖母,那孩子一边哭着一边扑到外祖母的怀里说:

"姥姥,你吃的不是瘟猪肉吗?我妈打我。"

外祖母对这打得可怜的孩子本想安慰一番,但是一抬头看见了同院的老李家的奶妈站在门口往里看。

于是外祖母就掀起孩子后衣襟来,用力的在孩子的屁股上咔咔的打起来,嘴里还说着:

"谁让你这么一点你就胡说八道!"

一直打到李家的奶妈抱着孩子走了才算完事。

那孩子哭得一塌糊涂,什么"瘟猪肉"不"瘟猪肉"的,哭得也说不清了。

总共这泥坑子施给当地居民的福利有两条:

第一条:常常抬车抬马,淹鸡,淹鸭,闹得非常热闹,可使居民说长道短,得以消遣。

第二条就是这猪肉的问题了,若没有这泥坑子,可怎么吃瘟猪肉呢?吃是可以吃的,但是可怎么说法呢?真正说是吃的瘟猪肉,岂不太不讲卫生了吗?有这泥坑子可就好办,可以使瘟猪变成淹猪,居民们买起肉来,第一经济,第二也不算什么不卫生。

二

东二道街除了大泥坑子这番盛举之外,再就没有什么了。也不过是几家碾磨房,几家豆腐店,也有一两家机房,也许有一两家染布匹的染缸房,这个也不过是自己默默的在那里做着自己的工作,没有什么可以使别人开心的,也不能招来什么议论。那里边的人都是天黑了,就睡觉,天亮了就起来工作。一年四季,春暖花开,秋雨,冬雪,也不过是随着季节穿起棉衣来,脱下单衣去的过着。生老病死也都是一声不响的默默的办理。

比方就是那东二道街南头,卖豆芽菜的王寡妇吧:她在房脊上插了一个很高的杆子,杆子头上挑着一个破筐。因为那杆子很高,差不多和龙王庙的铁马铃子一般高了。来了风,庙上的铃子格仍格仍的响。王寡妇的破筐子虽是它不会响,但是它也会东摇西摆的作着态。

就这样一年一年的过去,王寡妇一年一年的卖着豆芽菜,平静无事,过着安祥的日子。忽然有一年夏天,她的独子到河边去洗澡,掉河淹了。

这事情似乎轰动了一时,家传户晓,可是不久也就平静下去了。不但邻人,街坊,就是她的亲戚朋友也都把这回事情忘记了。

再说那王寡妇,虽然她从此以后就疯了,但她到底还晓得卖豆芽菜,她仍还是静静的活着。虽然偶尔她的疯性发了,在大街上或是在庙台上狂哭一场,但一哭过了之后,她还是平平静静的活着。

至于邻人街坊们，或是过路的人看见了她在庙台上哭，也会引起一点恻忍之心来的，不过为时甚短罢了。

还有人们常常喜欢把一些不幸者归划在一起，比如疯子傻子之类，都一律去看待。

哪个乡，哪个县，哪个村都有些个不幸者，瘸子啦，瞎子啦，疯子或是傻子。

呼兰河这城里，就有许多这一类的人。人们关于他们都似乎听得多，看得多，也就不以为奇了。偶尔在庙台上或是大门洞里不幸遇到了一个，刚想多少加一点恻忍之心在那人身上，但是一转念，人间这样的人多着哩！于是转过眼睛去，三步两步的就走过去了。即或有人停下来，也不过是和那些毫没有记性的小孩子似的向那疯子投一个石子，或是做着把瞎子故意领到水沟里边去的事情。

一切不幸者，就都是叫化子，至少在呼兰河这城里边是这样。

人们对待叫化子们是很平凡的。

门前聚了一群狗在咬，主人问：

"咬什么？"

仆人答：

"咬一个讨饭的。"

说完了也就完了。

可见这讨饭人的活着是一钱不值了。

卖豆芽菜的女疯子，虽然她疯了还忘不了自己的悲哀，隔三差五的还到庙台上去哭一场，但是一哭完了，仍是得回家去吃饭，睡觉，卖豆芽菜。

她仍是平平静静的活着。

三

再说那染缸房里边,也发生过不幸。两个年青的学徒,为了争一个街头上的妇人,其中的一个把另一个按进染缸子给淹死了。死了的不说,就说那活着的也下了监狱,判了个无期徒刑。

但这也是不声不响的把事就解决了,过了三年二载,若有人提起那件事来,差不多就像人们讲着岳飞、秦桧似的,久远得不知多少年前的事情似的。

同时发生这件事情的染缸房,仍旧是在原址,甚或连那淹死人的大缸也许至今还在那儿使用着。从那染缸房发卖出来的布匹,仍旧是远近的乡镇都流通着。蓝色的布匹男人们做起棉布棉袄来,冬天穿它来抵御严寒。红色的布匹,则做成大红袍子,给十八九岁的姑娘穿上,让她去做新娘子。

总之,除了这染缸房子在某年某月某日死了一个人外,其余的世界,并没有因此而改动了一点。

再说那豆腐房里边也发生过不幸:两个伙计打仗,竟把拉磨的小驴的腿打断了。

因为它是驴子,不谈它也就罢了。只因为这驴子哭瞎了一个妇人的眼睛(即打了驴子那人的母亲),所以不能不记上。

再说那造纸的纸房里边,把一个私生子活活饿死了。因为他是一个初生的孩子,算不了什么。也就不说他了。

四

其余的东二道街上,还有几家扎彩铺。这是为死人而预备的。

人死了,魂灵就要到地狱里边去,地狱里边怕是他没有房子住,没有衣裳穿,没有马骑,活着的人就为他做了这么一套,用火烧了,据说是到阴间就样样都有了。

大至喷钱兽,聚宝盆,大金山,大银山,小至丫鬟使女,厨房里的厨子,喂猪的猪倌,再小至花盆,茶壶茶杯,鸡鸭鹅犬,以至窗前的鹦鹉。

看起来真是万分的好看。大院子也有院墙,墙头上是金色的琉璃瓦。一进了院,正房五间,厢房三间,一律是青砖红瓦房,窗明几净,空气特别新鲜。花盆一盆一盆的摆在花架子上,石柱子,金百合,马蛇菜,九月菊都一齐的开了。看起使人不知道是什么季节,是夏天还是秋天,居然间马蛇菜也和菊花同时站在一起。也许阴间是不分什么春夏秋冬的。这且不说。

再说那厨房里的厨子,真是活神活现,比真的厨子真是干净到一千倍,头戴白帽子,身扎白围裙。手里边在做拉面条。似乎午饭的时候就要到了,煮了面就要开饭了似的。

院子里的牵马童,站在一匹大白马的旁边,那马好像是阿拉伯马,特别高大,英姿挺立,假若有人骑上,看样子一定比火车跑得更快。就是呼兰河这城里的将军,相信他也没有骑过这样的马。

小车子,大骡子,都排在一边。骡子是油黑的,闪亮的,用鸡蛋壳做的眼睛。所以眼珠是不会转的。

大骡子旁边还站着一匹小骡子,那小骡子也特别好看,眼珠是和大骡子一般的大。

小车子装璜得特别漂亮,车轮子都是银色的,车前边的帘子是半卷半掩的,使人得以看到里边去。车里边是红堂堂的铺着大红的褥子。赶车的坐在车沿上,满脸是笑,得意洋洋,装饰得特别漂亮,扎着紫色的腰带,穿着蓝色花丝葛的大袍,黑缎鞋,雪白的鞋底。大概穿起这鞋来还没有走路就赶起车来了。他头上戴着黑帽头,红帽顶。把脸扬着,他蔑视着一切,越看他越不像一个车夫,好像一位新郎。

公鸡三两只,母鸡七八只,都是在院子里边静静的啄食,一声不响。鸭子也并不呱呱的乱叫,叫得烦人。狗蹲在上房的门旁,非常的守职,一动不动。

看热闹的人,人人说好,个个称赞。穷人们看了这个竟觉得活着还没有死了好。

正房里,窗帘,被格①,桌椅板凳,一切齐全。

还有一个管家的,手里拿着一个算盘在打着。旁边还摆着一个账本,上边写着:

北烧锅②欠酒二十二巾③

东乡老王家昨借米二十担

白旗屯泥人子昨送地租四百卅吊

白旗屯二傻子共欠地租两千吊

这以下写了个:

四月廿八日

以上的是四月廿七日的流水账,大概廿八日的还没有写呢!

看这账目也就知道阴间欠了账也是马虎不得的,也设了专门人才,即管账先生一流的人物来管。同时也可以看出来,这大宅子的主人不用说就是个地主了。

这院子里边,一切齐全,一切都好,就是看不见这院子的主人在什么地方,未免的使人疑心这么好的院子而没有主人了。这一点似乎使人感到空虚,无着无落的。

---

① 东北及北方其他部分地区以炕为安寝及主要室内活动之所,炕上常设炕柜(也叫炕琴)放置衣物,白天将被褥叠放在炕柜上,谓之"被格"。
② 烧锅,指酿造烧酒(即白酒)的作坊。
③ "巾","斤"之俗写法。

再一回头看,就觉得这院子终归是有点两样,怎么丫鬟使女,车夫,马童的胸前都挂着一张纸条,那纸条上写着他们每个人的名字:

那漂亮得和新郎似的车夫的名字叫:

"长鞭"

马童的名字叫:

"快腿"

左手拿着水烟袋,右手抡着花手巾的小丫鬟叫:

"德顺"

另外一个叫:

"顺手"

管账的先生叫:

"妙算"

提着喷壶在浇花的使女叫:

"花姐"

再一细看才知道那匹大白马也是有名字的,那名字是贴在马屁股上的,叫:

"千里驹"

其余的,如骡子,狗,鸡,鸭之类没有名字。

那在厨房里拉着面条的"老王",他身上写着他名字的纸条,来风一吹,还忽咧忽咧的跳着。

这可真有点奇怪,自家的仆人,自己都不认识了,还要挂上个名签。

这一点未免的使人迷离恍惚,似乎阴间究竟没有阳间好。

虽然这么说,羡慕这座宅子的人还是不知多少。因为的确这座宅子是好,清悠,闲静,鸡雀无声,一切规整,绝不紊乱。丫鬟,使女,照着阳间的一样,鸡犬猪马,也都和阳间一样,阳间有什么,到了阴间也有,阳间吃面条,到了阴间也吃面条,阳间有车子坐,到了阴间也一样的有车子坐,阴间是完全和阳间一样,一模一样的。

只不过没有东二道街上那大泥坑子就是了。是凡好的一律都有,坏的不必有。

五

东二道街上的扎彩铺,就扎的是这一些。一摆起来又威风,又好看,但那作坊里边是乱七八糟的,满地碎纸,球杆棍子一大堆,破盒子,乱罐子,颜料瓶子,浆糊盆,细麻绳,粗麻绳……走起路来,会使人跌倒。那里边砍的砍,绑的绑,苍蝇也来回的飞着。

要做人,先做一个脸孔,糊好了,挂在墙上,男的女的,到用的时候,摘下一个来就用,给一个用球杆捆好的人架子,穿上衣服,装上一个头就像人了。把一个瘦骨伶仃的用纸糊好的马架子,上边贴上用纸剪成的白毛,那就是一匹很漂亮的马了。

做这样的活计的,也不过是几个极粗糙极丑陋的人,他们虽懂得怎样打扮一个马童或是打扮一个车夫,怎样打扮一个妇人女子,但他们对他们自己是毫不加修饰的,长头发的,毛头发的,歪嘴的,斜眼的,赤足裸膝的,似乎使人不能相信,这么漂亮煊眼耀目,好像要活了的人似的,是出于他们之手。

他们吃的是粗菜,粗饭,穿的是破乱的衣服,睡觉则睡在车马、人、头之中。

他们这种生活,似乎也很苦的。但是一天一天的,也就糊里糊涂的过去了,也就随着春夏秋冬,脱下单衣去,穿起棉衣来的过去了。

生,老,病,死,都没有什么表示。生了就任其自然的长去,长大就长大,长不大也就算了。

老,老了也没有什么关系。眼花了,就不看;耳聋了,就不听;牙掉了,就整吞;走不动了,就瘫着。这有什么办法,谁老谁活该。

病,人吃五谷杂粮,谁不生病呢?

死,这回可是悲哀的事情了。父亲死了儿子哭。儿子死了母亲哭,哥哥死了一家全哭,嫂子死了,她的娘家人来哭。

哭了一朝或是三日,就总得到城外去,挖一个坑把这人埋起来。

埋了之后,那活着的仍旧得回家照旧的过着日子。该吃饭,吃饭。该睡觉,睡觉。外人绝对看不出来是他家已经没有了父亲或是失掉了哥哥,就连他们自己也不是关起门来,每天哭上一场。他们心中的悲哀,也不过是随着当地的风俗的大流逢年遇节的到坟上去观望一回。二月过清明,家家户户都提着香火去上坟茔,有的坟头上塌了一块土,有的坟头上陷了几个洞,相观之下,感慨唏嘘,烧香点酒。若有还亲的人如子女父母之类,往往且哭上一场;那哭的语句,数数落落,无异是在做一篇文章或者是在诵一篇长诗。歌诵完了之后,站起来拍拍屁股上的土,也就随着上坟的人们回城的大流,回城去了。

回到城中的家里,又得照旧的过着日子,一年柴米油盐,浆洗缝补。从早晨到晚上忙了个不休。夜里疲乏之极,躺在炕上就睡了。在夜梦中并梦不到什么悲哀的或是欣喜的景况,只不过咬着牙,打着哼,一夜一夜的就都这样的过去了。

假若有人问他们,人生是为了什么?他们并不会茫然无所对答的,他们会直截了当的不假思索的说了出来,"人活着是为吃饭穿衣。"

再问他,人死了呢?他们会说:"人死了就完了。"

所以没有人看见过做扎彩匠的活着的时候为他自己糊一座阴宅,大概他不怎么相信阴间。假如有了阴间,到那时候他再开扎彩铺,怕是又要租人家的房子了。

六

呼兰河城里,除了东二道街,西二道街,十字街之外,再就都是些个小胡同了。

小胡同里边更没有什么了,就连打烧饼麻花的店铺也不大有,就连卖红绿糖球的小床子,也都是摆在街口上去,很少有摆在小胡同里边的。那些住在小街上的人家,一天到晚看不见多少闲散杂人。耳听的眼看的,都比较的少,所以整天寂寂寞寞的,关起门来在过着生活。破草房有上半间,买上二斗豆子,煮一点盐豆下饭吃,就是一年。

在小街上住着,又冷清,又寂寞。

一个提篮子卖烧饼的,从胡同的东头喊,胡同的西头都听到了。虽然不买,若走谁家的门口,谁家的人都是把头探出来看看,间或有问一问价钱的,问一问糖麻花和油麻花现在是不是还卖着前些日子的价钱。

间或有人走过去掀开了筐子上盖着的那张布,好像要买似的,拿起一个来摸一摸是否还是热的。

摸完了也就放下了,卖麻花的也绝对的不生气。

于是又提到第二家的门口去。

第二家的老太婆也是在闲着,于是就又伸出手来,打开筐子,摸了一回。

摸完了也是没有买。

等到了第三家,这第三家可要买了。

一个三十多岁的女人,刚刚睡午觉起来。她的头顶上梳着一个卷,大概头发不怎样整齐,发卷上罩着一个用大黑珠线织的网子,网子上还插了不少的疙疸针。可是因为这一睡觉,不但头发乱了,就是那些疙疸针也都跳出来了,好像这女人的发卷上被射了不少的小箭头。

她一开门就很爽快,把门扇刮打的往两边一分,她就从门里闪出来了。随后就跟出来五个孩子。这五个孩子也都个个爽快。像一个小连队似的,一排就排好了。

第一个是女孩子,十二三岁。伸出手来就拿了一个五吊钱一只的一竹筷子长的大麻花。她的眼光很迅捷,这麻花在这筐子里的确是最大的,而且就只有这一个。

第二个是男孩子,拿了一个两吊钱一只的。

第三个也是拿了个两吊钱一只的。也是个男孩子。

第四个看了看,没有办法,也只得拿了一个两吊钱的。也是个男孩子。

轮到第五个了,这个可分不出来是男孩子,还是女孩子。头是秃的,一只耳朵上挂着钳子①,瘦得好像个干柳条,肚子可特别大。看样子也不过五岁。

一伸手,他的手就比其余的四个的都黑得更厉害。其余的四个,虽然他们的手也黑得够厉害的,但总还认得出来那是手,而不是别的什么,唯有他的手是连认也认不出来了,说是手呢! 说是什么呢,说什么都行。完全起着黑的灰的,深的浅的,各种的云层。看上去,好像看隔山照②似的,有无穷的趣味。

他就用这手在筐子里边挑选,几乎是每个都让他摸过了,不一会工夫,全个的筐子都让他翻遍了。本来这筐子虽大,麻花也并没有几只,除了一个顶大的之外,其余小的也不过十来只,经了他这

---

① 钳子,耳环。
② 隔山照,此处似指云霞变幻之景。一说隔山照指望远镜。

一翻,可就完全遍了。弄了他满手是油,把那小黑手染得油亮油亮的,黑亮黑亮的。

而后他说:

"我要大的。"

于是就在门口打了起来。

他跑得非常之快,他去追着他的姐姐。他的第二个哥哥,他的第三个哥哥,也都跑了上去,都比他跑得更快。再说他的大姐,那个拿着大麻花的女孩,她跑得更快到不能想象了。已经找到一块墙的缺口的地方,跳了出去,后边的也就跟着一溜烟的跳过去。等他们刚一追着跳过去,那大孩子又跳回来了。在院子里跑成了一阵旋风。

那个最小的,不知是男孩子还是女孩子的,早已追不上了。落在后边,在号啕大哭。间或也想捡一点便宜,那就是当他的两个哥哥,把他的姐姐已经扭住的时候,他就趁机会想要从中抢他姐姐手里的麻花。可是几次都没有做到,于是又落在后边号啕大哭。

他们的母亲,虽然是很有威风的样子,但是不动手是招呼不住他们的。母亲看了这样子也还没有个完了,就进屋去,拿起烧火的铁叉子来,向着她的孩子就奔去了。不料院子里有一个小泥坑,是猪在里打腻的地方。她恰好就跌在泥坑那儿了。把叉子跌出去五尺多远。

于是这场戏才算达到了高潮,看热闹的人没有不笑的,没有不称心愉快的。

就连那卖麻花的人也看出神了,当那女人坐到泥坑中把泥花四边溅起来的时候,那卖麻花的差一点没把筐子掉了地下。他高兴极了,他早已经忘了他手里的筐子了。

至于那几个孩子,则早就不见了。

等母亲起来去把他们追回来的时候,那做母亲的这回可发了威风,让他们一个一个的向着太阳跪下。在院子里排起一小队来,把麻花一律的解除。

顶大的孩子的麻花没有多少了,完全被撞碎了。

第三个孩子的已经吃完了。

第二个的还剩了一点点。

只有第四个的还拿在手上没有动。

第五个,不用说,根本没有拿在手里。

闹到结果,卖麻花的和那女人吵了一阵之后提着筐子又到另一家去叫卖去了。他和那女人所吵的是关于那第四个孩子手上拿了半天的麻花又退回了的问题,卖麻花的坚持着不让退,那女人又非退回不可。结果是付了三个麻花的钱,就把那提篮子的人赶了出来了。

为着麻花而下跪的五个孩子不提了。再说那一进胡同口就被挨家摸索过来的麻花,被提到另外的胡同里去,到底也卖掉了。

一个已经脱完了牙齿的老太太买了其中的一个,用纸裹着拿到屋子去了。她一边走着一边说:

"这麻花真干净,油亮亮的。"

而后招呼了她的小孩子①,快来吧。

那卖麻花的人看了老太太很喜欢这麻花,于是就又说:

"是刚出锅的,还热乎着哩!"

七

过去了卖麻花的,后半天,也许又来了卖凉粉的,也是一在胡同口的这头喊,那头就听到了。

---

① "小孩子",可能系"小孙子"之误。

要买的拿着小瓦盆出去了。不买的坐在屋子一听这卖凉粉的一招呼,就知道是应烧晚饭的时候了。因为这凉粉一个整个的夏天都是在太阳偏西,他就来的,来得么么准,就像时钟一样,到了四五点钟他必来的。就像他卖凉粉专门到这一条胡同来卖似的。似乎在别的胡同里就没有为着多卖几家而耽误了这一定的时间。

卖凉粉的一过去了,一天也就快黑了。

打着搏楞鼓的货郎,一到太阳偏西,就再不进到小巷子里来,就连僻静的街他也不去了,他担着担子从大街口走回家去。

卖瓦盆的,也早都收市了。

检绳头的,换破乱①的也都回家去了。

只有卖豆腐的则又出来了。

晚饭时节,吃了小葱蘸大酱就已经很可口了,若外加上一块豆腐,那真是锦上添花,一定要多浪费两碗包米大云豆粥的。一吃就吃多了,那是很自然的。豆腐加上点辣椒油,再拌上点大酱,那是多么可口的东西。用筷子触了一点点豆腐,就能够吃下去半碗饭,再到豆腐上去触了一下,一碗饭就完了。因为豆腐而多吃两碗饭,并不算多吃得多,没有吃过的人,不能够晓得其中的滋味的。

所以卖豆腐的一来了,男女老幼,全都欢迎。打开门来,笑盈盈的,虽然不说什么,但是彼此有一种融洽的感情,默默生了起来。

似乎卖豆腐的在说:

"我的豆腐真好!"

似乎买豆腐的回答:

"你的豆腐果然不错。"

买不起豆腐的人对那卖豆腐的,就非常的羡慕,一听了那从街口越招呼越近的声音,就特别的感到诱惑,假若能吃一块豆腐可不

---

① 破乱,即破烂儿。

错,切上一点青辣椒,拌上一点小葱子。

但是天天这样想,天天就没有买成,卖豆腐的一来,就把这等人白白的引诱一场。于是那被诱惑的人,仍然逗不起决心,就多吃几口辣椒,辣得满头是汗。他想假若一个人开了一个豆腐房可不错,那就可以自由随便的吃豆腐了。

果然,他的儿子长到五岁的时候,问他:

"你长大了干什么?"

五岁的孩子说:

"开豆腐房。"

这显然要继承他父亲未遂的志愿。

关于豆腐这美妙的一盘菜的爱好,竟有还甚于此的,竟有想要倾家荡产的。传说上,有这样的一个家长,他下了决心,他说:

"不过了,买一块豆腐吃去!"这"不过了"的三个字,用旧的语言来翻译,就是毁家纾难的意思,用现代的话来说,就是:"我破产了!"

八

卖豆腐的一收了市,一天的事情都完了。

家家户户都把晚饭吃过了。吃过了晚饭,看晚霞的看晚霞,不看晚霞的躺到炕上去睡觉的也有。

这地方的晚霞是很好看的,有一个土名,叫火烧云。说"晚霞"人们不懂,若一说"火烧云"就连三岁的孩子也会呀呀的往西天空里指给你看。

晚饭一过,火烧云就上来了。照得小孩子的脸是红的。把大白狗变成红色的狗了。红公鸡就变成金的了。黑母鸡变成紫檀色的了。喂猪的老头子,往墙根上靠,他笑盈盈的看着他的两匹小白

猪,变成小金猪了。他刚想说:

"他妈的,你们也变了……"

他的旁边走来了一个乘凉的人,那人说:

"你老人家必要高寿,你老是金胡子了。"

天空的云,从西边一直烧到东边,红堂堂的,好像是天着了火。

这地方的火烧云变化极多,一会红堂堂的了,一会金洞洞的了,一会半紫半黄的,一会半灰半百合色。葡萄灰,大黄梨,紫茄子,这些颜色天空上边都有。还有些说也说不出来的,见也未曾见过的,诸多种的颜色。

五秒钟之内,天空里有一匹马,马头向南,马尾向西,那马是跪着的,像是在等着有人骑到它的背上,它才站起来。再过一秒钟,没有什么变化。再过两三秒钟,那匹马加大了,马腿也伸开了,马脖子也长了,但是一条马尾巴却不见了。

看的人,正在寻找马尾巴的时候,那马就变靡了。

忽然又来了一条大狗,这条狗十分凶猛,它在前边跑着,它的后边似乎还跟了好几条小狗仔。跑着跑着,小狗仔不知跑到哪里去了,大狗也不见了。

又找到了一个大狮子,和娘娘庙门前的大石头狮子一模一样的,也是那么大,也是那样的蹲着,很威武的,很镇静的蹲着。它表示着抹视一切的样子,似乎眼睛连什么也不睬。看着看着的,一不谨慎,同时又看到了别一个什么。这时候,可就麻烦了,人的眼睛不能同时又看东,又看西。这样子会活活把那个大狮子糟踏了。一转眼,一低头,那天空的东西就变了。若是再找,怕是看瞎了眼睛也找不到了。

大狮子既然找不到,另外的那什么:比方就是一个猴子吧,猴子虽不如大狮子,可同时也没有了。

一时恍恍惚惚的,满天空里又像这个,又像那个,其实是什么也不像,什么也没有了。

必须是低下头去,把眼睛揉一揉,或者是沉静一会再来看。

可是天空偏偏又不常常等待着那些爱好它的孩子。一会工夫火烧云下去了。

于是孩子们困倦了,回屋去睡觉了。竟有还没能来得及进屋的,就靠在姐姐的腿上,或者是依在祖母的怀里就睡着了。

祖母的手里,拿着白马鬃的蝇甩子,就用蝇甩子给他驱逐着蚊虫。

祖母还不知道这孩子是已经睡了,还以为他在那里玩着呢!

"下去玩一会去吧!把奶奶的腿压麻了。"

用手一推,那孩子已经睡得摇摇晃晃的了。

这时候,火烧云已经完全下去了。

于是家家户户都进屋去睡觉,关起窗门来。

呼兰河这地方,就是在六月里也是不十分热的,夜里总要盖着薄棉被睡觉。

等黄昏之后的乌鸦飞过时,只能够隔着窗子听到那很少的尚未睡的孩子在嚷叫:

乌鸦乌鸦你打场,
给你二斗粮……
…………

那铺天盖地的一群黑乌鸦,啊啊的大叫在整个的县城的头顶上飞过去了。

据说飞过了呼兰河的南岸,就在一个大树林子里边住下了。明天早晨起来再飞。

夏秋之间每夜要过乌鸦,究竟这些成百成千的乌鸦过到哪里去,孩子们是不大晓得的,大人们也不大讲给他们听。

只晓得恋这套歌,"乌鸦乌鸦你打场,给你二斗粮。"

究竟给乌鸦二斗粮做什么,似乎不大有道理。

九

乌鸦一飞过,这一天才真正的过去了。

因为大昴星升起来了,大昴星好像铜球似的亮咚咚的了。

天河和月亮也都上来了。

蝙蝠也飞起来了。

是凡跟着太阳一起来的,现在都回去了。人睡了,猪、马、牛、羊也都睡了,燕子和蝴蝶也都不飞了。就连房根底下的牵牛花,也一朵没有开的。含苞的含苞,卷缩的卷缩。含苞的准备着欢迎那早晨又要来的太阳,那卷缩的,因为它已经在昨天欢迎过了,它要落去了。

随着月亮上来的是夜。大昴星也不过是月亮的一个马前卒,让它先跑到一步就是了。

夜一来蛤蟆就叫,在河沟里叫,在洼地里叫。虫子也叫,在院心草棵子里,在城外的大田上。有的叫在人家的花盆里,有的叫在人家的坟头上。

夏夜若无风无雨就这样的过去了。一夜又一夜。

很快的夏天就过完了,秋天就来了。秋天和夏天的分别不太大,也不过天凉了,夜里非盖着被子睡觉不可。种田的人白天忙着收割,夜里多做几个割高粱的梦就是了。

女人一到了八月也不过就是浆衣裳,拆被子,捶棒槌,捶得街街巷巷早晚的叮叮咭咭的乱响。

"棒槌"一捶完,做起被子来,就是冬天。

冬天下雪了。

人们四季里,风、霜、雨、雪的过着。霜打了,雨淋了。大风来时是飞沙走石。似乎是很了不起的样子。冬天,大地被冻裂了,江河被冻住了。再冷起来,江河也被冻得咯咯的响着裂开了纹。冬天,冻掉了人的耳朵,冻破了人的鼻子,冻裂了人的手和脚。

但这是大自然的威风,与小民们无关。

呼兰河的人们就是这样,冬天来了就穿棉衣裳,夏天来了就穿单衣裳。就好像太阳出来了就起来,太阳落了就睡觉似的。

被冬天冻裂了手指的,到了夏天也自然就好了。好不了的,到"李永春"药铺,去买二两红花,泡一点红花酒来擦一擦,擦得手指通红也不见消,也许就越来越肿起来。那么再到"李永春"药铺去,这回可不买红花了。是买了一贴膏药来。回到家里,用火一烤,黏黏糊糊的就贴在冻疮上了。这膏药是真好,贴上了一点也不碍事。该赶车的去赶车,该切菜的去切菜。黏黏糊糊的是真好,见了水也不掉,该洗衣裳的去洗衣裳去好了。就是掉了,拿在火上再一烤,就还贴得上的。一贴,贴了半个月。

呼兰河这地方的人,什么都讲结实,耐用,这膏药这样的耐用,实在是合乎这地方的人情。虽然是贴了半个月,手也还没有见好,但这膏药总算是耐用,没有白花钱。

于是再买一贴去,贴来贴去,这手可就越肿越大了。还有些买不起膏药的,就检人家贴乏了的来贴。

到后来,那结果,谁晓得都怎样呢,反正一塌糊涂去了吧。

春夏秋冬,一年四季来回循环的走,那是自古也就这样的了。风霜雨雪,受得住的就过去了,受不住的,就寻求着自然的结果。那自然的结果不大好,把一个人默默的一声不响的就拉着离开了这人间的世界了。

至于那还没有被拉去的,就风霜雨雪,仍旧在人间被吹打着。

第二章

一

呼兰河除了这些卑琐平凡的实际生活之外,在精神上,也还有不少的盛举,如:

跳大神;

唱秧歌;

放河灯;

野台子戏;

四月十八娘娘庙大会……

先说大神。大神是会治病的,她穿着奇怪的衣裳,那衣裳平常的人不穿,红的,是一张裙子,那裙子一围在她的腰上,她的人就变样了。开初,她并不打鼓,只是一围起那红花裙子就哆嗦。从头到脚,无处不哆嗦。哆嗦了一阵之后,又开始打颤。她闭着眼睛,嘴里边噗噗的,每一打颤,就装出来要倒的样子。把四边的人都吓得一跳,可是她又坐住了。

大神坐的是凳子,她的对面摆着一块牌位,牌位上贴着红纸,写着黑字。那牌位越旧越好,好显得她一年之中跳神的次数不少。

越跳多了就越好,她的信用就远近皆知。她的生意就会兴隆起来。那牌前,点着香,香烟慢慢的旋着。

那女大神多半在香点了一半的时候神就下来了。那神一下来,可就威风不同,好像有万马千军让她领导似的,她全身是劲,她站起来乱跳。

大神的旁边,还有一个二神,当二神的都是男人。他并不昏乱,他是清晰如常的,他赶快把一张圆鼓交到大神的手里,大神拿了这鼓,站起来就乱跳,先诉说那附在她身上的神灵的下山的经历,是乘着云,是随着风,或者是驾雾而来,说得非常之雄壮。二神站在一边,大神问他什么,他回答什么。好的二神是对答如流的,坏的二神,一不加小心说冲着了大神的一字,大神就要闹起来的。大神一闹起来的时候,她也没有别的大法,只是打着鼓,乱骂一阵,说这的病人,不出今夜就必得死的,死了之后,还会游魂不散,家族,亲戚乡里都要招灾的。这时吓得那请神的人家赶快烧香点酒。烧香点酒之后,若再不行,就得赶送上红布来,把红布挂在牌位上。若再不行,就得杀鸡。若闹到了杀鸡这个阶段,就多半不能再闹了。因为再闹就没有什么想头了。

这鸡,这布,一律都归大神所有。跳过了神之后,她把鸡拿回家去自己煮上吃了。把红布用蓝靛染了之后,做起裤子来穿了。

有的大神,一上手就百般的下不来神。请神的人家就得赶快的杀鸡来。若一杀慢了,等一会跳到半道就要骂的。谁家请神都是为了治病,请大神骂,是非常不吉利的。所以对大神是非常尊敬的,又非常怕。

跳大神,大半是天黑跳起,只要一打起鼓来,就男女老幼,都往这跳神的人家跑,若是夏天,就屋里屋外都挤满了人。还有些女人,拉着孩子,抱着孩子,哭天叫地的从墙头上跳过来,跳过来看跳神的。

跳到半夜时分,要送神归山了,那时候,那鼓打得分外的响,大神唱得也分外的好听,邻居左右,十家二十家的人家都听得到,使人听了起着一种悲凉的情绪,二神嘴里唱:

"大仙家回山了,要慢慢的走,要慢慢的行。"

大神说:

"我的二仙家,青龙山,白虎山……夜行三千里,乘着风儿不算难……"

这唱着的词调,混合着鼓声,从几十丈远的地方传来,实在是冷森森的,越听就越有悲凉。听了这种鼓声,往往终夜而不能眠的人也有。

请神的人家为了治病,可不知那家的病人好了没有?却使邻居街坊感慨兴叹,终夜而不能已的也常常有。

满天星光,满屋月亮,人生何似,为什么这么悲凉。

过了十天半月的,又是跳神的鼓,咚咚的响。于是人们又都着了慌,爬墙的爬墙,登门的登门,看看这一家的大神,显的是什么本领,穿的是什么衣裳。听听她唱的是什么腔调,看看她的衣裳漂亮不漂亮。

跳到了夜静时分,又是送神回山。送神回山的鼓,个个都打得漂亮。

若赶上一个下雨的夜,就特别凄凉,寡妇可以落泪,鳏夫就要起来彷徨。

那鼓声就好像故意招惹那般不幸的人,打得有急有慢,好像一个迷路的人在夜里诉说着他的迷惘,又好像不幸的老人在回想着他幸福的短短的幼年。又好像慈爱的母亲送着她的儿子远行。又好像是生离死别,万分的难舍。

人生为了什么,才有这样凄凉的夜。

似乎下回再有打鼓的连听也不要听了。其实不然,鼓一响就又是上墙头的上墙头,侧着耳朵听的侧着耳朵在听。比西洋人赴音乐会更热心。

二

七月十五盂兰会,呼兰河上放河灯了。

河灯有白菜灯,西瓜灯,还有莲花灯。

和尚,道士吹着笙、管、笛、箫,穿着拚金大红缎子的褊衫。在河沿上打起场子来在做道场。那乐器的声音离开河沿二里路就听到了。

一到了黄昏,天还没有完全黑下来,奔着去看河灯的人就络绎不绝了。小街小巷,哪怕终年不出门的人,也要随着人群奔到河沿去。先到了河沿的就蹲在那里。沿着河岸蹲满了人,可是从大街小巷往外出发的人仍是不绝,瞎子,瘸子都来看河灯(这里说错了,唯独瞎子是不来看河灯的),把街道跑得冒了烟了。

姑娘,媳妇,三个一群,两个一伙,一出了大门,不用问,到那里去。就都是看河灯去。

黄昏时候的七月,火烧云刚刚落下去,街道上发着微微的白光。嘁嘁喳喳,把往日的寂静都冲散了,个个街道都活了起来,好像这城里发生了大火,人们都赶去救火的样子。非常忙迫,踢踢踏踏的向前跑。

先跑到了河沿的就蹲在那里,后跑到的,也就挤上去蹲在那里。

大家一齐等候着,等候着月亮高起来,河灯就要从上水上放下来了。

七月十五是个鬼节,死了的冤魂怨鬼,不得脱生,缠绵在地狱里边是非常苦的,想要脱生,又找不着路。这一天若是每个鬼托着一个河灯,就可得以脱生。大概从阴间到阳间的这一条路,非常之黑,若没有灯是看不见路的。所以放河灯这件事情是件善举。可见活着的正人君子们,对着那些已死的冤魂冤鬼还没有完全忘记。

但是这其间也有一个矛盾,就是七月十五这夜生的孩子,怕是都不大好,多半都是野鬼托着个莲花灯投生而来的。这个孩子长大了将不被父母所喜欢。长到结婚的年龄,男女两家必要先对过生日时辰,才能够结亲。若是女家生在七月十五,这女子就很难出嫁,必须改了生日,欺骗了男家。若是男家七月十五的生日,也不大好,不过若是财产丰富的,也就没有多大关系,嫁是可以嫁过去的,虽然就是一个恶鬼,有了钱大概怕也不怎样恶了。但在女子这方面可就万万不可,绝对的不可以。若是有钱的寡妇的独养女,又当别论,因为娶了这姑娘可以有一份财产在那里晃来晃去,就是娶了而带不过财产来,先说那一份妆奁也是少不了的。假说女子就是一个恶鬼的化身,但那也不要紧。

平常的人说:"有钱能使鬼推磨。"似乎人们相信鬼是假的,有点不十分真。

但是当河灯一放下来的时候,和尚为着庆祝鬼们更生,打着鼓,叮咚的响。念着经,好像紧急符咒似的,表示着,这一工夫可是千金一刻,且莫匆匆的让过,诸位男鬼女鬼,赶快托着灯去投生吧。

念完了经,就吹笙管笛箫,那声音实在好听,远近皆闻。

同时那河灯从上流拥拥挤挤,往下浮来了。浮得很慢,又镇静,又稳当,绝对的看不出来水里边会有鬼们来捉了它们去。

这灯一下来的时候,金乎乎的,亮通通的,又加上有千万人的观众,这举动实在是不小的。河灯之多,有数不过来的数目,大概是几千百只。两岸上的孩子们,拍手叫绝,跳脚欢迎。大人则都看出了神了,一声不响,陶醉在灯光河水之中。灯光照得河水幽幽的发亮。水上跳跃着天空的月亮。真是人生何世,会有这样好的景况。

一直闹到月亮来到了中天,大昴星,二昴星,三昴星都出齐了的时候,才算渐渐的从繁华的景况,走向了冷静的路去。

河灯从几里路长的上流,流了很久很久才流过来了。再流了很久很久才流过去了。在这过程中,有的流到半路就灭了。有的被冲到了岸边,在岸边生了野草的地方就被挂住了。还有每当河灯一流到了下流,就有些孩子拿着杆子去抓它,有些渔船也顺手取了一两只。到后来河灯越来越稀疏了。

到往下流去,就显出荒凉,孤寂的样子来了。因为越流越少了。

流到极远处去的,似乎那里的河水也发了黑。而且是流着流着的就少了一个。

河灯从上流过来的时候,虽然路上也有许多落伍的,也有许多淹灭了的,但始终没有觉得河灯是被鬼们托着走了的感觉。

可是当这河灯,从上流的远处流来,人们是从心欢喜的,等流过了自己,也还没有什么,唯独到了最后,那河灯流到了极远的下流去的时候,使看河灯的人们,内心里无由的来了空虚。

"那河灯,到底是要漂到哪里去呢?"

多半的人们,看到了这样的景况,就抬起身来离开了河沿回家去了。

于是不但河里冷落,岸上也冷落了起来。

这时再往远处的下流看去,看着,看着,那灯就灭了一个。再看着看着,又灭了一个,还有两个一块灭的。于是就真像被鬼一个一个的托着走了。

打过了三更,河沿上一个人也没有了,河里边一个灯也没有了。

河水是寂静如常的,小风把河水皱着极细的波浪。月光在河水上边并不像在海水上边闪着一片一片的金光,而是月亮落到河底里去了。似乎那渔船上的人,伸手可以把月亮拿到船上来似的。

河的南岸,尽是柳条丛,河的北岸就是呼兰河城。

那看河灯回去的人们,也许都睡着了。不过月亮还是在河上照着。

三

野台子戏也是在河边上唱的。也是秋天,比方这一年秋收好,就要唱一台子戏,感谢天地。若是夏天大旱,人们戴起柳条圈来求雨,在街上几十人,跑了几天,唱着,打着鼓。求雨的人不准穿鞋,龙王爷可怜他们在太阳下边把脚烫得很痛,就因此下了雨了。一下了雨,到秋天就得唱戏的,因为求雨的时候许下了愿。许愿就得还愿,若是还愿的戏就更非唱不可了。

一唱就是三天。

在河岸的沙滩上搭起了台子来。这台子是用杆子绑起来的,上边搭上了席棚,下了一点小雨也不要紧,太阳则完全可以遮住的。

戏台搭好了之后,两边就搭看台。看台还有楼座。坐在那楼座上是很好的,又风凉,又可以远眺。不过,楼座是不大容易坐得到的,除非当地的官、绅,别人是不大坐得到的。既不卖票,哪怕你就是有钱,也没有办法。

只搭戏台,就搭三五天。

台子的架一竖起来,城里的人就说:

"戏台竖起架子来了。"

一上了棚,人就说:

"戏台上棚了。"

戏台搭完了就搭看台,看台是顺着戏台的左边搭一排,右边搭一排,所以是两排平行而相对的。一搭要搭出十几丈远去。

眼看台子就要搭好了,这时候,接亲戚的接亲戚,唤朋友的唤朋友。

比方嫁了的女儿,回来住娘家,临走(回婆家)的时候,做母亲的送到大门外,摆着手还说:

"秋天唱戏的时候,接你回来看戏。"

坐着女儿的车子走远了,母亲含着眼泪还说:

"看戏的时候接你回来。"

所以一到了唱戏的时候,可并不是简单的看戏,而是接姑娘唤女婿,热闹得很。

东家的女儿长大了,西家的男孩子也该成亲了,说媒的这个时候,就走上门来。约定两家的父母在戏台底下,第一天或是第二天,彼此相看。也有只通知男家而不通知女家的。这叫做"偷看"。这样的看法,成与不成,没有关系,比较的自由,反正那家的姑娘也不知道。

所以看戏去的姑娘,个个都打扮得漂亮。都穿了新衣裳,擦了胭脂涂了粉,刘海剪得并排齐。头辫梳得一丝不乱,扎了红辫根,绿辫梢。也有扎了水红的,也有扎了蛋青的。走起路来像客人,吃起瓜子来,头不歪眼不斜的,温文尔雅,都变成了大家闺秀。有的着蛋青市布长衫,有的穿了藕荷色的,有的银灰的。有的还把衣服的边上压了条,有的蛋青色的衣裳压了黑条,有的水红洋纱的衣裳压了蓝条,脚上穿了蓝缎鞋,或是黑缎绣花鞋。

鞋上有的绣着蝴蝶,有的绣着蜻蜓,绣着莲花的,绣着牡丹的各样的都有。

手里边拿着花手巾,耳朵上戴了长钳子,土名叫做"带穗钳子"。这戴穗钳子有两种,一种是金的,翠的。一种是铜的,琉璃的。有钱一点的戴金的,少微差一点的戴琉璃的。反正都很好看,在耳朵上摇来晃去。黄忽忽,绿森森的。再加上满脸矜持的微笑,真不知这都是谁家的闺秀。

那些已嫁的妇女,也是照样的打扮起来,在戏台下边,东邻西舍的姊妹们相遇了,好互相的品评。

谁的模样俊,谁的鬓角黑。谁的手镯是福泰银楼的新花样,谁的压头簪又小巧又玲珑。谁的一双绛紫缎鞋,真是绣得漂亮。

老太太虽然不穿什么带颜色的衣裳,但也个个整齐,人人利落,手拿长烟袋,头上撇着大扁方。慈祥,温静。

戏还没有开台,呼兰河城就热闹不得了了,接姑娘的,唤女婿的,有一个很好的童谣:

> 拉大锯,扯大锯,姥爷(外公)门口唱大戏。接姑娘,唤女婿,小外孙也要去。……

于是乎不但小外孙,三姨二姑也都聚在了一起。

每家如此,杀鸡买酒,笑语迎门,彼此谈着家常,说着趣事,每夜必到三更,灯油不知浪费了多少。

某村某村,婆婆虐待媳妇。哪家哪家的公公喝了酒就耍酒疯。又是谁家的姑娘出嫁了刚过一年就生了一对双生。又是谁的儿子十三岁就定了一家十八岁的姑娘做妻子。

烛火灯光之下,一谈谈了个半夜,真是非常的温暖而亲切。

一家若有几个女儿,这几个女儿都出嫁了,亲姊妹,两三年不能相遇的也有。平常是一住东,一个住西,不是隔水的就是离山,而且每人有一大群孩子,也各自有自己的家务,若想彼此过访,那是不可能的事情。

若是做母亲的同时把几个女儿都接来了,那她们的相遇,真仿佛已经隔了三十年了。相见之下,真是不知从何说起,羞羞惭惭,欲言又止,刚一开口又觉得不好意思,过了一刻工夫,耳脸都发起烧来,于是相对无语,心中又喜又悲。过了一袋烟的工夫,等那往上冲的血流落了下去,彼此都逃出了那种昏昏恍恍的境界,这才来找几句不相干的话来开头;或是:

"你多暂①来的?"

或是:

"孩子们都带来了?"

关于别离了几年的事情,连一个字也不敢提。

从表面上看来,她们并不像是姊妹,丝毫没有亲热的表现。面面相对的,不知道她们两个人是什么关系,似乎连认识也不认识,似乎从前她们两个并没有见过,而今天是第一次的相见,所以异常的冷落。

但是这只是外表,她们的心里,就早已沟通着了。甚至于在十天或半月之前,她们的心里就早已开始很远的牵动起来,那就是当着她们彼此都接到了母亲的信的时候。

那信上写着要接她们姊妹都回来看戏的。

从那时候起,她们就把要送给姐姐或妹妹的礼物规定好了。

一双黑大绒的云子卷,是亲手做的。或者就在她们的本城和本乡里,有一个出名的染缸房,那染缸房会染出来很好的麻花布来。于是送了两匹白布去,嘱咐他好好的加细的染着。一匹是白地染蓝花,一匹是蓝地染白花。蓝地的染的是刘海戏金钱,白地的染的是蝴蝶闹莲花。

一匹送给大姐姐,一匹送给三妹妹。

现在这东西,就都带在箱子里边。等过了一天二日的,寻个夜深人静的时候,轻轻的从自己的箱底上把这等东西取出来,摆在姐

---

① 多暂,即多咱,方言,什么时候,几时。

姐的面前，说：

"这麻花布被面，你带回去吧！"

只说了这么一句，看样子并不像是送礼物，并不像今人似的，送一点礼物很怕邻居左右看不见，是大嚷大吵着的，说这东西是从什么山上，或是什么海里得来的，哪怕是小河沟子的出品，也必要连那小河沟子的身份也提高，说河沟子是怎样的不凡，是怎样的与众不同，可不同别的河沟子。

这等乡下人，糊里糊涂的，要表现的，无法表现，什么也说不出来，只是把东西递过去就算了事。

至于那受了东西的，也是不会说什么，连一声道谢也不说，就收下了。也有的稍微推辞了一下，也就收下了。

"留着你自己用吧！"

当然那送礼物的是加以拒绝。一拒绝，也就收下了。

每个回娘家看戏的姑娘，都零零碎碎的带来一大批东西。送父母的，送兄嫂的，送侄女的，送三亲六故的。带了东西最多的，是凡见了长辈或晚辈都多少有点东西拿得出来，那就是谁的人情最周到。

这一类的事情，等野台子唱完，拆了台子的时候，家家户户才慢慢的传诵。

每个从娘家回婆家的姑娘，也都带着很丰富的东西，这些都是人家送给她的礼品。东西丰富得很，不但有用的，也有吃的，母亲亲手制的咸肉，姐姐亲手晒的干鱼，哥哥上山打猎，打了一只雁来腌上，至今还有一只雁大腿，这个也给看戏的姑娘带回去，带回去给公公去喝酒吧。

于是乌三八四的，离走的前一天晚上，真是忙了个不休，就要分散的姊妹们连说个话儿的工夫都没有了。大包小包的包了一大堆。

再说在这唱戏的时间,除了看亲戚,会朋友,还成了许多好事,那就是谁家的女儿和谁家公子订婚了,说是明年二月,或是三月就要娶亲。订婚酒,已经吃过了,眼前就要过"小礼"的。所谓"小礼"就是在法律上的订婚形式,一经过了这番手续,东家的女儿,终归就要成了西家的媳妇了。

也有男女两家都是外乡赶来看戏的,男家的公子也并不在,女家的小姐也并不在。只是两家的双亲有媒人从中媾通着,就把亲事给定了。也有的喝酒作乐的随便的把自己的女儿许给了人家。也有的男女两家的公子,小姐都还没有生出来,就给定下亲了。这叫做"指腹为亲"。这指腹为亲的,多半都是相当有点资财的人家才有这样的事。

两家都很有钱,一家是本地的烧锅掌柜的,一家是白旗屯的大窝堡①,两家是一家种高粱,是一家压烧酒。压烧酒的需要高粱,种高粱的需烧锅买他的高粱,烧锅非高粱不可,高粱非烧锅不行。恰巧又赶上这两家的妇人,都要将近生产,所以就"指腹为亲"了。

无管是谁家生了男孩子,谁家生了女孩子,只要是一男一女就规定他们是夫妇。假若两家都生了男孩,那就不能勉强规定了。两家都生了女孩也是不能够规定的。

但是这指腹为亲,好处不太多,坏处是很多的。半路上其中的一家穷了,不开烧锅了,或者没有窝堡了,其余的一家,就不愿意娶他家的媳妇,或是把女儿嫁给一家穷人。假若女家穷了,那还好办,若实在不娶,他也没有什么办法。若是男家穷了,男家就一定要娶,若一定不让娶,那姑娘的名誉就很坏,说她把谁家谁给"妨"穷了,又不嫁了。"妨"字在迷信上说就是因为她命硬。因为她某

---

① 窝堡,原指一种临时搭建的简易住房,后用于指称家族聚居的庄园及由此形成的自然村落。大窝堡,此处指拥有众多财产的大户人家。

家某家穷了。以后她的婆家就不大容易找人家,会给她起一个名叫做"望门妨"。无法,只得嫁过去。嫁过去之后,妯娌之间又要说她嫌贫爱富,百般的侮辱她。丈夫因此也不喜欢她了,公公婆婆也虐待她。她一个年青的未出过家门的女子,受不住这许多攻击。回到娘家去,娘家也无甚办法,就是那当年指腹为亲的母亲说:

"这都是你的命(命运),你好好的耐着吧!"

年青的女子,莫明其妙的,不知道自己为什么要有这样的命,于是往往演出悲剧来,跳井的跳井,上吊的上吊。

古语说,"女子上不了战场。"

其实不对的,这井多么深,平白的你问一个男子,问他这井敢跳不敢跳,怕他也不敢的,而一个年青的女子竟敢了。上战场不一定死,也许回来闹个一官半职的。可是跳井就很难不死,一跳就多半跳死了。

那么节妇坊上为什么没写着赞美女子跳井跳得勇敢的赞词?那是修节妇坊的人故意给删去的。因为修节妇坊的,多半是男人。他家里也有一个女人。他怕是写上了,将来他打他女人的时候,他的女人也去跳井。女人也跳了井,留下来一大群孩子可怎么办?于是一律不写。只写,温文尔雅,孝顺公婆……

大戏还没有开台,就来了这许多事情。等大戏一开了台,那戏台下边,真是人山人海,拥挤不堪。搭戏台的人,也真是会搭,正选了一块平平坦坦的大沙滩,又光滑,又干净,使人就是倒在上边,也不会把衣裳沾一丝儿的土星。这沙滩有半里路长。

人们笑语连天,哪里是在看戏,闹得比锣鼓好像更响,那戏台上出来一个穿红的,进去一个穿绿的,只看见摇摇摆摆的走出走进,别的什么也不知道了,不用说唱得好不好,就连听也听不到。离着近的还看得见不挂胡子的戏子在张嘴,离得远的就连戏台那个穿红衣裳的究竟是一个坤角,还是一个男角也都不大看得清楚。

简直是还不如看木偶戏。

但是若有一个唱木偶戏的这时候来在台下,唱起来,问他们看不看,那他们一定不看的,哪怕就连戏台子的边也看不见了,哪怕是站在二里路之外,他们也不看那木偶戏的。因为在大戏台底下,哪怕就是睡了一觉回去,也总算是从大戏台子底下回的,而不是从什么别的地方回来的。

一年没有什么别的好看,就这一场大戏还能够轻容的放过吗?所以无论看不看,戏台底下是不能不来。

所以一些乡下的人也都来了,赶着几套马的大车,赶着老牛车,赶着花轮子①,赶着小车子,小车子上边驾着大骡子。总之家里有什么车就驾了什么车来。也有的似乎他们家里并不养马,也不养别的牲口,就只用了一匹小毛驴,拉着一个花轮子也就来了。

来了之后,这些车马,就一齐停在沙滩上,马匹在草包上吃着草,骡子到河里去喝水。车子上都搭席棚,好像小看台似的,排列在戏台的远处。那车子带来了他们的全家,从祖母到孙子媳,老少三辈。他们离着戏台二三十丈远,听是什么也听不见的,看也很难看到什么,也不过是五红大绿的,在戏台上跑着圈子,头上戴着奇怪的帽子,身上穿着奇怪的衣裳。谁知道那些人都是干什么的,有的看了三天野台子戏,而连一场的戏名字也都叫不出来。回到乡下去,他也跟着人家说长道短的,偶尔人家问了他说的是哪出戏,他竟瞪了眼睛,说不出来了。

至于一些孩子们在戏台底下,就更什么也不知道了,只记住一个大胡子,一个花脸的,谁知道那些都是在做什么,比比划划,刀枪棍棒的乱闹一阵。

---

① 花轮子,一种马或驴拉的轻便小车,单套,木轮。为其时东北地区小户人家常用的交通工具。

反正戏台底下有些卖凉粉的,有些卖糖球的,随便吃去好了。什么黏糕,油炸馒头,豆腐脑都有,这些东西吃了又不饱,吃了这样再去吃那样。卖西瓜的,卖香瓜的,戏台底下都有,招得苍蝇一大堆,嗡嗡的飞。

戏台上敲锣打鼓震天的响。

那唱戏的人,也似乎怕远处的人听不见,也在拼命的喊,喊破了喉咙也压不住台的,那在台下的早已忘记了是在看戏。都在那里说长道短。男男女女的谈起家常来。还有些个远亲,平常一年也看不到,今天在这里看到了,哪能不打招呼。所以三姨二婶子的,就在人多的地方大叫起来,假若是在看台的凉棚里坐着,忽然有一个老太太站了起来,大叫着说:

"他二舅母,你可多暂来的?"

于是那一方也就应声而起。原来坐在看台的楼座上的,离着戏比较近,听唱是听得到的,所以那看台上比较安静。姑娘媳妇都吃着瓜子,喝着茶。对这大嚷大叫的人,别人虽然讨厌,但也不敢去禁止,你若让她小一点声讲话,她会骂了出来:

"这野台子戏,也不是你家的,你愿听戏,你请一台子到你家里去唱……"

另外的一个也说:

"哟哟,我没见过,看起戏来,都六亲不认了,说个话儿也不让……"

这还是比较好的,还有更不客气的,一开口就说:

"小养汉老婆……你奶奶,一辈子家里外头靡受过谁的大声小气,今天来到戏台底下受你的管教来啦,你娘的……"

被骂的人若是不搭言,过一会也就了事了,若一搭言,自然也没有好听的。于是两边就打了起来啦,西瓜皮之类就飞了过去。

这来在戏台下看戏的,不料自己竟演起戏来,于是人们一窝蜂似的,都聚在这个真打真骂的活戏的方面来了。也有一些流氓混子之类,故意的叫着好,惹得全场的人哄哄大笑。假若打仗的还是个年青的女子,那些讨厌的流氓们还会说着各样的俏皮话,使她火上加油越骂就越凶猛。

自然那老太太无理,她一开口就骂了人。但是一闹到后来,谁是谁非也就看不出来了。

幸而戏台上的戏子总算沉着,不为所动,还在那里阿拉阿拉的唱。过了一个时候,那打得热闹的也究竟平静了。

再说戏台下边也有一些个调情的,那都是南街豆腐房里的嫂嫂,或是碾磨房的碾倌磨倌的老婆。碾倌的老婆看上了一个赶马车的车夫。或是豆腐匠看上了开粮米铺那家的小姑娘。有的是两方面都眉来眼去,有的是一方面殷勤,他一方面则表示要拒之千里之外。这样的多半是一边低,一边高,两方面的资财不对。

绅士之流,也有调情的,彼此都坐在看台之上,东张张,西望望。三亲六故,姐夫小姨之间,未免的就要多看几眼,何况又都打扮得漂亮,非常好看。

绅士们平常到别人家的客厅去拜访的时候,绝不能够看上了人家的小姐就不住的看,那该多么不绅士,那该多么不讲道德。那小姐若一告诉了她的父母,她的父母立刻就和这样的朋友绝交。绝交了,倒不要紧,要紧的是一传出去名誉该多坏。绅士是高雅的,哪能够不清不白的,哪能够不分长幼的去存心朋友的女儿,像那般下等人似的。

绅士彼此一拜访的时候,都是先让到客厅里去,端端庄庄的坐在那里,而后倒茶装烟。规矩礼法,彼此都尊为是上等人。朋友的妻子儿女,也都出来拜见,尊为长者。在这种时候,只能问问大少爷的书读了多少,或是又写了多少字了。连朋友的太太也不可以过多的谈话,何况朋友的女儿呢?那就连头也不能够抬的,哪里还敢细看。

现在在戏台上看看怕不要紧,假设有人问到,就说是东看西看,瞧一瞧是否有朋友在别的看台上。何况这地方又人多眼杂,也许没有人留意。

三看两看的,朋友的小姐倒没有看上,可看上了一个不知道在什么地方见到过的一位妇人。那妇人拿着小小的鹅翎扇子,从扇子梢上往这边转着眼珠,虽说是一位妇人,可是又年青,又漂亮。

这时候,这绅士就应该站起来打着口哨,好表示他是开心的。可是我们中国上一辈的老绅士不会这一套。他另外也有一套,就是他的眼睛似睁非睁的迷离恍惚的望了出去,表示他对她有无限的情意。可惜离得太远,怕不会看得清楚,也许枉费了心思了。

也有的在戏台下边,不听父母之命,不听媒妁之言,自己就结了终生不解之缘。这多半是表哥表妹等等,稍有点出身来历的公子小姐的行为。他们一言为定,终生合好。间或也有被父母所阻拦,生出来许多波折。但那波折都是非常美丽的,使人一讲起来,真是比看《红楼梦》更有趣味。来年再唱大戏的时候,姊妹们一讲起这佳话来,真是增添了不少的回想……

赶着车进城来看戏的乡下人,他们就在河边沙滩上,扎了营了。夜里大戏散了,人们都回家了,只有这等连车带马的,他们就在沙滩上过夜。好像出征的军人似的,露天为营。有的住了一夜,第二夜就回去了。有的住了三夜,一直到大戏唱完,才赶着车子回乡。不用说这沙滩上是很雄壮的,夜里,他们每家燃了火,煮茶的煮茶,谈天的谈天。但终归是人数太少,也不过二三十辆车子,所燃起来的火,也不会火光冲天,所以多少有一些凄凉之感。夜深了,住在河边上,被河水吸着又特别的凉,人家睡起觉来都觉得冷森森的。尤其是车夫马倌之类,他们不能够睡觉,怕是有土匪来抢劫他们马匹。所以就坐以待旦。

于是就在纸灯笼下边,三个两个的赌钱。赌到天色发白了,该牵着马到河边去饮水去了。在河上,遇到了捉蟹的蟹船。蟹船上的老头说:

"昨天的《打渔杀家》唱得不错。听说今天还有《汾河湾》。"

那牵着牲口饮水的人,是一点大戏常识也没有的。他只听到牲口喝水的声音呵呵的,其他的则不知所答了。

四

四月十八娘娘庙大会,这也是为着神鬼,而不是为着人的。

这庙会的土名就叫做"逛庙",也是无分男女老幼都来逛的,但其中以女子最多。

女子们早晨起来,吃了早饭,就开始梳洗打扮。打扮好了,就约了东家姐姐,西家妹妹的去逛庙去了。竟有一起来就先梳洗打扮的,打扮好了,才吃饭,一吃了饭就走了。总之一到逛庙这天,各不后人,到不了半晌午,就车水马龙,拥挤得气息不通了。

挤丢了孩子的站在那儿喊,找不到妈的孩子在人丛里边哭,三岁的,五岁的,还有两岁的刚刚会走,竟也被挤丢了。

所以每年庙会上必得有几个警察在收这些孩子。收了站在庙台上,等着他的家人来领。偏偏这些孩子都很胆小,张着嘴大哭,哭得实在可怜,满头满脸是汗。有的十二三岁了,也被丢了,问他家住哪里?他竟说不出所以然来,东指指,西划划,说是他家门口有一条小河沟,那河沟里边出虾米,就叫做"虾沟子",也许他家那地名就叫"虾沟子",听了使人莫明其妙。再问他这虾沟子离城多远,他便说:骑马要一顿饭的工夫可到,坐车要三顿饭的工夫可到。究竟离城多远,他没有说。问他姓什么,他说他祖父叫史二,他父亲叫史成……这样你就再也不敢问他了。要问他吃饭没有?他就说:"睡觉了。"这是没有办法的,任他去吧。于是就都连大带小的一齐站在庙门口,他们哭的哭,叫的叫,好像小兽似的,警察在看守着他们。

娘娘庙是在北大街上,老爷庙和娘娘庙离不了好远,那些烧香的人,虽然说是求子求孙,是先该向娘娘来烧香的,但是人们都以为阴间也是一样的重男轻女,所以不敢倒反天干。所以都是先到老爷庙去,打过钟,磕过头,好像跪到那里报个到似的,而后才上娘娘庙去。

老爷庙有大泥像十多尊,不知道哪个是老爷,都是威风凛凛,气概盖世的样子。有的泥像的手指尖都被攀了去,举着没有手指的手在那里站着,有的眼睛被挖了,像是个瞎子似的。有的泥像的脚趾是被写了一大堆的字,那字不太高雅,不怎么合乎神的身份。似乎是说泥像也该娶个老婆,不然他看了和尚去找小尼姑,他是要忌妒的。这字现在没有了,传说是这样。

为了这个,县官下了命令,不到初一十五,一律的把庙门锁起来,不准闲人进去。

当地的县官是很讲仁义道德的。传说他第五个姨太太,就是从尼姑庵接来的。所以他始终相信,尼姑绝不会找和尚。自古就把尼姑列在和尚一起,其实是世人不查,人云亦云。好比县官的第五房姨太太,就是个尼姑。难道她也被和尚找过了吗?这是不可能的。

所以下令一律的把庙门关了。

娘娘庙里比较的温静,泥像也有一些个,以女子为多,多半都没有横眉竖眼,近乎普通人,使人走进了大殿不必害怕。不用说是娘娘了,那自然是很好的温顺的女性。就说女鬼吧,也都不怎样恶,至多也不过披头散发的就完了,也决没有像老爷庙里那般泥像似的,眼睛冒了火,或像老虎似的张着嘴。

不但孩子进了老爷庙有的吓得大哭,就连壮年的男人进去也要肃然起敬。好像说虽然他在壮年,那泥像若走过来和他打打,他也决打不过那泥像的。

所以在老爷庙上磕头的人,心里比较虔诚,因为那泥像,身子高,力气大。

到了娘娘庙,虽然也磕头,但就总觉得那娘娘没有什么出奇之处。

塑泥像的人是男人,他把女人塑得很温顺,似乎对女人很尊敬。他把男人塑得很凶猛,似乎男性很不好。其实不对的,世界上的男人,无论多凶猛,眼睛冒火的似乎还未曾见过。就说西洋人吧,虽然与中国人的眼睛不同,但也不过是蓝瓦瓦的有点类似猫头的眼睛而已,居然间冒了火的还没有。眼睛会冒火的民族,目前的世界还未发现。那么塑泥像的人为什么把他塑成那个样子呢?那就是让你一见生畏,不但磕头,而且要心服。就是磕完了头站起再看看,也绝不会后悔,不会后悔这头是向一个平庸无奇的人白白磕了。至于塑像的人塑起女子来为什么要那么温顺,那就告诉人,温顺的就是老实的,老实的就是好欺侮的,告诉人快来欺侮她们吧。

人若老实了,不但异类要来欺侮,就是同类也不同情。

比方女子去拜过了娘娘庙,也不过向娘娘讨子讨孙。讨完了就出来了,其余的并没有什么尊敬的意思。觉子孙娘娘也不过是个普通的女子而已,只是她的孩子多了一些。

所以男人打老婆的时候便说:

"娘娘还得怕老爷打呢,何况你一个长舌妇!"

可见男人打女人是天理应该,神鬼齐一。怪不得那娘娘庙里的娘娘特别温顺,原来是常常挨打的缘故。可见温顺也不是怎么优良的天性,而是被打的结果。甚或是招打的原由。

两个庙都拜过了的人,就出来了,拥挤在街上。街上卖各种玩具的都有，多半玩具都是适于几岁的小孩子玩的。泥做的泥公鸡，鸡尾巴上插着两根红鸡毛，一点也不像，可是使人看去，就比活的更好看。家里有小孩子的不能不买。何况拿在嘴上一吹又会呜呜的响。买了泥公鸡，又看见了小泥人。小泥人的背上也有一个洞，这洞里边插着一根芦苇，一吹就响，那声音好像是诉怨似的，不太好听，但是孩子们都喜欢，做母亲的也一定要买。其余的如卖哨子的，卖小笛子，卖钱蝴蝶的，卖不倒翁的，其中尤以不倒翁最著名，也最上讲究，家家都买，有钱的买大的，没有钱的，买个小的。大的有一尺多高，二尺来高。小的有小得像个鸭蛋似的。无论大小，都非常灵活，按倒了就起来，起得很快，是随手就起来的。买不倒翁要当场试验，间或有生手的工匠所做出来的不倒翁，因屁股太大了，他不愿意倒下，也有的倒下了他就不起来。所以买不倒翁的人就把手伸出去，一律把他们按倒，看哪个先站起来就买哪个。当那一倒一起的时候真是可笑，摊子旁边围了些孩子，专在那里笑。不倒翁长得很好看，又白又胖。并不是老翁的样子，也不过他的名叫不倒翁就是了。其实他是一个胖孩子。做得讲究一点的，头顶上还贴了一撮毛，算是头发。有头发的比没有头发的要贵二百钱。有的孩子买的时候力争要带头发的，做母亲的舍不得那二百钱，就说到家给他剪点狗毛贴。孩子非要带毛的不可，选了一个带毛的抱在怀里不放。没有法只得买了。这孩子抱着欢喜了一路，等到家一看，那撮毛不知什么时候已经飞了。于是孩子大哭。虽然母亲已经给剪了撮狗毛贴上了，但那孩子就总觉得这狗毛不是真的，不如原来的好看。也许那原来也贴的是狗毛，或许还不如现在的这个好看。但那孩子就总不开心，忧愁了一个下半天。

　　庙会到下半天就散了。虽然庙会是散了，可是庙门还开着，烧香的人，拜佛的人陆续的还有。有些没有儿子的妇女，仍旧在娘娘庙上捉弄着娘娘。给子孙娘娘的背后钉一个纽扣，给她的脚上绑一条带子,耳朵上挂一只耳环,给她戴一副眼镜,把她旁边的泥娃娃给偷着抱走了一个。据说这样做,来年就都会生儿子的。

娘娘庙的门口,卖带子的特别多,妇人们都争着去买,她们相信买了带子,就会把儿子给带来了。

若是未出嫁的女儿,也误买了这东西,那就将成为大家的笑柄了。

庙会一过,家家户户就都有一个不倒翁,离城远至十八里路的,也都买了一个回去。回到家里,摆在迎门的向口,使别人一开就看见了,他家的确有一个不倒翁不差。这证明逛庙会的时节他家并没有落伍,的确是去逛过了。

歌谣上说:

小大姐,去逛庙,扭扭搭搭走的俏,回来买个搬不倒。

五

这些盛举,都是为鬼而做的并非为人而做的。至于人去看戏,逛庙,也不过是揩油借光的意思。

跳大神有鬼,唱大戏是唱给龙王爷看的。七月十五放河灯,是把灯放给鬼,让他顶着个灯去脱生。四月十八也是烧香磕头的祭鬼。

只有跳秧歌,是为活人而不是为鬼预备的。跳秧歌是在正月十五,正是农闲的时候,趁着新年而化起装来,男人装女人,装得滑稽可笑。

狮子,龙灯,旱船……等等。似乎也跟祭鬼似的,花样复杂,一时说不清楚。

第三章

一

呼兰河这小城里边住着我的祖父。

我生的时候,祖父已经六十多岁了,我长到四五岁,祖父就快七十了。

我家有一个大花园,这花园里蜂子,蝴蝶,蜻蜓,蚂蚱,样样都有。蝴蝶有白蝴蝶,黄蝴蝶。这种蝴蝶极小,不太好看。好看的是大红蝴蝶,满身带着金粉。

蜻蜓是金的。蚂蚱是绿的。蜂子则嗡嗡的飞着,满身绒毛,落到一朵花上,胖圆圆的就和一个小毛球似的不动了。

花园里边明晃晃的,红的红,绿的绿,新鲜漂亮。

据说这花园,从前是一个果园。祖母喜欢吃果子就种了果园。祖母又喜欢养羊,羊就把果树给啃了。果树于是都死了。到我有记忆的时候,园子里就只有一棵樱桃树,一棵李子树,因为樱桃和李子都不大结果子,所以觉得它们是并不存在的。小的时候,只觉得园子里边就有一棵大榆树。

这榆树,在园子的西北角上,来了风,这榆树先啸,来了雨,大榆树先就冒烟了。太阳一出来，大榆树的叶子就发光了，它们闪烁得和沙滩上的蚌壳一样了。

祖父一天都在后园里边，我也跟着祖父在后园里边。祖父戴一个大草帽，我戴一个小草帽。祖父栽花，我就栽花，祖父拔草，我就拔草。当祖父下种种小白菜的时候，我就跟在后边，把那下了种的土窝，用脚一个一个的溜平，哪里会溜得准，东一脚的，西一脚的瞎闹。有的把菜种不单没被土盖上，反而把菜子踢飞了。

小白菜长得非常之快，没有几天就冒了芽了。一转眼就可以拔下来吃了。

祖父铲地，我也铲地。因为我太小，拿不动那锄头杆，祖父就把锄头杆拔下来，让我单拿着那个锄头的"头"来铲。其实哪里是铲，也不过爬在地上，用锄头乱勾一阵就是了。也认不得哪个是苗，哪个是草。往往把韭菜当做野草一起的割掉，把狗尾草当做谷穗留着。

等祖父发现我铲的那块满留着狗尾草的一片，他就问我：

"这是什么？"

我说：

"谷子。"

祖父大笑起来，笑得够了，把草摘下来问我：

"你每天吃的就是这个吗？"

我说：

"是的。"

我看着祖父还在笑，我就说：

"你不信，我到屋里拿来你看。"

我跑到屋里，拿了鸟笼上的一头谷穗，远远的就抛给祖父了。

说：

"这不是一样的吗？"

祖父慢慢的把我叫过去,讲给我听,说谷子是有芒针的。狗尾草则没有,只是毛嘟嘟的真像狗尾巴。

祖父虽然教我,我看了也并不细看,也不过马马虎虎承认下来就是了。一抬头看见了一个黄瓜长大了,跑过去摘下来,我又去吃黄瓜去了。

黄瓜也许没有吃完,又看见了一个大蜻蜓从旁飞过,于是丢了黄瓜又去追蜻蜓去了。蜻蜓飞得多么快,哪里会追得上。好则一开初也没有存心一定追上。所以站起来,跟了蜻蜓跑了几步就又去做别的去了。

采一个倭瓜花心,捉一个大绿豆青蚂蚱,把蚂蚱腿用线绑上,绑了一会,也许把蚂蚱腿就绑掉,线头上只拴了一只腿,而不见蚂蚱了。

玩腻了,又跑到祖父那里去乱闹一阵。祖父浇菜,我也抢过来浇,奇怪的就是并不往菜上浇,而是拿着水瓢,拼尽了力气,把水往天空里一扬,大喊着:

"下雨了,下雨了。"

太阳在园子里是特大的,天空是特别高的,太阳的光芒四射,亮得使人睁不开眼睛,亮得蚯蚓不敢钻出地面来,蝙蝠不敢从什么黑暗的地飞出来。是凡在太阳下的,都是健康的,漂亮的,拍一拍连大树都会发响的,叫一叫就是站在对面的土墙都会回答似的。

花开了,就像花睡醒了似的。鸟飞了,就像鸟上天了似的。虫子叫了,就像虫子在说话似的。一切都活了。都有无限的本领,要做什么,就做什么。要怎么样,就怎么样。都是自由的。倭瓜愿意爬上架就爬上架,愿意爬上房就爬上房。黄瓜愿意开一个谎花,就开一个谎花,愿意结一个黄瓜就结一个黄瓜。若都不愿意,就是一个黄瓜也不结,一朵花也不开,也没有人问它似的。玉米愿意长多高就长多高,它若愿意长上天去,也没有人管。蝴蝶随意的飞,一会从墙头上飞来一对黄蝴蝶,一会又从墙头上飞走了一个白蝴蝶。它们是从谁家来的,又飞到谁家去?太阳也不知道这个。

只是天空蓝悠悠的,又高又远。

可是白云一来了的时候,那大团的白云,好像翻了花的白银似的,从祖父的头上经过,好像要压到了祖父的草帽那么低。

我玩累了,就在房檐底下找个阴凉的地方睡着了。不用枕头,不用席子,就把草帽扣在脸上就睡了。

二

祖父的眼睛是笑盈盈的,祖父的笑,常常笑成和孩子似的。

祖父是个长得很高的人,身体很健康,手里喜欢拿着个手杖。嘴上则不住的抽着旱烟管,遇到了小孩子,每每喜欢开个玩笑,说:

"你看天空飞个家雀。"

趁那孩子往天空一看,就伸出手去把那孩子的帽给取下来了。有的时候放在长衫的下边,有的时候放在袖口里头。他说:

"家雀叼走了你的帽啦。"

孩子们都知道了祖父的这一手了,并不以为奇,就抱住他的大腿,向他要帽子,摸着他的袖管,撕着他的衣襟,一直到找出帽子来为止。

祖父常常这样做,也总是把帽放在同一的地方,总是放在袖口和衣襟下。那些搜索他的孩子没有一次不是在他衣襟下把帽子拿出来的,好像他和孩子们约定了似的,"我就放在这块,你来找吧!"

这样的不知做过了多少次,就像老太太永久讲着"上山打老虎"这一个故事给孩子们听似的,哪怕是已经听过了五百遍,也还是在那里回回拍手,回回叫好。

每当祖父这样做一次的时候,祖父和孩子们都一齐的笑得不得了。好像这戏还像第一次演似的。

别人看了祖父这样做,也有笑的,可不是笑祖父的手法好,而是笑他天天使用一种方法抓掉了孩子的帽子,这未免可笑。

祖父不怎样会理财,一切家务都由祖母管理。祖父只是自由自在的一天闲着,我想,幸好我长大了,我三岁了。不然祖父该多寂寞。我会走了,我会跑了。我走不动的时候,祖父就抱着我,我走动了,祖父就拉着我。一天到晚,门里门外,寸步不离。而祖父多半是在后园里,于是我也在后园里。

我小的时候,没有什么同伴,我是我母亲的第一个孩子。

我记事很早,在我三岁的时候,我记得我的祖母用针刺过我的手指,所以我很不喜欢她。我家的窗子,都是四边糊纸,当中嵌着玻璃,祖母是有洁癖的,以她屋的窗纸最白净。别人抱着把我一放在祖母的炕边上,我不假思索的就要往炕里边跑,跑到窗子那里,就伸出手去,把那白白透着花窗棂的纸窗给捅了几个洞,若不加阻止,就必得挨着排给捅破,若有人招呼着我,我也得加速的抢着多捅几个才能停止。手指一触到窗上,那纸窗像小鼓似的,嘭嘭的就破了。破得越多,自己越得意。祖母若来追我的时候,我就越得意了,笑得拍着手,跳着脚的。

有一天祖母看我来了,她拿了一个大针就到窗子外边去等我去了。我刚一伸出手去,手指就痛得厉害。我就叫起来了。那就是祖母用针刺了我。

从此,我就记住了,我不喜她。

虽然她也给我糖吃,她咳嗽的时候吃猪腰烧川贝母,也分给我猪腰,但是我吃了猪腰还是不喜她。

在她临死之前,病重的时候,我还曾吓了她一跳。有一天她自己一个人坐在炕上熬药,药壶是坐在炭火盆上,因为屋里特别的寂静,听得见那药壶骨碌骨碌的响。祖母住着两间房子,是里外屋,恰巧外屋也没有人,里屋也没人,就是她自己。我把门一开,祖母并没有看见我,于是我就用拳头在板隔壁上,咚咚的打了两拳。我听到祖母"哟"的一声,铁火剪子就掉了地上了。

我再探头一望,祖母就骂起我来。她好像就要下地来追我似的,我就一边笑着,一边跑了。

我这样的吓唬祖母,也并不是向她报仇,那时我才五岁,是不晓得什么的。也许觉得这样好玩。

祖父一天到晚是闲着的,祖母什么工作也不分配给他。只有一件事,就是祖母的地棕①上的摆设,有一套锡器,却总是祖父擦的。这可不知道是祖母派给他的,还是他自动的愿意工作。每当祖父一擦的时候,我就不高兴,一方面是不能领着我到后园里去玩了,另一方面祖父因此常常挨骂。祖母骂他懒,骂他擦得不干净。祖母一骂祖父的时候,就常常不知为什么连我也骂上。

祖母一骂祖父,我就拉着祖父的手往外边走,一边说:

"我们后园里去吧。"

也许因此祖母也骂了我。

她骂祖父是"死脑瓜骨",骂我是"小死脑瓜骨"。

我拉着祖父就到后园里去了,一到了后园里,立刻就另是一个世界了。决不是那屋子里的狭窄的世界。而是宽广的,人和天地在一起,天地是多么大,多么远,用手摸不到天空。而土地上所长的又是那么繁华,一眼看上去,是看不完的,只觉得眼前鲜绿的一片。

一到后园里,我就没有对象的奔了出去,好像我是看准了什么而奔去了似的,好像有什么在那儿等着我似的。其实我是什么目

---

① "棕",或为"琴"之误。地琴,放在地上装衣物等的橱柜。

的也没有。只觉得这园子里边无论什么东西都是活的,好像我的腿也非跳不可了。

若不是把全身的力量跳尽了,祖父怕我累了想招呼住我,那是不可能的,反而他越招呼,我越不听话。

等到自己实在跑不动了,才坐下来休息,那休息也是很快的,也不过随便在秧子上摘下一个黄瓜来,吃了也就好了。

休息好了又是跑。

樱桃树,明是没有结樱桃,就偏跑到树上去找樱桃。李子树是半死的样子了,本不结李子的,就偏去找李子。一边在找还一边大声的喊,在问着祖父:

"爷爷,樱桃树为什么不结樱桃?"

祖父老远的回答着:

"因为没有开花,就不结樱桃。"

再问:

"为什么樱桃树不开花?"

祖父说:

"因为你嘴馋,它就不开花。"

我一听了这话,明明是嘲笑我的话,于是就飞奔着跑到祖父那里,似乎是很生气的样子。等祖父把眼睛一抬,他用了完全没有恶意的眼睛一看我,我立刻就笑了。而且是笑了半天的工夫才能够止住,不知哪里来了那么许多高兴。把后园一时都让我搅乱了,我笑的声音不知有多大,自己都感到震耳了。

后园中有一棵玫瑰。一到五月就开花的。一直开到六月。花朵和酱油碟那么大。开得很茂盛,满树都是,因为花香,招来了很多的蜂子,嗡嗡的在玫瑰树那儿闹着。

别的一切都玩厌了的时候,我就想起来去摘玫瑰花,摘了一大堆把草帽脱下来用帽兜子盛着。在摘那花的时候,有两种恐惧,一种是怕蜂子的钩刺人,另一种是怕玫瑰的刺刺手。好不容易摘了一大堆,摘完了可又不知道做什么了。忽然异想天开,这花若给祖父戴起来该多好看。

祖父蹲在地上拔草,我就给他戴花。祖父只知道我在捉弄他的帽子,而不知道我到底是在干什么。我把他的草帽给他插了一圈的花,红通通的二三十朵。我一边插着一边笑。当我听到祖父说:

"今年春天雨水大,咱们这棵玫瑰开得这么香。二里路也怕闻得到的。"

就把我笑得哆嗦起来。我几乎没有支持的能力再插上去。等我插完了,祖父还是安然的不晓得。他还照样的拔着垄上的草。我跑得很远的站着,我不敢往祖父那边看,一看就想笑。所以我借机进屋去找一点吃的来,还没有等我回到园中,祖父也屋来了。

那满头红通通的花朵。一进来祖母就看见了。她看见什么也没说,就大笑了起来。父亲母亲也笑了起来,而以我笑得最厉害,我在炕上打着滚笑。

祖父把帽子摘下来一看,原来那玫瑰的香并不是因为今年春天雨水大的缘故,而是那花就顶在他的头上。

他把帽子放下,他笑了十多分钟还停不住,过一会一想起来,又笑了。

祖父刚有点忘记了,我就在旁边提着说:

"爷爷……今年春天雨水大呀……"

一提祖父的笑就来了。于是我也在炕上打起滚来。

就这样一天一天的,祖父,后园,我。这三样是一样也不可缺少的了。

刮了风,下了雨,祖父不知怎样,在我却是非常寂寞的了。去没有去处,玩没有玩的,觉得这一天不知有多少日子那么长。

三

偏偏这后园每年都要封闭一次的。秋雨之后这花园就开始凋零了,黄的黄,败的败,好像很快似的一切花朵都灭了。好像有人把它们摧残了似的。它们一齐都没有从前那么健康了。好像它们都很疲倦了,而要休息了似的,好像要收拾收拾回家去了似的。

大榆树也是落着叶子,当我和祖父偶尔在树下坐坐,树叶竟落在我的脸上来了。树叶飞满了后园。

没有多少时候,大雪又落下来了,后园就被埋住了。

通到园去的后门,也用泥封起来了,封得很厚,整个的冬天挂着白霜。

我家住着五间房子,祖母和祖父共住两间,母亲和父亲共住两间。祖母住的是西屋,母亲住的是东屋。

是五间一排的正房,厨房在中间,一齐是玻璃窗子,青砖墙,瓦房顶。

祖母的屋子,一个是外间,一个是内间。外间里摆着大躺箱,地长桌,太师椅。椅子上铺着红椅垫,躺箱上摆着朱砂瓶,长桌上列着座钟。钟的两边站着帽筒。帽筒上并不挂着帽子,而插着几个孔雀翎。

我小的时候,就喜欢这个孔雀翎,我说它有金色的眼睛,总想用手摸一摸,祖母就一定不让摸,祖母是有洁癖的。

还有祖母的躺箱上摆着一个座镜,那座镜是非常希奇的,画着一个穿着古装的大姑娘,好像活了似的,每当我到祖母屋去,若是屋子里没有人,她就总用眼睛瞪我,我几次的告诉过祖父,祖父说:

"那是画的,她不会瞪人。"

我一定说她是会瞪人的,因为我看得出来,她的眼珠像是会转。

还有祖母的大躺箱上也尽雕着小人,尽是穿古装衣裳的,宽衣大袖,还带顶子,带着翎子。满箱子都刻着,大概有二三十个人,还有吃酒的,吃饭的,还有作揖的……

我总想要细看一看,可是祖母不让我沾边,我还离得很远的,她就说:

"可不许用手摸,你的手脏。"

祖母的内间里边,在墙上挂着一个很古怪很古怪的挂钟,挂钟的下边用铁链子垂着两穗铁包米。铁包米比真的包米大了很多,看起来非常重,似乎可以打死一个人。再往那挂钟里边看就更希奇古怪了,有一个小人,长着蓝眼珠,钟摆一秒钟就响一下,钟摆一响,那眼珠就同时一转。

那小人是黄头发,蓝眼珠,跟我相差太远,虽然祖父告诉我,说那是毛子人,但我不承认她,我看她不像什么人。

所以我每次看这挂钟,就半天半天的看,都看得有点发呆了。我想:这毛子人就总在钟里边呆着吗?永久也不下来玩吗?

外国人在呼兰河的土语叫做"毛子人"。我四五岁的时候,还没有见过一个毛子人,以为毛子人就是因为她的头发毛烘烘的卷着的缘故。

祖母的屋子除了这些东西,还有很多别的,因为那时候,别的我都不发生什么趣味,所以只记住了这三五样。

母亲的屋里,就连这一类的古怪玩艺也没有了,都是些普通的描金柜,也是些帽筒,花瓶之类,没有什么好看的,我没有记住。

这五间房子的组织,除了四间住房一间厨房之外,还有极小的,极黑的两个小后房。祖母一个,母亲一个。

那里边装着各种样的东西,因为是储藏室的缘故。

坛子罐子,箱子柜子,筐子篓子。除了自己家的东西,还有别人奇怪的。

那里边是黑的,要端着灯进去才能看见。那里边的耗子很多,蜘蛛网也很多。空气不大好,永久有一种扑鼻的和药的气味似的。

我觉得这储藏室很好玩,随便打开哪一只箱子,里边一定有一些好看的东西,花丝线,各种色的绸条,香荷包,搭腰,裤腿,马蹄袖,绣花的领子。古香古色,颜色都配得特别的好看。箱子里边也常常有蓝翠的耳环,或戒指被我看见了,我一看见就非要一个玩不可,母亲就常常随手抛给我一个。

还有些桌子带着抽屉的,一打开那里边更有些好玩的东西,铜环,木刀,竹尺,观音粉。这些个都是我在别的地方没有看过的。而且这抽屉始终也不锁的。所以我常常随意的开,开了就把样样,似乎是不加选择的都搜了出去,左手拿着木头刀,右手拿着观音粉,这里砍一下,那里画一下。后来我又得到了一个小锯,用这小锯,我开始毁坏起东西来,在椅子腿上锯一锯,在炕沿上锯一锯。我自己竟把我自己的小木刀也锯坏了。

无论吃饭和睡觉,我这些东西都带在身边,吃饭的时候,我就用这小锯,锯着馒头。睡觉做起梦来还喊着:

"我的小锯哪里去了?"

储藏室好像变成我探险的地方了。我常常趁着母亲不在屋我就打开门进去了。这储藏室也有一个后窗,下半天也有一点亮光,我就趁着这亮光打开了抽屉,这抽屉已经被我翻得差不多的了,没有什么新鲜的了。翻了一会,觉得没有什么趣味了,就出来了。到后来连一块水胶,一段绳头都让我拿出来了,把五个抽屉通通拿空了。

除了抽屉还有筐子笼子,但那个我不敢动,似乎每一样都是黑洞洞的,灰尘不知有多厚,蛛网蛛丝的不知有多少,因此我连想也不想动那东西。

记得有一次我走到这黑屋子的极深极远的地方去,一个发响的东西撞在我的脚上,我摸起来抱到光亮的地方一看,原来是一个小灯笼,用手指把灰尘一划,露出来是个红玻璃的。

我在一两岁的时候,大概我是见过灯笼的,可是长到四五岁,反而不认识了。我不知道这是个什么。我抱着去问祖父去了。

祖父给我擦干净了,里边点上个洋蜡烛,于是我欢喜得就打着灯笼满屋跑,跑了好几天,一直到把这灯笼打碎了才算完了。

我在黑屋子里边又碰到了一块木头,这块木头是上边刻着花的,用手一摸,很不光滑,我拿出来用小锯锯着。祖父看见了,说:

"这是印帖子的帖板。"

我不知道什么叫帖子,祖父刷上一片墨刷一张给我看,我只看见印出来几个小人。还有一些乱七八糟的花,还有字。祖父说:

"咱们家开烧锅的时候,发帖子就是用这个印的,这是一百吊的……还有五十吊的十吊的……"

祖父给我印了许多,还用鬼子红给我印了些红的。

还有带缨子的清朝的帽子,我也拿了出来戴上。多少年前的老大的鹅翎扇子,我也拿了出来吹着风。翻了一瓶砂仁出来,那是治胃病的药,母亲吃着,我也跟着吃。

不久,这些八百年前的东西,都被我弄出来了。有些是祖母保存着的,有些是已经出了嫁的姑母的遗物。已经在那黑洞洞的地方放了多少年了,连动也没有动过,有些个快要腐乱了,有些个生了虫子,因为那些东西早被人们忘记了,好像世界上已经没有那么一回事了。而今天忽然又来到了他们的眼前,他们受了惊似的又恢复了他们的记忆。

每当我拿出一件新的东西的时候,祖母看见了,祖母说:

"这是多少年前的了!这是你大姑在家里边玩的……"

祖父看见了,祖父说:

"这是你二姑在家时用的……"

这是你大姑的扇子,那是你三姑的花鞋……都有了来历。但我不知道谁是我的三姑,谁是我的大姑。也许我一两岁的时候,我见过她们,可是我到四五岁时,我就不记得了。

我祖母有三个女儿,到我长起来时,她们都早已出嫁了。可见二三十年内就没有小孩子了。而今也只有我一个。实在的还有一个小弟弟,不过那时他才一岁半岁的,所以不算他。

家里边多少年前放的东西,没有动过,他们过的是既不向前,也不回头的生活,是凡过去的,都算是忘记了,未来的他们也不怎样积极的希望着,只是一天一天的平板的,无怨无尤的在他们祖先给他们准备好的口粮之中生活着。

等我生来了,第一给了祖父的无限的欢喜,等我长大了,祖父非常的爱我。使我觉得在这世界上,有了祖父就够了,还怕什么呢?虽然父亲的冷淡,母亲的恶言恶色,和祖母的用针刺我手指的这些事,都觉得算不了什么。何况又有后花园!后园虽然让冰雪给封闭了,但是又发现了这储藏室。这里边是无穷无尽的什么都有,这里边宝藏着的都是我所想象不到的东西,使我感到这世界上的东西怎么这样多!而且样样好玩,样样新奇。

比方我得到了一包颜料,是中国的大绿,看那颜料闪着金光,可是往指甲上一染,指甲就变绿了,往胳臂上一染,胳臂立刻飞来了一张绿树叶似的。实在是好看,也实在是莫明其妙,所以心里边就暗暗的欢喜,莫非是我得了宝贝吗?

得了一块观音粉,这观音粉往门上一划,门就白了一道,往窗上一划,窗就白了一道。这可真有点奇怪,大概祖父写字的墨是黑墨,而这是白墨吧!

得了一块圆玻璃,祖父说是"显微镜"。他在太阳底下一照,竟把祖父装好的一袋烟照着了。

这该多么使人欢喜,什么什么都会变的。你看它是一块废铁,说不定它就有用。比方我检到一块四方的铁块,上边有一个小窝。祖父把榛子放在小窝里边,打着榛子给我吃。在这小窝里打,不知道比用牙咬要快了多少倍。何况祖父老了,他的牙又多半不大好。

我天天从那黑屋子往外搬着,而天天有新的。搬出来一批,玩厌了,弄坏了,就再去搬。

因此使我的祖父,祖母常常的慨叹。

他们说这是多少年前的了,连我的第三个姑母还没有生的时候就有这东西。那是多少年前的了,还是分家的时候,从我曾祖那里得来的呢。又哪样哪样是什么人送的,而那家人家到今天也都家败人亡了,而这东西还存在着。

又是我在玩着的那葡蔓藤的手镯,祖母说她就戴着这个手镯,有一年夏天坐着小车子,抱着我大姑去回娘家,路上遇了土匪,把金耳环给摘去了,而没有要这手镯,若也是金的银的,那该多危险,也一定要被抢去的。

我听了问她:

"我大姑在哪儿呢?"

祖父笑了。祖母说:

"你大姑的孩子比你都大了。"

原来是四十年前的事情,我哪里知道。可是藤手镯却戴在我的手上,我举起手来,摇了一阵,那手镯好像风车似的,滴溜滴溜的转,手镯太大了,我的手太细了。

祖母看见我把从前的东西都搬出来了,她常常骂我:

"你这孩子,没有东西不拿着玩的,这小不成器的……"

她嘴里虽然是这样说,但她又在光天化日之下得以重看到这东西,也似乎给了她一些回忆的满足。所以她说我是并不十分严刻的,我当然是不听她,该拿还是照旧的拿。

于是我家里久不见天日的东西,经我这一搬弄,才得以见了天日。于是坏的坏,扔的扔,也就都从此消灭了。

我有记忆的第一个冬天,就这样过去了。没有感到十分的寂寞,但总不如在后园里那样玩着好。但孩子是容易忘记的,也就随遇而安了。

四

第二年夏天,后园里种了不少的韭菜,是因为祖母喜欢吃韭菜馅的饺子而种的。

可是当韭菜长起来时,祖母就病重了。而不能吃这韭菜了,家里别的人也没有吃这韭菜,韭菜就在园子里荒着。

因为祖母病重,家里非常热闹,来了我的大姑母,又来了我的二姑母。

二姑母是坐着她自家的小车子来的。那拉车的骡子挂着铃铛。哗哗啷啷的就停在窗前了。

从那车上第一个就跳下来一个小孩,那小孩比我高了一点。是二姑母的儿子。

他的小名叫"小兰",祖父让我向他叫兰哥。

别的我都不记得了,只记得不大一会工夫我就把他领到后园里去了。

告诉他这个是玫瑰树,这个是狗尾草。这个是樱桃树,樱桃树是不结樱桃的,我也告诉了他。

不知道在这之前他见过我没有,我可并没有见过他。

我带他到东南角上去看那棵李子树时,还没有走到跟前,他就说:

"这树前年就死了。"

他说了这样的话,是使我很吃惊的。这树死了,他可怎么知道的?心中立刻来了一种忌妒的情感,觉得这花园是属于我的,和属于祖父的,其余的人连晓得也不该晓得才对的。

我问他:

"那么你来过我们家吗?"

他说他来过。

这个我更生气了,怎么他来我不晓得呢?

我又问他:

"你什么时候来过的?"

他说前年来的,他还带给我一个毛猴子。他问着我:

"你忘了吗?你抱着那毛猴子就跑,跌倒了你还哭了哩!"

我无论怎样想,也想不起来了。不过总算他送给我过一个毛猴子,可见对我是很好的,于是我就不生他的气了。

从此天天就在一块玩。

他比我大三岁,已经八岁了。他说他在学堂里边念了书的,他还带来了几本书,晚上在煤油灯下他还把书拿出来给我看。书上有小人,有剪刀,有房子。因为都是带着图,我一看就连那字似乎也认识了,我说:

"这念剪刀;这念房子。"

他说不对:

"这念剪,这念房。"

我拿过来一细看,果然都是一个字,而不是两个字,我是照着图念的,所以错了。

我也有一盒方字块,这边是图,那边是字,我也拿出来给他看了。

从此整天的玩。祖母病重与否,我不知道。不过在她临死的前几天就穿上了满身的新衣裳,好像要出门做客似的。说是怕死了来不及穿衣裳。

　　因为祖母病重家里热闹得很,来了很多亲戚。忙忙碌碌不知忙些个什么。有的拿了些白布撕着,撕得一条一块的,撕得非常的响亮,旁边就有人拿着针在缝那白布。还有的把一个小罐,里边装了米,罐口蒙上了红布。还有的在后园门口笼起火来,在铁大勺里边炸着面饼子。问她:

"这是什么?"

"这是打狗饽饽。"

　　她说阴间有十八关,过到狗关的时候,狗就上来咬人,用这饽饽一打,狗吃了饽饽就不咬人了。

　　似乎是姑妄言之姑妄听之,我没有听进去。

　　家里边的人越繁华,我就越寂寞,走到屋里,问问这个,问问那个,一切都不理解。祖父也似乎把我忘记了。我从后园里捉了一个特别大的蚂蚱送给他去看,他连看也没有看,就说:

"真好,真好,上后园去玩去吧!"

　　新来的兰哥也不陪我时,我就在后园里一个人玩。

五

　　祖母已经死了,人们都到龙王庙上去报过庙回来了。而我还在后园里边玩着。

　　后园里边下了点雨,我想要进屋去拿草帽去,走到酱缸旁边(我家的酱缸是放在后园里的),一看,有雨点拍拍的落到缸帽子上。我想这缸帽子该多大,遮起雨来,比草帽一定更好。

　　于是我就从缸上把它翻下来了,到了地上它还乱滚一阵,这时候,雨就大了。我好不容易才设法钻进这缸帽子去。因为这缸帽子太大了,差不多和我一般高。

我顶着它,走了几步,觉得天昏地暗。而且重也是很重的,非常吃力。而且自己已经走到哪里了,自己也不晓,只觉得头顶上拍拍拉拉的打着雨点,往脚下看着,脚下只是些狗尾草和韭菜。找了一个韭菜很厚的地方,我就坐下了,一坐下这缸帽子就和个小房似的扣着我。这比站着好得多,头顶不必顶着,缸帽子就扣在韭菜地上。但是里边可是黑极了,什么也看不见。

同时听什么声音,也觉得都远了。大树在风雨里边被吹得呜呜的,好像大树已经被搬到别人家的院子去了似的。

韭菜是种在北墙根上,我是坐在韭菜上。北墙根离家里的房子很远的,家里边那闹嚷嚷的声音,也像是来在远方。

我细听了一会,听不出什么来,还是在我自己的小屋里边坐着。这小屋这么好,不怕风,不怕雨。站起来走的时候,顶着屋盖就走了,有多么轻快。

其实是很重的了,顶起来非常吃力。

我顶着缸帽子,一路摸索着,来到了后门口,我是要顶给爷爷看看的。

我家的后门坎特别高,迈也迈不过去,因为缸帽子太大,使我抬不起腿来。好不容易用手把腿拉着,弄了半天,总算是过去了。虽然进了屋,仍是不知道祖父在什么方向,于是我就大喊,正在这喊之间,父亲一脚把我踢翻了,差点没把我踢到灶口的火堆上去。缸帽子也在地上滚着。

等人家把我抱了起来,我一看,屋子里的人,完全不对了,都穿了白衣裳。

再一看,祖母不是睡在炕上,而是睡在一张长板上。

从这以后祖母就死了。

六

祖母一死,家里继续着来了许多亲戚,有的拿着香、纸,到灵前哭了一阵就回去了。有的就带着大包小包的来了就住下了。

大门前边吹着喇叭,院子里搭了灵棚,哭声终日,一闹闹了不知多少日子。

请了和尚道士来,一闹闹到半夜,所来的都是吃、喝、说、笑。

我也觉得好玩,所以就特别高兴起来。又加上从前我没有小同伴,而现在有了。比我大的,比我小的,共有四五个。我们上树爬墙,几乎连房顶也要上去了。

他们带我到大门洞子顶上去捉鸽子。搬了梯子到房檐头上去捉家雀。后花园虽然大,已经装不下我了。

我跟着他们到井口边去往井里边看,那井是多么深,我从未见过。在上边喊一声,里边有人回答。用一个小石子投下去,那响声是很深远的。

他们带我到粮食房子去,到碾磨房去,有时候竟把我带到街上,是已经离开家了,不跟着家人在一起,我是从来没有走过这样远。

不料除了后园之外,还有更大的地方,我站在街上,不是看什么热闹,不是看那街上的行人车马,而是心里边想:是不是我将来一个人也可以走得很远?

有一天,他们把我带到南河沿上去了。南河沿离我家本不算远,也不过半里多地,可是因为我是第一次走,觉得实在是远,走出汗来了。走过一个黄土坑,又过一个南大营,南大营的门口,有兵把着门。那营房的院子大得在我看来太大了,实在是不应该。我们的院子就够大的了,怎么能比我们家的院子更大呢?大得有点不大好看了,我走过了,我还回过头来看。

路上有一家人家,把花盆摆到墙头上来了,我觉得这也不大好,若是看不见人家偷去呢!

还看见了一座小洋房,比我们家的房不知好了多少倍。若问我,哪里好?我也说不出来,就觉得那房子是一色新,不像我家的房子那么陈旧。

我仅仅走了半里多路,我所看见的可太多了。所以觉得这南河沿实在远。问他们:

"到了没有!"

他们说:

"就到的,就到的。"

果然,转过了大营房的墙角,就看见河水了。

我第一次看见河水,我不能晓得这河水是从什么地方来的,来了几年了。

那河太大了,等我走到河边上,抓了一把沙子抛下去,那河水简直没有因此而脏了一点点。河上有船,但是不很多,有的往东去了,有的往西去了。也有的划到河的对岸去的,河的对岸似乎没有人家,而是一片柳条林。再往远看,就不能知道那是什么地方了,因为也没有人家,也没有房子,也看不见道路,也听不见一点音响。

我想将来是不是我也可以到那没有人的地方去看一看。

除了我家的后园,还有街道。除了街道,还有大河。除了大河,还有柳条林。除了柳条林,还有更远的,什么也没有的地方,什么也看不见的地方,什么声音也听不见的地方。

究竟除了这些,还有什么,我越想越不知道了。

就不用说这些我未曾见过的。就说一个花盆吧,就说一座院子吧。院子和花盆,我家里都有。但说那营房的院子就比我家的大,我家的花盆是摆在后园里的,人家的花盆就摆到墙头上来了。

可见我不知道的一定还有。

所以祖母死了,我竟聪明了。

七

祖母死了,我就跟祖父学诗。因为祖父的屋子空着,我就闹着一定要睡在祖父那屋。

早晨念诗,晚上念诗,半夜醒了也是念诗。念了一阵,念困了再睡去。

祖父教我的是《千家诗》,并没有课本,全凭口头传诵,祖父念一句,我就念一句。

祖父说:

"少小离家老大回……"

我也说:

"少小离家老大回……"

都是些什么字,什么意思,我不知道,只觉得念起来那声音很好听。所以很高兴的跟着喊。我喊的声音,比祖父的声音更大。

我一念起诗来,我家的五间房都可以听见,祖父怕我喊坏了喉咙,常常警告着我说:

"房盖被你抬走了。"

听了这笑话,我略微的小了一会工夫,过不了多久,就又喊起来了。

夜里也是照样的喊,母亲吓唬我,说再喊她要打我。

祖父也说:

"没有你这样念诗的,你这不叫念诗,你这叫乱叫。"

但我觉得这乱叫的习惯不能改,若不让我叫,我念它干什么。每当祖父教我一个新诗,一开头我若听了那声音不好听,我就说:

"不学这个。"

祖父于是就换一个,换一个不好,我还是不要。

"春眠不觉晓,处处闻啼鸟。

夜来风雨声,花落知多少。"

这一首诗,我很喜欢,我一念到第二句,"处处闻啼鸟"那"处处"两字,我就高兴起来了。觉得这首诗,实在是好,真好听,"处处"该多好听。

还有一首我更喜欢的:

"重重叠叠上楼台,几度呼童扫不开。

刚被太阳收拾去,又为明月送将来。"

就这"几度呼童扫不开",我根本不知道什么意思,就念成"西沥忽通扫不开"。

越念越觉得好听,越念越有趣味。

每当客人来了,祖父总是呼我念诗的,我就总喜念这一首。

那客人不知听懂了与否,只是点头说好。

八

就这样瞎念,到底不是久计。我念了几十首之后,祖父开讲了。

"少小离家老大回,乡音无改鬓毛衰。"

祖父说:

"这是说小的时候离开了家到外边去,老了回来了。乡音无改鬓毛衰,这是说家乡的口音还没有改变,胡子可白了。"

我问祖父:

"为什么小的时候离家?离家到哪里去?"

祖父说:

"好比爷爷像你那么大离家,现在老了回来了,谁还认识呢?儿童相见不相识,笑问客从何处来。小孩子见了就招呼着说:你这个白胡老头,是从哪里来的?"

我一听,觉得不大好,赶快就问祖父:

"我也要离家的吗? 等我胡子白了回来,爷爷你也不认识我了吗?"

心里很恐惧。

祖父一听就笑了:

"等你老了还有爷爷吗?"

祖父说完了,看我还是不很高兴,他又赶快说:

"你不离家的,你哪里能够离家……快再念一首诗吧! 念春眠不觉晓……"

我一念起春眠不觉晓来,又是满口的大叫,得意极了。完全高兴,什么都忘了。

但从此再读新诗,一定要先讲的,没有讲过的也要重讲。似乎那大嚷大叫的习惯稍稍好了一点。

"两个黄鹂鸣翠柳,一行白鹭上青天。"

这首诗本来我也很喜欢的,黄梨是很好吃的。经祖父这一讲,说是两个鸟,于是不喜欢了。

"去年今日此门中,人面桃花相映红。

人面不知何处去,桃花依旧笑春风。"

这首诗祖父讲了我也不明白,但是我喜欢这首,因为其中有桃花,桃树一开了花不就结桃吗? 桃子不是好吃吗?

所以每念完这首诗,我就接着问祖父:

"今年咱们的樱桃树开花不开花?"

九

除了念诗之外,还很喜欢吃。

记得大门洞子东边那家房户是养猪的,一个大猪在前边走,一群小猪跟在后边。有一天一个小猪掉井了,人们用抬土的筐子把小猪从井钓了上来。钓上来,那小猪早已死了。井口旁边围了很多人看热闹,祖父和我也在旁边看热闹。

那小猪一被打上来,祖父就说他要那小猪。

祖父把那小猪抱到家里,用黄泥裹起来,放在灶坑里烧上了,烧好了给我吃。

我站在炕沿旁边,那整个的小猪,就摆在我的眼前,祖父把那小猪一撕开,立刻就冒了油,真香,我从来没有吃过那么香的东西,从来没有吃过那么好吃的东西。

第二次,又有一只鸭子掉井了,祖父也用黄泥包起来,烧上给我吃了。

在祖父烧的时候,我也帮着忙,帮助祖父搅黄泥,一边喊着,一边叫着,好像拉拉队似的给祖父助兴。

鸭子比小猪更好吃,那肉是不怎样肥的。所以我最喜欢吃鸭子。

我吃,祖父在旁边看着,祖父不吃。等我吃完了,祖父才吃。他说我的牙齿小,怕我咬不动,先让我选嫩的吃,我吃剩了的他才吃。

祖父看我每咽下去一口,他就点一下头,而且高兴的说:

"这小东西真馋",或是"这小东西吃得真快"。

我的手满是油,随吃随在大襟上擦着,祖父看了也并不生气,只是说:

"快蘸点盐吧,快蘸点韭菜花吧,空口吃不好,等会要反胃的……"

说着就捏几个盐粒放在我手上拿着的鸭子肉上。我一张嘴又进肚去了。

祖父越称赞我能吃,我越吃得多。祖父看看不好了,怕我吃多了。让我停下,我才停下来。我明明白白的是吃不下去了,可是我嘴里还说着:

"一个鸭子还不够呢!"

自此吃鸭子的印象非常之深,等了好久,鸭子不再掉到井里,我看井沿有一群鸭子,我拿了秫秆就往井里边赶,可是鸭子不进去,围着井口转,而呱呱的叫着。我就招呼了在旁边看热闹的小孩子,我说:

"帮我赶哪!"

正在吵吵叫叫的时候,祖父奔到了,祖父说:

"你在干什么?"

我说:

"赶鸭子,鸭子掉井,捞出来好烧吃。"

祖父说:

"不用赶了,爷爷抓个鸭子给你烧着吃。"

我不听他的话,我还是追在鸭子的后边跑着。

祖父上前来把我拦住了,抱在怀里,一面给我擦着汗一面说:

"跟爷爷回家,抓个鸭子烧上。"

我想:不掉井的鸭子,抓都抓不住,可怎么能规规矩矩贴起黄泥来让烧呢?于是我从祖父的身上往下挣扎着,喊着:

"我要掉井的,我要掉井的。"

祖父几乎抱不住我了。

第四章

一

　　一到了夏天,蒿草长没大人的腰了,长没我的头顶了,黄狗进去,连个影也看不见了。

　　夜里一刮起风来,蒿草就刷拉刷拉的响着,因为满院子都是蒿草,所以那响声就特别大,成群结队的就响起来了。

　　下了雨,那蒿草的梢上都冒着烟,雨本来下得不很大,若一看那蒿草,就像那雨下得特别大似的。

　　下了毛毛雨,那蒿草上就迷漫得朦朦胧胧的像是已经来了大雾,或者像是要变天了,好像是下了霜的早晨,混混沌沌的,在蒸腾着白烟。

　　刮风和下雨,这院子是很荒凉的了。就是晴天,多大的太阳照在上空,这院子也一样是荒凉的。没有什么显眼睛耀目的装饰,没有用人工设置过的一点痕迹,什么都是任其自然,愿意东,就东,愿意西,就西。若是纯然能够做到这样,倒也保存了原始的风景。但不对的,这算什么风景呢?东边堆着一堆朽木头,西边扔着一片乱柴火。左门旁排着一大片旧砖头,右门边晒着一片沙泥土。

沙泥土是厨子拿来搭炉灶的,搭好了炉灶,泥土就扔在门边了。若问他还有什么用处吗,我想他也不知道,不过忘了就是了。

至于那砖头可不知道是干什么的,已经放了很久了,风吹日晒,下了雨被雨浇。反正砖头是不怕雨的,浇浇又碍什么事。那么就浇着去吧,没人管它。其实也正不必管它,凑巧炉灶或是炕洞子坏了,那就用得着它了。就在眼前,伸手就来,用着多么方便。但是炉灶就总不常坏,炕洞子修的也比较结实。不知哪里找的这样好的工人,一修上炕洞子就是一年,头一年八月修上,不到第二年八月是不坏的,就是到了第二年八月,也得泥水匠来,砖瓦匠来用铁刀一块一块的把砖砍着搬下来。所以那门前的一堆砖头似乎是一年也没有多大的用处。三年两年的还是在那里摆着。大概总是越摆越少,东家拿去一块垫花盆,西家搬去一块又是做什么。不然若是越摆越多,那可就糟了,岂不是慢慢的会把房门封起来的吗?

其实门前的那砖头是越来越少的,不用人工,任其自然,过了三年两载也就没有了。

可是目前还是有的。就和那堆泥土同时在晒着太阳,它陪伴着它,它陪伴着它。

除了这个,还有打碎了的大缸扔在墙边上,大缸旁边还有一个破了口的坛子陪着它蹲在那里。坛子底上没有什么,只积了半坛雨水。用手攀着坛子边一摇动,那水里边有很多活物,会上下的跑,似鱼非鱼,似虫非虫,我不认识。再看那勉强站着的,几乎是站不住了的已经被打碎了的大缸,那缸里边可是什么也没有。其实不能够说那是"里边",本来这缸已经破了肚子,谈不到什么"里边""外边"了。就简称"缸礤①"吧!在这缸礤上什么也没有,光滑可爱,用手一拍还会发响。小的时候就总喜欢到旁边去搬一搬,

---

① "礤",似应作"碴",玻璃、冰等的碎片或碎块。

一搬就不得了了,在这缸磔的下边有无数的潮虫。吓得赶快就跑,跑得很远的站在那里回头看着,看了一回,那潮虫乱跑一阵又回到那缸磔的下边去了。

这缸磔为什么不扔掉呢?大概就是专养潮虫。

和这缸磔相对着,还扣着一个猪槽子,那猪槽子已经腐朽了,不知扣了多少年了。槽子底上长了不少的蘑菇,黑深深的,都是些小蘑,看样子,大概吃不得,不知长着做什么。

靠着槽子的旁边就睡着一柄生锈的铁犁头。

说也奇怪,我家里的东西都是成对的,成双的。没有单个的。

砖头晒太阳,就有泥土来陪着。有破坛子,就有破大缸。有猪槽子就有铁犁头。像是它们都配了对,结了婚。而且各自都有新生命送到世界上来。比方坛子里的似鱼非鱼,大缸下边的潮虫,猪槽子上的蘑菇等等。

不知为什么,这铁犁头,却看不出什么新生命来,而是全体腐烂下去了。什么也不生,什么也不长,全体黄澄澄的。用手一触就往下掉末,虽然他本质是铁的,但沦落到今天,就完全像黄泥做的了。就像要瘫了的样子。比起它的同伴那木槽子来,真是远差千里,惭愧惭愧。这犁头假若是人的话,一定要流泪大哭,"我的体质比你们都好哇,怎么今天衰弱到这个样子。"

它不但它自己衰弱,发黄,一下了雨,它那满身的黄色的色素,还跟着雨水流到别人的身上去。那猪槽子的半边已经被染黄了。

那黄色的水流,还一直流得很远,是凡它所经过的那条土地,都被它染得焦黄。

二

我家是荒凉的。

一进大门,靠着大门洞子的东壁是三间破房子,靠着大门洞子的西壁仍是三间破房子。再加上一个大门洞,看起来是七间连着串。外表上似乎是很威武的,房子都很高大,架着很粗的木头的房架。大柁是很粗的,一个小孩抱不过来。都一律是瓦房盖,房脊上还有透隆的用瓦做的花,迎着太阳看去,是很好看的。房脊的两梢上,一边有一个鸽子,大概也是瓦做的。终年不动,停在那里。这房子的外表,似乎不坏。

但我看它内容空虚。

西边的三间,自家用为装粮食的,粮食没有多少,耗子可是成群了。

粮食仓子底下让耗子咬出洞来,耗子的全家在吃着粮食。耗子在下边吃,麻雀在上边吃。全屋都是土腥气。窗子坏了,用板钉起来,门也坏了,每一开就颤抖抖的。

靠着门洞子西壁的三间房,是租给一家养猪的。那屋里屋外都没有别的,都是猪了。大猪小猪,猪槽子,猪粮食。来往的人也都是猪贩子。连房子带人,都弄得气味非常之坏。

说来那家也并没有养了多少猪,也不过十个八个的。每当黄昏的时候,那叫猪的声音远近可闻。打着猪槽子,敲着圈棚。叫了几声,停了一停。声音有高有低,在黄昏的庄严的空气里好像是说他家的生活是非常寂寞的。

除了这一连串的七间房子之外,还有六间破房子,三间破草房,三间碾磨房。

三间碾磨房一起租给那家养猪的了,因为它靠近那家养猪的。

三间破草房是在院子的西南角上,这房子它单独的跑得那么远,孤伶伶的,毛头毛脚的,歪歪斜斜的站在那里。

房顶的草上长着青苔,远看去,一片绿,很是好看。下了雨,房顶上就出蘑菇,人们就上房采蘑菇,就好像上山去采蘑菇一样,一采采了很多。这样出蘑菇的房顶实在是很少有,我家的房子共有三十来间,其余的都不会出蘑菇,所以住在那房里的人一提着筐子上房去采蘑菇,全院子的人没有不羡慕的,都说:

"这蘑菇是新鲜的,可不比那干蘑菇,若是杀一个小鸡炒上,那真好吃极了。"

"蘑菇炒豆腐,嗳,真鲜!"

"雨后的蘑菇嫩过了仔鸡。"

"蘑菇炒鸡,吃蘑菇而不吃鸡。"

"蘑菇下面,吃汤而忘了面。"

"吃了这蘑菇,不忘了姓才怪的。"

"清蒸蘑菇加姜丝,能吃八碗小米子干饭。"

"你不要小看了这蘑菇,这是意外之财!"

同院住的那些羡慕的人,都恨自己为什么不住在那草房里。若早知道租了房子连蘑菇都一起租来了,就非租那房子不可。天下哪有这样的好事,租房子还带蘑菇的。于是感慨唏嘘,相叹不已。

再说那在房顶上正在采着的,在多少只眼目之中,真是一种光荣的工作。于是也就慢慢的采,本来一袋烟的工夫就可以采完,但是要延长到半顿饭的工夫。同时故意选了几个大的,从房顶上骄傲的抛下来,同时说:

"你们看吧,你们见过这样干净的蘑菇吗?错了是这个房顶,哪个房顶能够长出这样的好蘑菇来。"

那在下面的,根本看不清房顶到底那蘑菇全都多大,以为一律是这样大的,于是就更增加了无限的惊异。赶快弯下腰去拾起来,拿到家里,晚饭的时候,卖豆腐的来,破费二百钱检点豆腐,把蘑菇烧上。

可是那在房顶上的因为骄傲,忘记了那房顶有许多地方是不结实的,已经露了洞了,一不加小心就把脚掉下去了,把脚往外一拔,脚上的鞋子不见了。

鞋子从房顶落下去,一直就落在锅里,锅里正是翻开的滚水,鞋子就在滚水里边煮上了。锅边漏粉的人越看越有意思,越觉得好玩,那一只鞋子在开水里滚着,翻着,还从鞋底上滚下一些泥浆来,弄得漏下去的粉条都黄乎乎的了。可是他们还不把鞋子从锅拿出来,他们说,反正这粉条是卖的,也不是自己吃。

这房顶虽然产蘑菇,但是不能够避雨,一下起雨来,全屋就像小水罐似的。摸摸这个是湿的,摸摸那个是湿的。

好在这里边住的都是些个粗人。

有一个歪鼻瞪眼的名叫"铁子"的孩子。他整天手里拿着一柄铁锹,在一个长槽子里边往下切着,切些个什么呢?初到这屋子里来的人是看不清的,因为热气腾腾的这屋里不知都在做些个什么。细一看,才能看出来他切的是马铃薯。槽子里都是马铃薯。

这草房是租给一家开粉房的。漏粉的人都是些粗人,没有好鞋袜,没有好行李,一个一个的和小猪差不多,住在这房子里边是很相当的,好房子让他们一住也怕是住坏了。何况每一下雨还有蘑菇吃。

这粉房里的人吃蘑菇,总是蘑菇和粉配在一道,蘑菇炒粉,蘑菇炖粉,蘑菇煮粉。没有汤的叫做"炒",有汤的叫做"煮",汤少一点的叫做"炖"。

他们做好了,常常还端着一大碗来送给祖父。等那歪鼻瞪眼的孩子一走了,祖父就说:

"这吃不得,若吃到有毒的就吃死了。"

但那粉房里的人,从来没吃死过。天天里边唱着歌,漏着粉。

粉房的门前搭了几丈高的架子,亮晶晶的白粉,好像瀑布似的挂在上边。

他们一边挂着粉,也是一边唱着的。等粉条晒干了,他们一边收着粉,也是一边的唱着。那唱不是从工作所得到的愉快,好像含着眼泪在笑似的。

逆来顺受,你说我的生命可惜,我自己却不在乎。你看着很危险,我却自己以为得意。不得意怎么样?人生是苦多乐少。

那粉房里的歌声,就像一朵红花开在了墙头上。越鲜明,就越觉得荒凉。

正月十五正月正,
家家户户挂红灯。
人家的丈夫团圆聚,
孟姜女的丈夫去修长城。

只要是一个晴天,粉丝一挂起来了,这歌音就听得见的。因为那破草房是在西南角上,所以那声音比较的来得辽远。偶尔也有装腔女人的音调在唱《五更天》。

那草房实在是不行了,每下一次大雨,那草房北头就要多加一只支柱,那支柱已经有七八只之多了,但是房子还是天天的往北边歪。越歪越厉害,我一看了就害怕,怕从那旁边一过,恰好那房子倒了下来,压在我身上。那房子实在是不像样子了,窗子本来是四方的,都歪斜得变成菱形的了。门也歪斜得关不上了。墙上的大柁就像要掉下来似的,向一边跳出来了。房脊上的正梁一天一天的往北走,已经拔了铆,脱离别人的牵掣,而它自己单独行动起来了。那些钉在房脊上的椽杆子,能够跟着它跑的,就跟着它一顺水的往北边跑下去了。不能够跟着它跑的,就挣断了钉子,而垂下头来,向着粉房里的人们的头垂下来。因为另一头是压在檐外,所以不能够掉下来,只是滴里郎当的垂着。

我一走进粉房去,想要看一看漏粉到底是怎样漏法,但是不敢细看,我很怕那椽子头掉下来打了我。

一刮起风来,这房子就喳喳的山响,大柁响,房梁响,门框、窗框响。

一下了雨,又是喳喳的响。

不刮风,不下雨,夜里也是会响的,因为夜深人静了,万物齐鸣,何况这本来就会响的房子,哪能不响呢?

以它响得最厉害。别的东西的响,是因为倾心去听它,就是听得到的,也是极幽渺的,不十分可靠的。也许是因为一个人的耳鸣而引起来的错觉,比方猫、狗、虫子之类的响叫,那是因为它们是生物的缘故。

可曾有人听过夜里房子会叫的,谁家的房子会叫,叫得好像个活物似的,嚓嚓的,带着无限的重量。往往会把睡在这房子里的人叫醒。

被叫醒了的人,翻了一个身说:

"房子又走了。"

真是活神活现,听他说了这话,好像房子要搬了场似的。

房子都要搬场了,为什么睡在里边的人还不起来。他是不起来的,他翻了个身又睡了。

住在这里边的人,对于房子就要倒的这回事,毫不加戒心,好像他们已经有了血族的关系,是非常信靠的。

似乎这房一旦倒了,也不会压到他们,就像是压到了,也不会压死的,绝对的没有生命的危险。这些人的过度的自信,不知从哪里来的,也许住在那房子里边的人都是用铁铸的,而不是肉长的。再不然就是他们都是敢死队,生命置之度外了。

若不然为什么这么勇敢? 生死不怕。

若说他们是生死不怕,那也是不对的,比方那晒粉条的人,从杆子上往下摘粉条的时候,那杆子掉下来了,就吓他一哆嗦。粉条

打碎了,他还没有被打着。他把粉条收起来,他还看着那杆子,他思索起来,他说:

"莫不是……"

他越想越奇怪,怎么粉打碎了,而人没打着呢。他把那杆子扶了上去,远远的站在那里看着,用眼睛捉摸着。越捉摸越觉得可怕。

"唉呀!这要是落到头上呢。"

那真是不堪想象了。于是他摸着自己的头顶,他觉得万幸万幸,下回该加小心。

本来那杆子还没有房椽子那么粗,可是他一看见,他就害怕,每次他再晒粉条的时候,他都是躲着那杆子,连在它旁边走也不敢走。总是用眼睛溜着它,过了很多日才算把这回事忘了。

若下雨打雷的时候,他就把灯灭了,他们说雷扑火,怕雷劈着。

他们过河的时候,抛两个铜板到河里去,传说河是馋的,常常淹死人的,把铜板一抛到河里,河神高兴了,就不会把他们淹死了。

这证明住在这嚓嚓响着的草房里的他们,也是很胆小的,也和一般人一样是颤颤惊惊的活在这世界上。

那么这房子既然要塌了,他们为什么不怕呢?

据卖馒头的老赵头说:

"他们要的就是这个要倒的么!"

据粉房里的那个歪鼻歪眼的孩子说:

"这是住房子呵,也不是娶媳妇要她周周正正。"

据同院住的周家的两位少年绅士说:

"这房子对于他们那等粗人,就再合适也没有了。"

据我家的有二伯说:

"是他们贪图便宜,好房子呼兰城里有的多,为啥他们不搬家呢?好房子人家要房钱的呀,不像是咱们家这房子,一年送来十斤二十斤的干粉就完事,等于白住,你二伯是没有家眷,若不我也找这样房子去住。"

有二伯说的也许有点对。

祖父早就想拆了那座房子的,是因为他们几次的全体挽留才留下来的。

至于这个房子将来倒与不倒,或是发生什么幸与不幸,大家都以为这太远了,不必想了。

三

我家的院子是荒凉的。

那边住着几个漏粉的,那边住着几个养猪的。养猪的那厢房里还住着一个拉磨的。

那拉磨的,夜里打着梆子通夜的打。

养猪的那一家有几个闲散杂人,常常聚在一起唱着秦腔,拉着胡琴。

西南角上那漏粉的则欢喜在晴天里边唱一个《叹五更》。

他们虽然是拉胡琴,打梆子,叹五更,但是并不是繁华的,并不是一往直前的,并不是他们看见了光明,或是希望着光明,这些都不是的。

他们看不见什么是光明的,甚至于根本也不知道,就像太阳照在了瞎子的头上了,瞎子也看不见太阳,但瞎子却感到实在是温暖了。

他们就是这类人,他们不知道光明在哪里,可是他们实实在在的感得到寒凉就在他们的身上,他们想击退了寒凉,因此而来了悲哀。

他们被父母生下来,没有什么希望,只希望吃饱了,穿暖了。

但也吃不饱,也穿不暖。

逆来的,顺受了。

顺来的事情,却一辈子也没有。

磨房里那打梆子的,夜里常常是越打越响,他越打得激烈,人们越说那声音凄凉。

因为他单单的响着,没有同调。

四

我家的院子是荒凉的。

粉房旁边的那小偏房里,还住着一家拴车的,那家喜欢跳大神,常常就打起鼓来,喝喝咧咧唱起来了。鼓声往往打到半夜才止,那说仙道鬼的,大神和二神的一对一答。苍凉,幽渺,真不知今世何世。

那家的老太太终年生病,跳大神都是为她跳的。

那家是这院子顶丰富的一家,老少三辈。家风是干净利落,为人谨慎,兄友弟恭,父慈子爱。家里绝对的没有闲散杂人。绝对不像那粉房和那磨房,说唱就唱,说哭就哭。他家永久是安安静静的。跳大神不算。

那终年生病的老太太是祖母,她有两个儿子,大儿子是赶车的,二儿子也是赶车的。一个儿子都有一个媳妇。大儿媳妇胖胖的,年已五十了。二儿媳妇瘦瘦的,年已四十了。

除了这些,老太太还有两个孙儿,大孙儿是二儿子的,二孙儿是大儿子的。

因此他家里稍稍有点不睦,那两个媳妇妯娌之间,稍稍有点不合适,不过也不很明朗化。只是你我之间各自晓得。做嫂子的总觉得兄弟媳妇对她有些不驯,或者就因为她的儿子大的缘故吧。

兄弟媳妇就总觉得嫂子是想压她,凭什么想压人呢?自己的儿子小,没有媳妇指使着,看了别人还眼气。

老太太有了两个儿子,两个孙子,认为十分满意了。人手整齐,将来的家业,还不会兴旺的吗?就不用说别的,就说赶大车这把力气也是够用的。看看谁家的车上是爷四个,拿鞭子的,坐在车后尾巴上的都是姓胡的,没有外姓。在家一盆火,出外父子兵。

所以老太太虽然是终年病着,但很乐观,也就是跳一跳大神什么的解一解心疑也就算了。她觉得就是死了,也是心安意得的了,何况还活着,还能够看得见儿子们的忙忙碌碌。

媳妇们对于她也是很好的,总是隔长不短的张罗着给她花几个钱跳一跳大神。

每一次跳神的时候,老太太总是坐在炕里,靠着枕头,挣扎着坐了起来,向那些来看热闹的姑娘媳妇们讲:

"这回是我大媳妇给我张罗的。"或是"这回是我二媳妇给我张罗的。"

她说的时候非常得意。说着说着就坐不住了。她患的是瘫病。就赶快招了媳妇们来把她放下了。放下了还要喘一袋烟的工夫。

看热闹的人,没有一个不说老太太慈祥的。没有一个不说媳妇孝顺的。

所以每一跳大神,远远近近的人都来的,东院西院的,还有前街后街的也都来了。

只是不能够预先订座,来得早的就有凳子,炕沿坐。来得晚的,就得站着了。

一时这胡家的孝顺,居于领导的地位,风传一时,成为妇女们的楷模。

不但妇女,就是男人也得说:

"老胡家人旺,将来财也必旺。"

"天时,地利,人和。最要紧的还是人和。人和了,天时不好也好了。地利不利也利了。"

"将来看着吧,今天人家是赶大车的,再过五年看,不是二等户,也是三等户。"

我家的有二伯说:

"你看着吧,过不了几年人家就骡马成群了。别看如今人家就一辆车。"

他家的大儿媳妇和二儿媳妇的不睦,虽然没有新的发展,可也总没有消灭。

大孙子媳妇通红的脸,又能干,又温顺。人长得不肥不瘦,不高不矮,说起话来,声音不大不小。正合适配到他们这样的人家。

车回来了,牵着马就到井边去饮水。车马一出去了,就铡草。看她那长样可并不是做这类粗活人,可是做起事来并不弱于人,比起男人来,也差不了许多。

放下了外边的事情不说,再说屋里的,也样样拿得起来,剪、裁、缝、补,做哪样像哪样。他家里虽然没有什么绫、罗、绸、缎可做的,就说粗布衣也要做个四六见线,平平板板。一到过年的时候,无管怎样忙,也要偷空给奶奶婆婆,自己的婆婆,大娘婆婆,各人做一双花鞋。虽然没有什么好的鞋面,就说青水布的,也要做个精致。虽然没有丝线,就用棉花线,但那颜色却配得水冷冷的新鲜。

奶奶婆婆的那双绣的是桃红的大瓣莲花。大娘婆婆的那双绣的是牡丹花。婆婆的那双绣的是素素雅雅的绿叶兰。

这孙子媳妇回了娘家,娘家的人一问她婆家怎样,她说都好都好,将来非发财不可。大伯公是怎样的兢兢业业,公公是怎样的吃苦耐劳。奶奶婆婆也好,大娘婆婆也好。是凡婆家的无一不好。完全顺心,这样的婆家实在难找。

虽然她的丈夫也打过她,但她说,哪个男人不打女人呢?于是也心满意足的并不以为那是缺陷了。

她把绣好的花鞋送给奶奶婆婆,她看她绣了那么一手好花,她感到了对这孙子媳妇有无限的惭愧,觉得这样一手好针线,每天让她喂猪打狗的,真是难为了她了。奶奶婆婆把手伸出来,把那鞋接过来,真是不知如何说好,只是轻轻的托着那鞋,苍白的脸孔,笑盈盈的点着头。

这是这样好的一个大孙子媳妇。二孙子媳妇也订好了,只是二孙子还太小,一时不能娶过来。

她家的两个妯娌之间的磨擦,都是为了这没有娶过来的媳妇。她自己的婆婆主张把她接过来,做团圆媳妇①;婶婆婆就不主张接来,说她太小不能干活,只能白吃饭,有什么好处。

争执了许久,来与不来,还没有决定。等下回给老太太跳大神的时候,顺便问一问大仙家再说吧。

五

我家是荒凉的。

天还未明,鸡先叫了,后边磨房里那梆子声还没有停止,天就发白了。天一发白,乌鸦群就来了。

我睡在祖父旁边,祖父一醒,我就让祖父念诗,祖父就念:

"春眠不觉晓,处处闻啼鸟。

夜来风雨声,花落知多少。"

"春天睡觉不知不觉的就睡醒了,醒了一听,处处有鸟叫着,回想昨夜的风雨,可不知道今早花落了多少。"

---

① 团圆媳妇,即童养媳。

是每念必讲的,这是我的约请。

祖父正在讲着诗,我家的老厨子就起来了。

他咳嗽着,听得出来,他担着水桶到井边去挑水去了。

井口离得我家的住房很远,他摇着井绳花拉拉的响,日里是听不见的,可是在清晨,就听得分外的清明。

老厨子挑完了水,家里还没有人起来。

听得见老厨子刷锅的声音刷拉拉的响。老厨子刷完了锅,烧了一锅洗脸水了,家里还没有人起来。

我和祖父念诗,一直念到太阳出来。

祖父说:

"起来吧。"

我说:

"再念一首。"

祖父说:

"再念一首可得起来了。"

于是再念一首,一念完了,我又赖起来不算了,说再念一首。

每天早晨都是这样纠缠不清的闹。等一开了门,到院子去。院子里边已经是万道金光了,大太阳晒在头上都滚热的了。太阳两丈高了。

祖父到鸡架那里去放鸡,我也跟在后边,祖父到鸭架那里去放鸭,我也跟在后边。

我跟着祖父,大黄狗在后边跟着我。我跳着,大黄狗摇着尾巴。

大黄狗的头像盆那么大,又胖又圆,我总想要当一匹小马来骑它。祖父说骑不得。

但是大黄狗是喜欢我的,我是爱大黄狗的。

鸡从架里出来了,鸭子从架里出来了,它们抖擞着毛,一出来就连跑带叫的,吵的声音很大。

祖父撒着通红的高粱粒在地上,又撒了金黄的谷粒子在地上。

于是鸡啄食的声音,咯咯咯的响成群了。

喂完了鸡,往天空一看,太阳已经三丈高了。

我和祖父回到屋里,摆上小桌,祖父吃一碗饭米汤,挠白糖,我则不吃,我要吃烧包米。祖父领着我,到后园去,蹚着露水去到包米丛中为我掰一穗包米来。

掰来了包米,袜子,鞋,都湿了。

祖父让老厨子把包米给我烧上,等包米烧好了,我已经吃了两碗以上的饭米汤挠白糖了。包米拿来,我吃了一两个粒,就说不好吃,因为我已吃饱了。

于是我手里拿着烧包米就到院子去喂大黄去了。

"大黄"就是大黄狗的名字。

街上,在墙头外面,各种叫卖的声音都有了,卖豆腐的,卖馒头的,卖青菜的。

卖青菜的喊着,茄子,黄瓜,豆荚和小葱子。

一挑喊着过去了,又来了一挑,这一挑不喊茄子,黄瓜。而喊着,芹菜,韭菜,白菜……

街上虽然热闹起来了,而我家里则仍是静悄悄的。

满院子蒿草,草里面叫着虫子。破东西东一件西一样的扔着。

看起来似乎是因为清早,我家才冷静,其实不然的,是因为我家的房子多,院子大,人少的缘故。

哪怕就是到了正午,也仍是静悄悄的。

每到秋天,在蒿草的当中,也往往开了蓼花,所以引来了不少的蜻蜓和蝴蝶在那荒凉的一片蒿草上闹着。这样一来,不但不觉得繁华,反而更显得荒凉寂寞。

第五章

一

我玩的时候,除了在后花园里,有祖父陪着,其余的玩法,就只有我自己了。

我自己在房檐下搭了个小布棚,玩着玩着就睡在那布棚里了。

我家的窗子是可以摘下来的,摘下来直立着是立不住的,就靠着墙斜立着,正好立出一个小斜坡来,我称这小斜坡叫"小屋",我也常常睡到这小屋里边去了。

我家满院子是蒿草,蒿草上飞着许多蜻蜓,那蜻蜓是为着红蓼花而来的。可是我偏偏喜欢捉它,捉累了就躺在蒿草里边睡着了。

蒿草里边长着一丛一丛的天星星,好像山葡萄似的,是很好吃的。

我在蒿草里边搜索着吃,吃困了,就睡在天星星秧子的旁边了。

蒿草是很厚的,我躺在上边好像是我的褥子,蒿草是很高的,它给我遮着荫凉。

有一天,我就正在蒿草里边做着梦,那是下午晚饭之前,太阳偏西的时候。大概我睡得不太着实,我似乎是听到了什么地方有不少的人讲着话,说说笑笑,似乎是很热闹。但到底发生了什么事情,却听不清,只觉得在西南角上,或者是院里,或者是院外。到底是院里院外,那就不太清楚了。反正是有几个人在一起嚷嚷着。

我似睡非睡的听了一会就又听不见了。大概我已经睡着了。

等我睡醒了,回到屋里去,老厨子第一个就告诉我:

"老胡家的团圆媳妇来啦,你还不知道,快吃了饭去看吧!"

老厨子今天特别忙,手里端着一盘黄瓜菜往屋里走,因为跟我指手划脚的一讲话,差一点没把菜碟子掉在地上,只把黄瓜丝打翻了。

我一走进祖父的屋去,只有祖父一个人坐在饭桌前面,桌子上边的饭菜都摆好了,却没有人吃,母亲和父亲都没有来吃饭,有二伯也没有来吃饭。祖父一看见我,祖父就问我:

"那团圆媳妇好不好?"

大概祖父以为我是去看团圆媳妇回来的。我说我不知道,我在草棵里边吃天星星来的。

祖父说:

"你妈他们都去看团圆媳妇去了,就是那个跳大神的老胡家。"

祖父说着就招呼老厨子,让他把黄瓜菜快点拿来。

醋拌黄瓜丝,上边浇着辣椒油,红的红,绿的绿,一定是那老厨子又重切了一盘的,那盘我眼看着撒在地上了。

祖父一看黄瓜菜也来了,祖父说:

"快吃吧,吃了饭好看团圆媳妇去。"

老厨子站在旁边,用围裙在擦着他满脸的汗珠,他每一说话就眨巴眼睛,从嘴里往外喷着唾沫星。他说:

"那看团圆媳妇的人才多呢!粮米铺的二老婆,带着孩子也去了。后院的小麻子也去了,西院老杨家也来了不少的人,都是从墙头上跳过来的。"

他说他在井沿上打水看见的。

经他这一煊惑,我说:

"爷爷,我不吃饭了,我要看团圆媳妇去。"

祖父一定让我吃饭,他说吃了饭他带我去。我急得一顿饭也没有吃好。我从来没有看过团圆媳妇,我以为团圆媳妇不知道多么好看呢!越想越觉得一定是很好看的,越着急也越觉得非是特别好看不可。不然,为什么大家都去看呢。不然,为什么母亲也不回来吃饭呢。

越想越着急,一定是很好看的节目都看过。若现在就去,还多少看得见一点,若再去晚了,怕是就来不及了。我就催促着祖父:

"快吃,快吃,爷爷快吃吧。"

那老厨子还在旁边乱讲乱说,祖父间或问他一两句。

我看那老厨子打搅祖父吃饭,我就不让那老厨子说话。那老厨子不听,还是笑嘻嘻的说。我就下地把老厨子硬推出去了。

祖父还没有吃完,老周家的周三奶奶又来了,是她说她的公鸡总是往我这边跑,她是来捉公鸡的。公鸡已经捉到了,她还不走,她还扒着玻璃窗子跟祖父讲话,她说:

"老胡家那小团圆媳妇来啦,你老爷子还没去看看吗?那看的人才多呢,我还没去呢,吃了饭就去。"

祖父也说吃了饭就去,可是祖父的饭总也吃不完。一会要点辣椒油,一会要点咸盐面的。我看不但我着急,就是那老厨子也急得不得了了。头上直冒汗,眼睛直眨巴。

祖父一放下饭碗,连点一袋烟我也不让他点,拉着他就往西南墙角那边走。

一边走,一边心里后悔,眼看着一些看热闹的人都回来了。为什么一定要等祖父呢？不会一个人早就跑着来吗？何况又觉得我躺在草棵子里就已经听见这边有了动静了。真是越想越后悔，这事情都闹了一个下半天了，一定是好看的都过去了。一定是来晚了。白来了，什么也看不见了。在草棵子听到了这边说笑，为什么不就立刻跑来看呢？越想越后悔。自己和自己生气，等到了老胡家的窗前，一听，果然连一点声音也没有了。差一点没有气哭了。

等真的进屋一看，全然不是那么一回事，母亲，周三奶奶，还有些个不认识的人，都在那里，与我想象的完全不一样，没有什么好看的，团圆媳妇在哪儿？我也看不见，经人家指指点点的，我才看见了。不是什么媳妇，而是一个小姑娘。

我一看就没有兴趣了，拉着爷爷就向外边走，说：

"爷爷回家吧。"

等第二天早晨她出来倒洗脸水的时候，我看见她了。

她的头发又黑又长，梳着很大的辫子，普通姑娘们的辫子都是到腰间那么长，而她的辫子竟快到膝间了。她脸长得黑乎乎的，笑呵呵的。

院子里的人，看过老胡家的团圆媳妇之后，没有什么不满意的地方。不过都说太大方了，不像个团圆媳妇了。

周三奶奶说：

"见人一点也不知道羞。"

隔院的杨老太太说：

"那才不怕羞呢！头一天来到婆家，吃饭就吃三碗。"

周三奶奶又说：

"哟哟！我可没见过，别说还是一个团圆媳妇，就说一进门就姓了人家的姓，也得头两天看看人家的脸色。哟哟！那么大的姑娘。她今年十几岁啦？"

"听说十四岁么！"

"十四岁会长得那么高,一定是瞒岁数。"

"可别说呀!也有早长的。"

"可是他们家可怎么睡呢?"

"可不是,老少三辈,就三铺小炕……"

这是杨老太太扒在墙头上和周三奶奶讲的。

至于我家里,母亲也说那团圆媳妇不像个团圆媳妇。

老厨子说:

"没见过,大模大样的,两个眼睛骨碌骨碌的转。"

有二伯说:

"介(这)年头是啥年头呢,团圆媳妇也不像个团圆媳妇了。"

只是祖父什么也不说,我问祖父:

"那团圆媳妇好不好?"

祖父说:

"怪好的。"

于是我也觉得怪好的。

她天天牵马到井边上去饮水,我看见她好几回。中间没有什么人介绍,她看看我就笑了,我看看她也笑了。我问她十几岁?她说:

"十二岁。"

我说不对。

"你十四岁的,人家都说你十四岁。"

她说:

"他们看我长得高,说十二岁怕人家笑话。让我说十四岁的。"

我不大知道,为什么长得高还让人家笑话。我问她:

"你到我们草棵子里去玩好吧!"

她说:

"我不去,他们不让。"

二

过了没有几天,那家就打起团圆媳妇来了,打得特别厉害,那叫声无管多远都可以听得见的。

这全院子都是没有小孩子的人家,从没有听到过谁家在哭叫。

邻居左右因此又都议论起来,说早就该打的,哪有那样的团圆媳妇,一点也不害羞,坐到那儿坐得笔直,走起路来,走得风快。

她的婆婆在井边上饮马,和周三奶奶说:

"给她一个下马威。你听着吧,我回去我还得打她呢。这小团圆媳妇才厉害呢!没见过,你拧她大腿,她咬你,再不然,她就说她回家。"

从此以后,我家的院子里,天天有哭声,哭声很大,一边哭,一边叫。

祖父到老胡家去说了几回,让他们,不要打她了。说小孩子,知道什么,有点差错教条教条①也就行了。

后来越打越厉害了,不分昼夜,我睡到半夜醒来和祖父念诗的时候,念着念着就听西南角上哭叫起来了。

我问祖父:

"是不是那小团圆媳妇哭?"

祖父怕我害怕,说:

"不是,是院外的人家。"

我问祖父:

"半夜哭什么?"

---

① "教条",似应作"教调",教导、调理。

祖父说：

"别管那个,念诗吧。"

清早醒了,正在念"春眠不觉晓"的时候,那西南角上的哭声又来了。

一直哭了很久,到了冬天,这哭声才算没有了。

三

虽然不哭了,那西南角上又夜夜跳起大神来,打着鼓,叮当叮当的响,大神唱一句,二神唱一句,因为是夜里,听得特别清晰,一句半句的我都记住了。

什么"小灵花呀",什么"胡家让她去出马"。

差不多每天大神都唱些个这个。

早晨起来,我就模拟着唱：

"小灵花呀,胡家让她去出马呀……"

而且叮叮当,叮叮当的,用声音模拟着打鼓。

"小灵花"就是小姑娘。"胡家"就是胡仙。"胡仙"就是狐狸精。"出马"就是当跳大神的。

大神差不多跳了一个冬天,把那小团圆媳妇就跳出毛病来了。

那小团圆媳妇,有点黄。没有夏天她刚一来的时候,那么黑了。不过还是笑呵呵的。

祖父带着我到那家去串门,那小团圆媳妇还过来给祖父装了一袋烟。

她看见我,也还偷着笑,大概她怕她婆婆看见。所以没和我说话。

她的辫子还是很大的。她的婆婆说她有病了,跳神给她赶鬼。

等祖父临出来的时候,她的婆婆跟出来了,小声跟祖父说：

"这团圆媳妇,怕是要不好,是个胡仙旁边的,胡仙要她去出马……"

祖父很想让他们搬家。但呼兰河这地方有个规矩,春天是二月搬家,秋天是八月搬家。一过了二八月就不是搬家的时候了。

我们每当半夜让跳神惊醒的时候,祖父就说:

"明年二月就让他们搬了。"

我听祖父说了好几次这样的话。

当我模拟着大神喝喝呼呼的唱着"小灵花"的时候,祖父也说那同样的话,明年二月让他们搬家。

四

可是在这期间,院子的西南角上就越闹越厉害。请一个大神,请好几个二神,鼓声连天的响。

说那小团圆媳妇若再去让她出马,她的命就难保了。所以请了不少的二神来,设法从大神那里把她要回来。

(于是有许多人给他家出了主意,人哪能够见死不救呢?于是是凡有善心的人都帮起忙来。他说他有一个偏方,她说她有一个邪令。①

(有的主张给她扎一个谷草人,到南大坑去烧了。

(有的主张到扎彩铺去扎一个纸人,叫做"替身",把它烧了或者可以替了她。

(有的主张给她画上花脸,把大神请到家里,让那大神看了,嫌她太丑,也许就不捉她当弟子了,就可以不必出马了。

(周三奶奶则主张给她吃一个全毛的鸡,连毛带腿的吃下去,选一个星星出全的夜,吃了用被子把人蒙起来,让她出一身大汗。

---

① 本段段首的圆括号及书中他处的类似括号(主要存在于第五章和第七章)原书即有,应是作者的有意安排。

蒙到第二天早晨鸡叫,再把她从被子放出来。她吃了鸡,她又出了汗,她的魂灵里边因此就永远有一个鸡存在着,神鬼和胡仙黄仙就都不敢上她的身了。传说鬼是怕鸡的。

(据周三奶奶说,她的曾祖母就是被胡仙抓住过的,闹了整整三年,差一点没死,最后就是用这个方法治好的。因此一生不再闹别的病了。她半夜里正做一个噩梦,她正吓得要命,她魂灵里边的那个鸡,就帮了她的忙,只叫了一声,噩梦就醒了。她一辈子没生过病。说也奇怪,就是到死,也死得不凡,她死那年已经是八十二岁了。八十二岁还能够拿着花线绣花,正给她小孙子绣花兜肚嘴。绣着绣着,就有点困了,她坐在木樽上,背靠着门扇就打一个盹。这一打盹就死了。

(别人就问周三奶奶:

"你看见了吗?"

(她说:

"可不是……你听我说呀,死了三天三夜按都按不倒。后来没有办法,给她打着一口棺材也是坐着的,把她放在棺材里,那脸还是红扑扑的,还和活着的一样……"

(别人问她:

"你看见了吗?"

(她说:

"哟哟!你这问的可怪,传话传话,一辈子谁能看见多少,不都是传话传的吗!"

(她有点不大高兴了。

(再说西院的杨老太太,她也有个偏方,她说黄连二两,猪肉半斤,把黄连和猪肉都切碎了,用瓦片来焙,焙好了,压成面,用红纸包分成五包包起来。每次吃一包,专治惊风,掉魂。

(这个方法,倒也简单。虽然团圆媳妇害的病可不是惊风,掉魂,似乎有点药不对症,但也无妨试一试,好在只是二两黄连,半斤猪肉。何况呼兰河这个地方,又常有卖便宜猪肉的。虽说那猪肉怕是瘟猪,有点靠不住,但那是治病,也不是吃,又有什么关系。

"去,买上半斤来,给她治一治。"

(旁边有着赞成的说:

"反正治不好也治不坏。"

(她的婆婆也说:

"反正死马当活马治吧!"

(于是团圆媳妇先吃了半斤猪肉加二两黄连。

(这药是婆婆亲手给她焙的。可是切猪肉是他家的大孙子媳妇给切的。那猪肉虽然是连紫带青的,但中间毕竟有一块是很红的,大孙子媳妇就偷着把这块给留下来了,因为她想,奶奶婆婆不是四五个月没有尝到一点荤腥了吗?于是她就给奶奶婆婆偷着下了一碗面疙瘩汤吃了。

(奶奶婆婆问:

"可哪儿来的肉?"

(大孙子媳妇说:

"你老人家吃就吃吧,反正是孙子媳妇给你做的。"

(那团圆媳妇的婆婆是在灶炕里边搭起瓦来给她焙药。一边焙着,一边说:

"这可是半斤猪肉,一边,一条不缺……"

(越焙,那猪肉的味越香,有一匹小猫嗅到了香味而来了,想要在那已经焙好了的肉干上攫一爪,它刚一伸爪,团圆媳妇的婆婆一边用手打着那猫,一边说:

"这也是你动得爪的吗!你这馋嘴巴,人家这是治病呵,是半斤猪肉,你也想要吃一口?你若吃了这口,人家的病可治不好了。一个人活活的要死在你身上,你这不知好歹的。这是整整半斤肉,不多不少。"

（药焙好了,压碎了就冲着水给团圆媳妇吃了。

（一天吃两包,才吃了一天,第二天早晨,药还没有再吃,还有三包压在灶王爷板上,那些传偏方的人就又来了。

（有的说,黄连可怎么能够吃得？黄连是大凉药,出虚汗像她这样的人,一吃黄连就要泄了元气,一个人要泄了元气那还得了吗？

（又一个人说:

"那可吃不得呀！吃了过不去两天就要一命归阴的。"

（团圆媳妇的婆婆说:

"那可怎么办呢？"

（那个人就慌忙的问:

"吃了没有呢？"

（团圆媳妇的婆婆刚一开口,就被他家的聪明的大孙子媳妇给遮过去了,说:

"没吃,没吃,还没吃。"

（那个人说,既然没吃就不要紧,真是你老胡家有天福,吉星高照,你家差点没有摊了人命。

（于是他又给出了个偏方,这偏方,据他说已经不算是偏方了,就是东二道街上"李永春"药铺的先生也常常用这个方单,是一用就好的,百试,百灵。无管男、女、老、幼,一吃一个好。也无管什么病,头痛,脚痛,肚子痛,五脏六腑痛,跌、打、刀伤,生疮,生疔,生疖子……

（无管什么病,药到病除。

（这究竟是什么药呢？人们越听这药的效力大,就越想知道究竟是怎样的一种药。

（他说:

"年老的人吃了,眼花缭乱,又恢复到了青春。"

"年青的人吃了,力气之大,可以搬动泰山。"

"妇女吃了,不用胭脂粉,就可以面如桃花。"

"小孩子吃了,八岁可以拉弓,九岁可以射箭,十二岁可以考状元。"

(开初,老胡家的全家,都为之惊动,到后来怎么越听越远了。本来老胡家一向是赶车拴马的人家,一向没有考过状元。

(大孙子媳妇,就让一些围观的闪开一点,她到梳头匣子里拿出一根画眉的柳条炭来。她说:

"快请把药方开给我们吧,好到药铺去赶早去抓药。"

(这个出药方的人,本是"李永春"药铺的厨子。三年前就离开了"李永春"那里了。三年前他和一个妇人吊膀子,那妇人背弃了他,还带走了他半生所积下的那点钱财。因此一气而成了个半疯。虽然是个半疯了,但他在"李永春"那里所记住的药名字还没有全然忘记。

(他是不会写字的,他就用嘴说:

"车前子二钱,当归二钱,生地二钱,藏红花二钱,川贝母二钱,白术二钱,远志二钱,紫河车二钱……"

(他说着说着似乎就想不起来了,急得头顶一冒汗,张口就说红糖二斤,就算完了。

(说完了,他就和人家讨酒喝。

"有酒没有,给两盅喝喝。"

(这半疯,全呼兰河的人都晓得,只有老胡家不知道。因为老胡家是外来的户,所以受了他的骗了。家里没有酒,就给了他两吊钱的酒钱。那个药方是根本不能够用的,是他随意胡说了一阵的结果。)

团圆媳妇的病,一天比一天严重,据她家里的人说,夜里睡觉,她要忽然坐起来的。看了人她会害怕的。她的眼睛里边老是充满了眼泪。这团圆媳妇大概非出马不可了。若不让她出马,大概人要好不了的。

(这种传说,一传出来,东邻西邻的,又都去建了议,都说哪能够见死不救呢?

(有的说,让她出马就算了。有的说,还是不出马的好。年轻轻的就出马,这一辈子可得什么才能够到个头。

(她的婆婆则是绝对不赞成出马的,她说:

"大家可不要错猜了,以为我订这媳妇的时候花了几个钱,我不让她出马,好像我舍不得这几个钱似的。我也是那么想,一个小小的人出了马,这一辈子可什么时候才到个头。"

(于是大家就都主张不出马的好,想偏方的,请大神的,各种人才齐聚。东说东的好,西说西的灵。于是来了一个"抽帖儿的"。

(他说他不远千里而来,他是从乡下赶到的。他听城里的老胡家有一个团圆媳妇新接来不久就病了,经过多少名医,经过多少仙家也治不好,他特地赶来看看,万一要用得着,救一个人命也是好的。

(这样一说,十分使人感激。于是让到屋里,坐在奶奶婆婆的炕沿上。给他倒一杯水,给他装一袋烟。

(大孙子媳妇先过来说:

"我家的弟妹,年本十二岁,因为她长得太高,就说她十四岁。又说又笑,百病皆无。自接到我们家里就一天一天的黄瘦。到近来就水不想喝,饭不想吃,睡觉的时候睁着眼睛,一惊一乍的。什么偏方都吃过了,什么香火也都烧过了。就是百般的不好⋯⋯"

(大孙子媳妇还没有说完,大娘婆婆就接着说:

"她来到我家,我没给她气受,哪家的团圆媳妇不受气,一天打八顿,骂三场。可是我也打过她,那是我要给她一个下马威。我只打了她一个多月,虽然说我打得狠了一点,可是不狠哪能够规矩出一个好人来。我也是不愿意狠打她的,打得连喊带叫的,我是为她着想,不打得狠一点,她是不能够中用的。有几回,我是把她吊在大梁上,让她叔公公用皮鞭子狠狠的抽了她几回,打得是着点狠了,打昏过去了。可是只昏了一袋烟的工夫,就用冷水把她浇过来了。是打狠了一点,全身也都打青了,也还出了点血。可是立刻就打了鸡蛋清子给她擦上了。也没有肿得怎样高,也就是十天半月的就好了。这孩子,嘴也是特别硬,我一打她,她就说她要回家。我就问她,'哪儿是你的家?这儿不就是你的家吗?'她可就偏不这样说。她说回她的家。我一听就更生气。人在气头上还管得了这个那个,因此我也用烧红过的烙铁烙过她的脚心。谁知道来,也许是我把她打掉了魂啦?也许是我把她吓掉了魂啦,她一说她要回家,我不用打她,我就说看你回家,我用索链子把你锁起来。她就吓得直叫。大仙家也看过了,说是她要出马。一个团圆媳妇的花费也不少呢,你看她八岁我订下她的,一订就是八两银子,年年又是头绳钱,鞋面钱的,到如今又用火车把她从辽阳接来,这一路的盘费。到了这儿,就是今天请神,明天看香火,后天吃偏方。若是越吃越好,那还罢了。可是百般的不见好,将来谁知道来……到结果……"

（不远千里而来的这位抽帖儿的,端庄严肃,风尘仆仆,穿的是蓝袍大衫,罩着棉袄。头上戴的是皮耳四喜帽。使人一见了就要尊之为师。

（所以奶奶婆婆也说：

"快给我二孙子媳妇抽一个帖吧,看看她的命理如何。"

（那抽帖儿的一看,这家人家真是诚心诚意,于是他就把皮耳帽子从头上摘下来了。

（一摘下帽子来,别人都看得见,这人头顶上梳着发卷,戴着道帽。一看就知道他可不是市井上一般的平凡的人。别人正想要问,还不等开口,他就说他是某山上的道人,他下山来是为的奔向山东的泰山去,谁知路出波折,缺少盘程,就流落在这呼兰河的左右,已经不下半年之久了。

（人家问他,既是道人,为什么不穿道士的衣裳。他回答说:

"你们哪里晓得,世间三百六十行,各有各的苦。这地方的警察特别厉害,他一看穿了道人的衣裳,他就说三问四,他们那些叛道的人,无理可讲,说抓就抓,说拿就拿。"

（他还有一个别号,叫云游真人,他说一提云游真人,远近皆知。无管什么病痛或是吉凶,若一抽了他的帖儿,则生死存亡就算定了。他说他的帖法,是张天师所传。

（他的帖儿并不多,只有四个。他从衣裳的口袋里一个一个的往外摸,摸出一帖来是用红纸包着,再一帖还是红纸包着,摸到第四帖也都是红纸包着。

（他说帖上也没有字,也没有影。里边只包着一包药面,一包红,一包绿,一包蓝,一包黄。抽着黄的就是黄金富贵,抽着红的就是红颜不老。抽到绿的就不大好了,绿色的是鬼火。抽到蓝的也不大好,蓝的就是铁脸蓝青,张天师说过,铁脸蓝青,不死也得见阎王。

（那抽帖的人念完了一套,就让病人的亲人伸出手来抽。

（团圆媳妇的婆婆想,这倒也简单,容易,她想赶快抽一帖出来看看,命定是死是活,多半也可以看出来个大概。不曾想,刚一伸出手去,那云游真人就说:

"每帖十吊钱,抽着蓝的,若嫌不好,还可以再抽,每帖十吊……"

（团圆媳妇的婆婆一听,这才恍然大悟,原来这可不是白抽的。十吊钱一张可不是玩的,一吊钱检豆腐可以检二十块。三天检一块豆腐,二十块,二三得六,六十天都有豆腐吃。若是隔十天检一块,一个月检三块,那就半年都不缺豆腐吃了。她又想,三天一块豆腐,哪有这么浪费的人家。依着她一个月检一块大家尝尝也就是了,那么办,二十块豆腐,每月一块,可以吃二十个月,这二十个月,就是一年半还多两个月。

（若不是买豆腐,若养一口小肥猪,经心的喂着它,喂得胖胖的,喂到五六个月,那就是多少钱哪！喂到一年,那就是千八百吊了……

（再说就是不买猪,买鸡也好,十吊钱的鸡,就是十来个,一年的鸡,第二年就可以下蛋,一个蛋,多少钱！就说不卖鸡蛋,就说拿鸡蛋换青菜吧,一个鸡蛋换来的青菜,够老少三辈吃一天的了……何况鸡会生蛋,蛋还会生鸡,永远这样循环的生下去,岂不有无数的鸡,无数的蛋了吗？岂不发了财吗？

（但她可并不是这么想,她想够吃也就算了,够穿也就算了。一辈子俭俭朴朴,多多少少积储了一点也就够了。她虽然是爱钱,若说让她发财,她可绝对的不敢。

（那是多么多呀！数也数不过来了。记也记不住了。假若是鸡生了蛋,蛋生了鸡,来回的不断的生,这将成个什么局面,鸡岂不和蚂蚁一样多了吗？看了就要眼花,眼花就要头痛。

（这团圆媳妇的婆婆,从前也养过鸡,就是养了十吊钱的。她也不多养,她也不少养。十吊钱的就是她最理想的。十吊钱买了十二个小鸡仔,她想:这就正好了,再多怕丢了,再少又不够十吊钱的。

（在她一买这刚出蛋壳的小鸡仔的时候,她就挨着个看,这样的不要,那样的不要。黑爪的不要,花膀的不要,脑门上带点的又不要。她说她亲娘就是会看鸡,那真是养了一辈子鸡呀！年年养,可也不多养。可是一辈子针啦,线啦,没有缺过,一年到头靡花过钱,都是拿鸡蛋换的。人家那眼睛真是认货,什么样的鸡短命,什么样的鸡长寿,一看就跑不了她老人家的眼睛的。就说哪样的鸡下蛋大,哪样的鸡下蛋小,她都一看就在心里了。

(她一边买着鸡,她就一边怨恨着自己没有用,想当年为什么不跟母亲好好学学呢!唉!年青的人哪里会虑后事。她一边买着,就一边感叹。她虽然对这小鸡仔的选择上边,也下了万分的心思,可以说是选无可选了,那卖鸡仔的人一共有二百多小鸡,她通通的选过了,但究竟她所选了的,是否都是顶优秀的,这一点,她自己也始终把握不定。

(她养鸡,是养得很经心的,她怕猫吃了,怕耗子咬了。她一看那小鸡仔,白天一打盹,她就给驱着苍蝇,怕苍蝇把小鸡咬醒了,她让它多睡一会,她怕小鸡睡眠不足。小鸡的腿上,若让蚊子咬了一块疤,她一发现了,她就立刻泡了艾蒿水来给小鸡来擦。她说若不及早的擦呀,那将来是公鸡,就要长不大,是母鸡就要下小蛋。小鸡蛋一个换两块豆腐,大鸡蛋换三块豆腐。

(这是母鸡。再说公鸡,公鸡是一刀菜,谁家杀鸡不想杀胖的。小公鸡是不好卖的。

(等她的小鸡,略微长大了一点,能够出了屋了,能够在院子里自己去找食吃去的时候,她就把它们给染了六匹红的,六匹绿的。都是在脑门上。

(至于把颜色染在什么地方,那就先得看邻居家的都染在什么地方,而后才能够决定。邻居家的小鸡把色染在膀梢上,那她就染在脑门上。邻居家的若染在了脑门上,那她就要染在肚囊上。大家切不要都染在一个地方,染在一个地方可怎么能够识别呢?你家的跑到我家来,我家的跑到你家去,那么岂不又要混乱了吗?

(小鸡仔染了颜色是十分好看的,红脑门的,绿脑门的,好像它们都戴了花帽子。好像不是养的小鸡,好像养的是小孩似的。

（这团圆媳妇的婆婆从前她养鸡的时候就说过：

"养鸡可比养小孩更娇贵，谁家的孩子还不就是扔在旁边他自己长大的，蚊子咬咬，臭虫咬咬，那怕什么的，哪家的孩子的身上没有个疤拉疖子的，没有疤拉疖子的孩子都不好养活。都要短命的。"

（据她说，她一辈子的孩子并不多，就是这一个儿子，虽然说是稀少，可是也没有娇养过。到如今那身上的疤也有二十多块。

（她说：

"不信，脱了衣裳给大家伙看看……那孩子那身上的疤拉，真是多大的都有，碗口大的也有一块。真不是说，我对孩子真没有娇养过。除了他自个儿跌的摔的不说，就说我用劈材桦子①打的也落了好几个疤。养活孩子可不是养活鸡鸭的呀！养活小鸡，你不好好养它，它下不了蛋。一个蛋，大的换三块豆腐，小的换两块豆腐，是闹着玩的吗？可不是闹着玩的。"

（有一次，她的儿子踏死了一个小鸡仔，她打了她儿子三天三夜，她说：

"我为什么不打他呢？一个鸡仔就是三块豆腐，鸡仔是鸡蛋变的呀！要想变一个鸡仔，就非一个鸡蛋不行，半个鸡蛋能行吗？不但半个鸡蛋不行，就是差一点也不行，坏鸡蛋不行，陈鸡蛋不行。一个鸡要一个鸡蛋，那么一个鸡不就是三块豆腐是什么呢？眼睁睁的把三块豆腐放在脚底踩了，这该多大的罪，不打他，哪儿能够不打呢？我越想越生气，我想起来就打，无管黑夜白日，我打了他三天。后来打出一场病来，半夜三更的，睡得好好的说哭就哭。可是我也没有当他是一回子事，我就拿饭勺子敲着门框，给他叫了叫魂。没理他也就好了。"

---

① "桦"，初版作"拌"，似误。桦子，方言，指大块的劈柴。

（她这有多少年没养鸡了，自从订了这团圆媳妇，把积存下的那点针头线脑的钱都花上了。这还不说，还得每年头绳钱啦，腿带钱的托人捎去，一年一个空，这几年来就紧得不得了。想养几个鸡，都狠心没有养。

（现在这抽帖的云游真人坐在她的眼前，一帖又是十吊钱。若是先不提钱，先让她把帖抽了，哪管抽完了再要钱呢，那也总算是没有花钱就抽了帖的。可是偏偏不先，那抽帖的人，帖还没让抽，就先提到了十吊钱。

（所以那团圆媳妇的婆婆觉得，一伸手，十吊钱。一张口，十吊钱。这不是眼看着钱往外飞吗？

（这不是飞，这是干什么，一点声响也没有，一点影子也看不见。还不比过河，往河里扔钱，往河里扔钱，还听一个响呢，还打起一个水泡呢。这是什么代价也没有的，好比自己发了昏，把钱丢了，好比遇了强盗，活活的把钱抢去了。

（团圆媳妇的婆婆，差一点没因为心内的激愤而流了眼泪。她一想十吊钱一帖，这哪里是抽帖，这是抽钱。

（于是她把伸出去的手缩回来了。她赶快跑到脸盆那里去，把手洗了，这可不是闹笑话的，这是十吊钱哪！她洗完了手又跪在灶王爷那里祷告了一番。祷告完了才能够抽帖的。

（她第一帖就抽了个绿的，绿的不大好，绿的就是鬼火。她再抽一帖，这一帖就更坏了，原来就是那最坏的不死也得见阎王的里边包着蓝色药粉的那张帖。

（团圆媳妇的婆婆一见两帖都坏，本该抱头大哭，但是她没有那么的。自从团圆媳妇病重了，说长的，道短的，说死的，说活的，样样都有。又加上已经左次右番的请胡仙，跳大神，闹神闹鬼，已经使她见过不少的世面了。说活虽然高兴，说去见阎王也不怎样悲哀，似乎一时也总像见不了的样子。

（于是她就问那云游真人，两帖抽的都不好，是否可以想一个方法可以破一破？云游真人就说了：

"拿笔拿墨来。"

（她家本也没有笔，大孙子媳妇就跑到大门洞子旁边那粮米铺去借去了。

（粮米铺的山东女老板，就用山东腔问她：

"你家做啥？"

（大孙子媳妇说：

"给弟妹画病。"

（女老板又说：

"你家的弟妹，这一病就可不浅，到如今好了点没？"

（大孙子媳妇本想端着砚台拿着笔就跑，可是人家关心，怎好不答，于是去了好几袋烟的工夫，还不见回来。

（等她抱了砚台回来的时候，那云游真人，已经把红纸都撕好了。于是拿起笔来，在他撕好的四块红纸上，一块上边写了一个大字，那红纸条也不过半寸宽，一寸长。他写的那字大得都要从红纸的四边飞出来了。

（这四个字，他家本没有识字的人，灶王爷上的对联还是求人写的，一模一样，好像一母所生，也许写的就是一个字。大孙子媳妇看看不认识，奶奶婆婆看看也不认识。虽然不认识，大概这个字一定也坏不了，不然就用这个字怎么能破开一个人不见阎王呢？于是都一齐点头称好。

（那云游真人又命拿浆糊来。她们家终年不用浆糊，浆糊多么贵，白面十多吊钱一斤。都是用黄米饭粒来黏鞋面的。

（大孙子媳妇到锅里去铲了一块黄黏米饭来。云游真人，就用饭粒贴在红纸上了。于是掀开团圆媳妇蒙在头上的破棉袄，让她拿出手来，一个手心上给她贴一张。又让她脱了袜子，一只脚心上给她贴上一张。

（云游真人一见，脚心上有一大片白色的疤痕，他一想就是方才她婆婆所说的用烙铁给她烙的。可是他假装不知，问说：

"这脚心可是生过什么病症吗？"

（团圆媳妇的婆婆连忙就接了过来说：

"我方才不是说过吗，是我用烙铁给她烙的。那里会见过的呢？走道像飞似的，打她，她记不住，我就给她烙一烙。好在也没什么，小孩子肉皮活，也就是十天半月的下不来地，过后也就好了。"

（那云游真人想了一想，好像要吓唬她一下，就说这脚心的疤，虽说是贴了红帖，也怕贴不住，阎王爷是什么都看得见的，这疤怕是就给了阎王爷以特殊的记号，有点不大好办。

（云游真人说完了，看一看她们怕不怕，好像是不怎样怕。于是他就说得严重一些：

"这疤不掉，阎王爷在三天之内就能够找到她，一找到她，就要把她活捉了去的。刚才抽的那帖是再准也没有的了，这红帖也绝没有用处。"

（他如此的吓唬着她们，似乎她们从奶奶婆婆到孙子媳妇都不大怕。那云游真人，连想也没有想，于是开口就说：

"阎王爷不但要捉了团圆媳妇去，还要捉了团圆媳妇的婆婆去，现世现报，拿烙铁烙脚心，这不是虐待，这是什么？婆婆虐待媳妇！做婆婆的死了下油锅，老胡家的婆婆虐待媳妇……"

（他就越说越声大，似乎要喊了起来，好像他是专打抱不平的好汉，而变了他原来的态度了。

（一说到这里，老胡家的老少三辈都害怕了，毛骨悚然，以为她家里又是撞进来了什么恶魔。而最害怕的是团圆媳妇的婆婆，吓得乱哆嗦，这是多么骇人听闻的事情，虐待媳妇！世界上能有这样的事情吗?

（于是团圆媳妇的婆婆赶快跪下了,面向着那云游真人,眼泪一对一双的往下落:

"这都是我一辈子没有积德,有孽遭到儿女的身上,我哀告真人,请真人诚心的给我化散化散,借了真人的灵法,让我的媳妇死里逃生吧。"

（那云游真人立刻就不说见阎王了,说她的媳妇一定见不了阎王,因为他还有一个办法一办就好的;说来这法子也简单得很,就是让团圆媳妇把袜子再脱下来,用笔在那疤痕上一画,阎王爷就看不见了。当场就脱下袜子来在脚心上画了。一边画着还嘴里嘟嘟的念着咒语。这一画不知费了多大力气,旁边看着的人倒觉十分的容易。可是那云游真人却冒了满头的汗,他故意的咬牙切齿,皱眉瞪眼。这一画也并不是容易的事情,好像他在上刀山似的。

（画完了,把钱一算,抽了两帖二十吊。写了四个红纸贴在脚心手心上,每帖五吊是半价出售的,一共是四五等于二十吊。外加这一画,这一画本来是十吊钱,现在就给打个对折吧,就算五吊钱画一只脚心,一共画了两只脚心,又是十吊。

（二十吊加二十吊,再加十吊。一共是五十吊。

（云游真人拿了这五十吊钱乐乐呵呵的走了。

（团圆媳妇的婆婆,在她刚要抽帖的时候,一听每帖十吊钱,她就心痛得了不得,又要想用这钱养鸡,又要想用这钱养猪。等到现在五十吊钱拿出去了,她反而也不想养鸡了,也不想养猪了。因为她想,事到临头,不给也是不行了。帖也抽了,字也写了,要想不给人家钱也是不可能的了。事到临头,还有什么办法呢?别说五十吊,就是一百吊钱也得算着吗?不给还行吗?

（于是她心安理得的把五十吊钱给了人家了。这五十吊钱,是她秋天出城去在豆田里拾黄豆粒,一共拾了二升豆子卖了几十吊钱。在田上拾黄豆粒也不容易，一片大田，经过主人家的收割，还能够剩下多少豆粒呢？而况穷人聚了那么大的一群，孩子，女人，老太太……你抢我夺的，你争我打的。为了二升豆子就得在田上爬了半月二十天的。爬得腰酸腿疼。唉，为着这点豆子，那团圆媳妇的婆婆还到"李永春"药铺，去买过二两红花的。那就是因为在土上爬豆子的时候，有一棵豆秧刺了她的手指甲一下。她也没有在乎，把刺拔出来也就去他的了。该拾豆子还是拾豆子。就因此那指甲可就不知怎么样，睡了一夜那指甲就肿起来了，肿得和茄子似的。

　　（这肿一肿又算什么呢？又不是皇上娘娘，说起来可真娇惯了，哪有一个人吃天靠天，而不生点天灾的？

　　（闹了好几天，夜里痛得火喇喇的不能睡觉了。这才去买了二两红花来。

　　（说起买红花来，是早就该买的。奶奶婆婆劝她买，她不买。大孙子媳妇劝她买，她也不买。她的儿子想用孝顺来争服他的母亲，他强硬的要去给她买，因此还挨了他妈的一烟袋锅子。这一烟袋锅子就把儿子的脑袋给打了鸡蛋大的一个包。

　　"你这小子，你不是败家吗？你妈还没死，你就作了主了。小兔仔子，我看着你再说买红花的，小兔仔子我看着你的。"

　　（就这一边骂着，一边烟袋锅子就打下来了。

　　（后来也到底还是买了，大概是惊动了东邻西舍，这家说说，那家讲讲的，若再不买点红花来，也太不好看了，让人家说老胡家的大儿媳妇，一年到头，就能够寻寻觅觅的积钱，钱一到她的手里，就好像掉了地缝了，一个豆也再不用想从她的手里拿出来。假若这样的说开去，也是不太好听，何况这检来的豆子能卖好几十吊呢，花个三吊两吊的就花了吧。一咬牙，去买上二两红花来擦擦。

　　（想虽然是这样想过了，但到底还没有决定，延持了好几天还没有"一咬牙"。

（最后也毕竟是买了，她选择了一个顶严重的日子，就是她的手，不但一个指头，而是整个的手都肿起来了。那原来肿得像茄子的指头，现在更大了，已经和一个小冬瓜似的了。而且连手掌也无限度的胖了起来，胖得和张小簸箕似的。她多少年来，就嫌自己太瘦，她总说，太瘦的人没有福分。尤其是瘦手瘦脚的，一看就不带福相。尤其是精瘦的两只手，一伸出来和鸡爪似的，真是轻薄的样子。

（现在她的手是胖了，但这样胖法，是不大舒服的。同时她也发了点热，她觉得眼睛和嘴都干，脸也发烧，身上也时冷时热，她就说：

"这手是要闹点事吗？这手……"

（一清早起，她就这样的念了好几遍。那胖得和小簸箕似的手，是一动也不能动了，好像一匹小猫或者一个小孩的头似的，她把它放在枕头上和她一齐的躺着。

"这手是要闹点事的吧！"

（当她的儿子来到她旁边的时候，她就这样说。

（她的儿子一听她母亲的口气，就有些了解了。大概这回她是要买红花的了。

（于是她的儿子跑到奶奶的面前，去商量着要给她母亲去买红花。她们家住的是南北对面的炕，那商量的话声，虽然不甚大，但是他的母亲是听到的了，听到了，也假装没有听到。好表示这买红花可到底不是她的意思，可并不是她的主使，她可没有让他们去买红花。

（在北炕上，祖孙二人商量了一会，孙子说向她妈去要钱去。祖母说：

"拿你奶奶的钱先去买吧，你妈好了再还我。"

（祖母故意把这句说得声音大一点，似乎故意让她的大儿媳妇听见。

（大儿媳妇是不但这句话，就是全部的话也都了然在心了，不过装着不动就是了。

（红花买回来了，儿子坐到母亲的旁边，儿子说：

"妈，你把红花酒擦上吧。"

（母亲从枕头上转过脸儿来，似乎买红花这件事情她事先一点也不晓得，说：

"哟！这小鬼羔子，到底买了红花来……"

（这回可并没有用烟袋锅子打，倒是安安静静的把手伸出来，让那浸了红花的酒，把一只胖手完全染上了。

（这红花到底是二吊钱的，还是三吊钱的？若是二吊钱的倒给的不算少，若是三吊钱的，那可贵了一点。若是让她自己去买，她可绝对的不能买这么多，也不就是红花吗！红花就是红的就是了，治病不治病，谁晓得？也不过就是解解心疑就是了。

（她想着想着，因为手上涂了酒觉得凉爽，就要睡一觉，又加上烧酒的气味香扑扑的，红花的气味药乎乎的，她觉得实在是舒服了不少。于是她一闭眼睛就做了一个梦。

（这梦做的是她买了两块豆腐，这豆腐又白又大。是用什么钱买的呢？就是用买红花剩来的钱买的。因为在梦里边她梦见是她自己去买的红花。她自己也不买三吊钱的，也不买两吊钱的，是买了一吊钱的。在梦里边她还算着，不但今天有两块豆腐吃，哪天一高兴还有两块吃的！三吊钱才买了一吊钱的红花呀！

（现在她一遭就拿了五十吊钱给了云游真人。若照她的想法来想，这五十吊钱可该买多少豆腐了呢？

（但是她没有想，一方面因为团圆媳妇的病也实在病得缠绵，在她身上花钱也花得大手大脚的了。另一方面就是那云游真人的来势也过于猛了点，竟打起抱不平来，说她虐待团圆媳妇。还是赶快的给了他钱，让他滚蛋吧。

（真是家里有病人是什么气都受得呵。团圆媳妇的婆婆左思右想，越想越是自己遭了无妄之灾，满心的冤屈，想骂又没有对象，想哭又哭不出来，想打也无处下手了。

（那小团圆媳妇再打也就受不住了。

（若是那小团圆媳妇刚来的时候，那就非先抓过她来打一顿再说。做婆婆的打了一只饭碗，也抓过来把小团圆媳妇打一顿。她丢了一根针也抓过来把小团圆媳妇打一顿。她跌了一个筋斗，把单裤膝盖的地方跌了一个洞，她也抓过来把小团圆媳妇打一顿。总之，她一不顺心，她就觉得她的手就想要打人。她打谁呢？谁能够让她打呢？于是就轮到小团圆媳妇了。

（有娘的，她不能够打。她自己的儿子也舍不得打。打猫，她怕把猫打丢了。打狗，她怕把狗打跑了。打猪，怕猪掉了斤两。打鸡，怕鸡不下蛋。

（惟独打这小团圆媳妇是一点毛病没有，她又不能跑掉，她又不能丢了，她又不会下蛋。反正也不是猪，打掉了一些斤两也不要紧，反正也不过秤。

（可是这小团圆媳妇，一打也就吃不下饭去。吃不下饭去不要紧，多喝一点饭米汤好啦，反正饭米汤剩下也是要喂猪的。

（可是这都成了已往的她的光荣的日子了，那种自由的日子恐怕一时不会再来了。现在她不用说打，就连骂也不大骂她了。

（现在她别的都不怕，她就怕她死，她心里总有一个阴影，她的小团圆媳妇可不要死了呵。

（于是她碰到了多少的困难，她都克服了下去，她咬着牙根，她忍住眼泪，她要骂不能骂，她要打不能打。她要哭，她又止住了。

无限的伤心,无限的悲哀,常常一齐会来到她的心中的。她想,也许是前生没有做了好事,此生找到她了。不然为什么连一个团圆媳妇的命都没有。她想一想,她一生没有做过恶事,面软、心慈,凡事都是自己吃亏,让着别人。虽然没有吃斋念佛,但是初一十五的素口也自幼就吃着。虽然不怎样拜庙烧香,但四月十八的庙会,也没有拉下过。娘娘庙前一把香,老爷庙前三个头。哪一年也都是烧香磕头的没有拉过"过场"。虽然是自小没有读过诗文,不认识字,但是《金刚经》《灶王经》也会念上两套。虽然说不曾做过舍善的事情,没有补过路,没有修过桥,但是逢年过节,对那些讨饭的人,也常常给过他们剩汤剩饭的。虽然过日子不怎样俭省,但也没有多吃过一块豆腐。拍拍良心对天对得起,对地也对得住。那为什么老天爷明明白白的却把祸根种在她身上?

(她越想,她越心烦意乱。

"都是前生没有做了好事,今生才找到了。"

(她一想到这里,她也就不再想了,反正事到临头,瞎想一阵又能怎样呢?于是她自己劝着自己就又忍着眼泪,咬着牙根,把她那兢兢业业的,养猪喂狗所积下来的那点钱,又一吊一吊的一五一十的,往外拿着。

(东家说,看个香火,西家说,吃个偏方。偏方、野药、大神、赶鬼、看香、扶乩,样样都已经试过,钱也不知花了多少,但是都不怎样见效。

(那小团圆媳妇夜里说梦话,白天发烧。一说起梦话来,总是说她要回家。

("回家"这两个字,她的婆婆觉得最不祥,就怕她是阴间的花姐,阎王奶奶要把她叫了回去。于是就请了一个圆梦的。那圆梦的一圆,果然不错,"回家"就是回阴间地狱的意思。

(所以那小团圆媳妇,做梦的时候,一梦到她的婆婆打她,或者是用梢子绳①把她吊在房梁上了,或是梦见婆婆用烙铁烙她的脚心,或是梦见婆婆用针刺她的手指尖,一梦到这些,她就大哭大叫,而且嚷着她要"回家"。

（婆婆一听她嚷回家,就伸出手去在大腿上拧着她。日子久了,拧来,拧去,那小团圆媳妇的大腿被拧得像一个梅花鹿似的青一块,紫一块的了。

（她是一份善心,怕是真的她回了阴间地狱,赶快的把她叫醒来。

（可是小团圆媳妇睡得朦里朦胧的,她以为她的婆婆可又真的在打她了,于是她大叫着,从炕上翻身起来,就跳下地去,拉也拉不住她,按也按不住她。

（她的力气大得惊人,她的声音喊得怕人。她的婆婆于是觉得更是见鬼了,着魔了。

（不但她的婆婆,全家的人也都相信这孩子的身上一定有鬼。

（谁听了能够不相信呢？半夜三更的喊着回家,一招呼醒了,她就跳下地去,瞪着眼睛,张着嘴,连哭带叫的,那力气比牛还大,那声音好像杀猪似的。

（谁能够不相信呢？又加上她婆婆的渲染,说她眼珠子是绿的,好像两颗鬼火似的,说她的喊声,是直声拉气的,不是人声。

（所以一传出去,东邻西舍的,没有不相信的。

（于是一些善人们,就觉得这小女孩子也实在让鬼给捉弄得可怜了。哪个孩儿是没有娘的,哪个人不是肉生肉长的。谁家不都是养老育小,……于是大动恻忍之心。东家二姨,西家三姑,她说她有奇方,她说她有妙法。

（于是就又跳神赶鬼,看香,扶乩,老胡家闹得非常热闹,传为

---

① 梢子绳,方言,较细的绳子。

一时之盛。若有不去看跳神赶鬼的,竟被指为落伍。

(因为老胡家跳神跳得花样翻新,是自古也没有这样跳的,打破了跳神的纪录了,给跳神开了一个新纪元。若不去看看,耳目因此是会闭塞了的。

(当地没有报纸,不能记录这桩盛事。若是患了半身不遂的人,患了瘫病的人,或是大病卧床不起的人,那真是一生的不幸,大家也都为他惋惜,怕是他此生也要寡陋孤闻,因为这样的隆重的盛举,他究竟不能够参加。

(呼兰河这地方,到底是太闭塞,文化是不大有的。虽然当地的官、绅,认为已经满意了,而且请了一位满清的翰林,作了一首歌,歌曰:

溯呼兰天然森林,自古多奇材

5 5 5 3 | 5 5 1 1 | 2 1 2 3 2

(这首歌还配上了从东洋流来的乐谱,使当地的小学都唱着。这歌不止这两句这么短,不过只唱这两句就已经够好的了。所好的是使人听了能够引起一种自负的感情来,尤其当清明植树节的时候,几个小学堂的学生都排起队来在大街上游行,并唱这首歌。使老百姓听了,也觉得呼兰河是个了不起的地方,一开口说话就:"我们呼兰河",那在街道上检粪蛋的孩子,手里提着粪耙子,他还说,"我们呼兰河!"可不知道呼兰河给了他什么好处。也许那粪耙子就是呼兰河给了他的。

(呼兰河这地方,尽管奇才很多,但到底太闭塞,竟不会办一张报纸。以致于把当地的奇闻妙事都没有记载,任其风散了。

(老胡家跳大神,就实在跳得出奇。用大缸给团圆媳妇洗澡。而且是当众就洗的。

(这种奇闻盛举一经传了出来,大家都想去开开眼界,就是那些患了半身不遂的,患了瘫病的人,人们觉得他们瘫了倒没有什么,只是不能够前来看老胡家团圆媳妇大规模的洗澡,真是一生的不幸。)

五

天一黄昏,老胡家就打起鼓来了。大缸,开水,公鸡,都预备好了。

公鸡抓来了,开水烧滚了,大缸摆好了。

看热闹的人,络绎不绝的来着。我和祖父也来了。

小团圆媳妇躺在炕上,黑乎乎的,笑呵呵的。我给她一个玻璃球,又给她一片碗碴,她说这碗碴很好看,她拿在眼睛前照一照。她说这玻璃球也很好玩,她用手指甲弹着。她看一看她的婆婆不在旁边,她就起来了,她想要坐起来在炕上弹这玻璃球。

还没有弹,她的婆婆就来了,就说:

"小不知好歹的,你又起来疯什么?"

说着走近来,就用破棉袄把她蒙起来了,蒙得没头没脑的,连脸也露不出来。

我就问祖父为什么不让她玩?

祖父说:

"她有病。"

我说:

"她没有病,她好好的。"

我伸手去把棉袄给她掀开了。

掀开一看,她的眼睛早就睁着。她问我,她的婆婆走了没有,我说走了,于是她又起来了。

她一起来,她的婆婆又来了。又把她给蒙了起来说:

"也不怕人家笑话,病得跳神赶鬼的,哪有的事情,说起来,就起来。"

这是她婆婆向她小声说的,等婆婆回过头去向着众人,就又那么说:

"她是一点也着不得凉的,一着凉就犯病。"

屋里屋外,越张罗越热闹了,小团圆媳妇跟我说:

"等一会你看吧,就要洗澡了。"

她说着的时候,好像说着别人的一样。

果然,不一会工夫就洗起澡来了,洗得吱哇乱叫。

大神打着鼓,命令她当众脱了衣裳。衣裳她是不肯脱的。她的婆婆抱住了她,还请了几个帮忙的人,就一齐上来,把她的衣裳撕掉了。

她本来是十二岁,却长得十五六岁那么高,所以一时看热闹的姑娘媳妇们,看了她,都难为情起来。

很快的小团圆媳妇就被抬进大缸里去。大缸里满是热水。是滚热的热水。

她在大缸里边,叫着,跳着,好像她要逃命似的狂喊。她的旁边站着三四个人从缸里搅起热水来往她的头上浇。不一会,浇得满脸通红,她再也不能够挣扎了,她安稳的在大缸里边站着,她再不往外边跳了,大概她觉得跳也跳不出来了。那大缸是很大的,她站在里边仅仅露着一个头。

我看了半天,到后来她连动也不动,哭也不哭,笑也不笑。满脸的汗珠,满脸通红,红得像一张红纸。

我跟祖父说:

"小团圆媳妇不叫了。"

我再往大缸里一看,小团圆媳妇没有了。她昏倒在大缸里了。

这时候,看热闹的人们,一声狂喊,都以为小团圆媳妇是死了,大家都跑过去拯救她,竟有心慈的人,流下眼泪来。

(小团圆媳妇还活着的时候,她像要逃命似的前一刻她还求救于人的时候,并没有一个人上前去帮忙她,把她从热水里解救出来。)

(现在她是什么也不知道了,什么也不要求了。可是一些人,偏要去救她。)

(把她从大缸里抬出来,给她浇一点冷水。这小团圆媳妇一昏过去,可把那些看热闹的人可怜得不得了,就是前一刻她还主张着用热水浇哇!"用热水浇哇!"的人,现在也心痛起来。怎能够不心痛呢,活蹦乱跳的孩子,一会工夫就死了。)

小团圆媳妇摆在炕上,浑身像火炭那般热,东家的婶子,伸出一只手来,到她身上去摸一摸,西家大娘也伸出手来到她身上去摸一摸。

都说:

"哟哟,热得和火炭似的。"

有的说,水太热了一点;有的说,不应该往头上浇,大热的水,一浇哪有不昏的。

大家正在谈说之间,她的婆婆过来,赶快拉了一张破棉袄给她盖上了,说:

"赤身裸体的羞不羞!"

(小团圆媳妇怕羞不肯脱下衣裳来,她婆婆喊着号令给她撕下来了。现在她什么也不知道了,她没有感觉了,婆婆反而替她着想了。)

(大神打了几阵鼓,二神向大神对了几阵话。看热闹的人,你望望他,他望望你。虽然不知道下文如何,这小团圆媳妇到底是死是活,但却没有白看一场热闹,到底是开了眼界,见了世面,总算是不无所得的。)

有的竟觉得困了,问着别人,三星是否打了横梁,说他要回家睡觉去了。

(大神一看这场面不大好,怕是看热闹的人都要走了,就卖一点力气叫一叫座。于是痛打了一阵鼓,喷了几口酒在团圆媳妇的脸上。从腰里拿出银针来,刺着小团圆媳妇的手指尖。)

不一会,小团圆媳妇就活转来了。

大神说,洗澡必得连洗三次,还有两次要洗的。

(于是人心大为振奋,困的也不困了,要回家睡觉的也精神了。这来看热闹的,不下三十人,个个眼睛发亮,人人精神百倍。看吧,洗一次就昏过去了,洗两次又该怎样呢?洗上三次:那可就不堪想象了。所以看热闹的人的心里,都满着秘密。)

(果然的,小团圆媳妇一被抬到大缸里去,被热水一烫,就又大声的怪叫了起来,一边叫着一边还伸出手来把着缸沿想要跳出来。这时候,浇水的浇水,按头的按头,总算让大家压服又把她昏倒在缸底里了。)

这次她被抬出来的时候,她的嘴里还往外吐着水。

(于是一些善心的人,是没有不可怜这小女孩子的。)东家的二姨,西家的三婶,就都一齐围拢过去,都去设法施救去了。

她们围拢过去,看看有气没有?(若还有气,那就不用救。若是死了,那就赶快浇凉水。)

(若是有气,她自己就会活转来的。若是断了气,那就赶快施救,不然怕她真的死了。)

六

小团圆媳妇当晚被热水烫了三次,烫一次昏一次。

(闹到三更天才散了场。大神回家去睡觉去了。看热闹的人也都回家去睡觉去了。

（星星月亮,出满了一天,冰天雪地正是个冬天。雪扫着墙根,风刮着窗棂。鸡在架里边睡觉,狗在窝里边睡觉,猪在栏里边睡觉,全呼兰河都睡着了。

（只有远远的狗叫,那或许是从白旗屯传来的,或者是呼兰河的南岸那柳条林子里的野狗的叫唤。总之,那声音是来得很远,那已经是呼兰河城以外的事情了。而呼兰河全城,就都一齐睡着了。

（前半夜那跳神打鼓的事情一点也没有留下痕迹。那连哭带叫的小团圆媳妇,好像在这世界上她也并未曾哭过叫过,因为一点痕迹也并未留下。家家户户都是黑洞洞的,家家户户都睡得沉实实的。

（团圆媳妇的婆婆也睡得打哼了。

（因为三更已经过了,就要来到四更天了。）

七

（第二天小团圆媳妇昏昏沉沉的睡了一天,第三天,第四天,也都是昏昏沉沉的睡着,眼睛似睁非睁的,留着一条小缝,从小缝里边露着白眼珠。

（家里的人,看了她那样子,都说,这孩子经过一番操持,怕是真魂就要附体了,真魂一附了体,病就好了。不但她的家里人这样说,就是邻人也都这样说。所以对于她这种不饮不食,似睡非睡的状态,不但不引以为忧,反而觉得应该庆幸。她昏睡了四五天,她家的人就快乐了四五天,她睡了六七天,她家的人就快乐了六七天。在这期间,绝对的没有使用偏方,也绝对的没有采用野药。

（但是过了六七天,她还是不饮不食的昏睡,要好起来的现象一点也没有。

（于是又找了大神来，大神这次不给她治了，说这团圆媳妇非出马当大神不可。

（于是又采用了正式的赶鬼的方法，到扎彩铺去，扎了一个纸人，而后给纸人缝起布裳来穿上，——穿布衣裳为的是绝对的像真人——擦胭抹粉，手里提着花手巾，很是好看。穿了满身花洋布的衣裳，打扮成一个十七八岁的大姑娘。用人抬着，抬到南河沿旁边那大土坑去烧了。

（这叫做烧"替身"，据说把这"替身"一烧了，她可以替代真人，真人就可以不死。

（烧"替身"的那天，团圆媳妇的婆婆为着表示虔诚，她还特意的请了几个吹鼓手，前边用人举着那扎彩人，后边跟着几个吹鼓手，呜呕咚，呜呕咚的向着南大土坑走去了。

（那景况说热闹也很热闹，喇叭曲子吹的是《句句双》。说凄凉也很凄凉。前边一个扎彩人，后边三五个吹鼓手，出丧不像出丧，报庙①不像报庙。

（跑到大街上来看这热闹的人也不很多，因为天太冷了，探头探脑的跑出来的人一看，觉得没有什么可看的，就关上大门回去了。

（所以就孤孤单单的，凄凄凉凉在大土坑那里把那扎彩人烧了。

（团圆媳妇的婆婆一边烧着还一边后悔，若早知道没有什么看热闹的人，那又何必给这扎彩人穿上真衣裳，她想要从火堆中把衣裳抢出来。但又来不及了。就眼看着让它烧去了。这一套衣裳，一共花了一百多吊钱。于是她看着那衣裳的烧去，就像眼看着

---

① 报庙，丧葬旧俗，流行于北方各地。指人去世后，子孙等到土地庙、城隍庙等处报告死亡消息，祷告神灵关照亡魂。仪式汉满两族及不同地域又有所分别。

烧去了一百多吊钱。

（她心里是又悔又恨，她简直忘了这是她的团圆媳妇烧替身。她本来打算念一套祷神告鬼的词句，她回来的时候，走在路上才想起来。但想起来也晚了，于是她自己感到大概要白白的烧了个替身，灵不灵谁晓得呢！）

八

后来又听说那团圆媳妇的大辫子，睡了一夜觉就掉下来了。

就掉在枕头旁边，这可不知是怎么回事。

她的婆婆说这团圆媳妇一定是妖怪。

把那掉下来的辫子留着，谁来给谁看。

看那样子一定是什么人用剪刀给她剪下来的。但是她的婆婆偏说不是，就说，睡了一夜觉就自己掉下来了。

（于是这奇闻又远近的传开去了。不但她的家人不愿意和妖怪在一起，就是同院住的人也都觉得不太好。）

（夜里关门关窗户的，一边关着于是就都说：

"老胡家那小团圆媳妇一定是个小妖怪。"）

我家的老厨夫是个多嘴的人，他和祖父讲老胡家的团圆媳妇又怎样怎样了。又出了新花头，辫子也掉了。

我说：

"不是的，是用剪刀剪的。"

老厨夫看我小，他欺侮我，他用手指住了我的嘴。他说：

"你知道什么，那小团圆媳妇是个妖怪呀！"

我说：

"她不是妖怪，我偷着问她，她头发是怎么掉了的？她还跟我笑呢！她说她不知道。"

祖父说:"好好的孩子快让他们捉弄死了。"

过了些日子,老厨子又说:

"老胡家要'休妻'了,要'休'了那小妖怪。"

祖父以为老胡家那人家不大好。

祖父说:"二月让他搬家。把人家的孩子快捉弄死了,又不要了。"

九

还没有到二月,那黑乎乎的,笑呵呵的小团圆媳妇就死了。是一个大清早晨,老胡家的大儿子,那个黄脸大眼睛的车老板子就来了。一见了祖父,他就双手举在胸前作了一个揖。

祖父问他什么事?

他说:

"请老太爷施舍一块地方,好把小团圆媳妇埋上……"

祖父问他:

"什么时候死的?"

他说:

"我赶着车,亮天才到家。听说半夜就死了。"

祖父答应了他,让他埋在城外的地边上。并且招呼有二伯来,让有二伯领着他们去。

有二伯临走的时候,老厨子也跟去了。

我说,我也要去,我也跟去看看,祖父百般的不肯。祖父说:

"咱们在家下①压拍子打小雀吃……"

我于是就没有去。虽然没有去,但心里边总惦着有一回事。

---

① 家下,即家中。

等有二伯也不回来,等那老厨子也不回来。等他们回来,我好听一听那情形到底怎样?

十点多钟,他们两个在人家喝了酒,吃了饭才回来的。前边走着老厨子,后边走着有二伯。好像两个胖鸭子似的,走也走不动了,又慢又得意。

走在前边的老厨子,眼珠通红,嘴唇发光。走在后边的有二伯,面红耳热,一直红到他脖子下边的那条大筋。

进到祖父屋来,一个说:

"酒菜真不错……"

一个说:

"……鸡蛋汤打得也热乎。"

关于埋葬团圆媳妇的经过,却先一字未提。好像他们两个是过年回来的,充满了欢天喜地的气象。

我问有二伯,那小团圆媳妇怎么死的,埋葬的情形如何。

有二伯说:

"你问这个干什么,人死还不如一只鸡……一伸腿就算完事……"

我问:

"有二伯,你多暂死呢?"

他说:

"你二伯死不了的……那家有万贯的,那活着享福的,越想长寿,就越活不长……上庙烧香,上山拜佛的也活不长。像你有二伯这条穷命,越老越结实。好比个石头疙疸似的,哪儿死啦!俗语说得好,'有钱三尺寿,穷命活不够'。你二伯就是这穷命,穷命鬼阎王爷也看不上眼儿来的。"

到晚饭,老胡家又把有二伯他们二位请去了。又在那里喝的酒。因为他们帮了人家的忙,人家要酬谢他们。

十

老胡家的团圆媳妇死了不久,他家的大孙子媳妇就跟人跑了。

奶奶婆婆后来也死了。

他家的两个儿媳妇,一个为着那团圆媳妇瞎了一只眼睛。因为她天天哭,哭她那花在团圆媳妇身上的倾家荡产的五千多吊钱。

另外的一个因为她的儿媳妇跟着人家跑了,要把她羞辱死了,一天到晚的,不梳头,不洗脸的坐在锅台上抽着烟袋,有人从她旁边过去,她高兴的时候,她向人说:

"你家里的孩子,大人都好哇?"

她不高兴的时候,她就向着人脸,吐一口痰。

她变成一个半疯了。

老胡家从此不大被人记得了。

十一

我家的背后有一个龙王庙,庙的东角上有一座大桥。人们管这桥叫"东大桥"。

那桥下有些冤魂枉鬼,每当阴天下雨,从那桥上经过的人,往往听到鬼哭的声音。

据说,那团圆媳妇的鬼魂,也来到了东大桥下。说她变了一只很大的白兔,隔三差五的就到桥下来哭。

有人问她哭什么?

她说她要回家。

那人若说:

"明天,我送你回去……"

那白兔子一听,拉过自己的大耳朵来,擦擦眼泪,就不见了。若没有人理她,她就一哭,哭到鸡叫天明。

第六章

一

我家的有二伯,性情很古怪。

有东西,你若不给他吃,他就骂。若给他送上去,他就说:

"你二伯不吃这个,你们拿去吃吧!"

家里买了落花生、冻梨之类,若不给他,除了让他看不见,若让他找着了一点影子,他就没有不骂的:

"他妈的……王八蛋……兔羔子,有猫狗吃的,有蟑螂、耗子吃的,他妈的就是没有人吃的……兔羔子,兔羔子……"

若给他送上去,他就说:

"你二伯不吃这个,你们拿去吃吧。"

二

有二伯的性情真古怪,他很喜欢和天空的雀子说话。他很喜欢和大黄狗谈天。他一和人在一起,他就一句话没有了,就是有话也是很古怪的,使人听了常常不得要领。

夏天晚饭后大家坐在院子里乘凉的时候,大家都是嘴里不停的讲些个闲话,讲得很热闹,就连蚊子也嗡嗡的,就连远处的蛤蟆也呱呱的叫着。只是有二伯一声不响的坐着。他手里拿着蝇甩子,东甩一下,西甩一下。

若有人问他的蝇甩子是马鬃的还是马尾的?他就说:

"啥人玩啥鸟,武大郎玩鸭子……马鬃,那是贵东西,那是穿绸穿缎的人拿着,腕上戴着藤萝镯,指上戴着大攀指。什么人玩什么物。穷人,野鬼,不要自不量力,让人家笑话。……"

传说天上的那颗大昴星,就是灶王爷骑着毛驴上西天的时候,他手里打着的那个灯笼,因为毛驴跑得太快,一不加小心灯笼就掉在天空了。我就常常把这个话题来问祖父,说那灯笼为什么被掉在天空,就永久长在那里了,为什么不落在地上来?

这话题,我看祖父也回答不出的,但是因为我的非问不可,祖父也就非答不可了。他说,天空里有一个灯笼杆子,那才高呢,大昴星就挑在那灯笼杆子上。并且那灯笼杆子,人的眼睛是看不见的。

我说:

"不对,我不相信……"

我说:

"没有灯笼杆子,若是有为什么我看不见?"

于是祖父又说:

"天上有一根线,大昴星就被那线系着。"

我说:

"我不信,天上没有线的,有为什么我看不见?"

祖父说:

"线是细的么,你哪能看见,就是谁也看不见的。"

我就问祖父:

"谁也看不见,你怎么看见啦?"

乘凉的人都笑了,都说我真厉害。

于是祖父被逼得东说西说,说也说不上来了。眼看祖父是被我逼得胡诌起来,我也知道他是说不清楚的了。不过我越看他胡诌我就越逼他。

到后来连大昴星是龙王爷①的灯笼这回事,我也推翻了。我问祖父大昴星到底是个什么?

别人看我纠缠不清了,就有出主意的让我问有二伯去。

我跑到了有二伯坐着的地方,我还没有问,我就刚一碰了他的蝇甩子,他就把我吓了一跳。他把蝇甩子一抖,嗝唠②一声:

"你这孩子,远点去吧……"

使我不得不站得远一点,我说:

"有二伯,你说那天上的大昴星到底是个什么?"

他没有立刻回答我,他似乎想了一想,才说:

"穷人不观天象。狗咬耗子,猫看家,多管闲事。"

我又问,我以为他没有听准:

"大昴星是龙王爷的灯笼吗?"

他说:

"你二伯虽然也长了眼睛,但是一辈子没有看见什么。你二伯虽然也长了耳朵,但是一辈子也没有听见什么。你二伯是又聋又瞎,这话可怎么说呢?比方那亮亮堂堂的大瓦房吧,你二伯也有看见了的,可是看见了怎么样,是人家的,看见了也是白看。听也是一样,听见了又怎样,与你不相干……你二伯活着是个不相

---

① 此处及随后一处的"龙王爷"与前文"灶王爷"的说法相矛盾,似误;但亦有可能是作者想表达小孩子对听来的故事会进行源于自己想象的改造这一层意思,因此未作更动。
② 嗝唠,东北方言,猛然大叫一声。

干……星星，月亮，刮风，下雨，那是天老爷的事情，你二伯不知道……"

有二伯真古怪，他走路的时候，他的脚踢到了一块砖头，那砖头把他的脚碰痛了。他就很小心的弯下腰去把砖头拾起来，他细细的端相着那砖头，看看那砖头长得是否瘦胖合适，是否顺眼，看完了，他才和那砖头开始讲话：

"你这小子，我看你也是没有眼睛，也是跟我一样，也是瞎模糊眼的。不然你为啥往我脚上撞，若有胆子撞，就撞那个耀武扬威的，脚上穿着靴子，鞋的……你撞我，你撞我还不是个白撞，撞不出一大二小来，臭泥坑子滚石头，越滚越臭……"

他和那砖头把话谈完了，他才顺手把它抛开去，临抛开的时候，他还最后嘱咐了它一句：

"下回你往那穿鞋，穿袜的脚上去碰呵。"

他这话说完了，那砖头也就拍搭的落到了地上。原来他没有抛得多远，那砖头又落到原来的地方。

有二伯走在院子里，天空飞着的麻雀或是燕子若落了一点粪在他的身上，他就停下脚来，站在那里不走了。他扬着头，他骂着那早已飞过去了的雀子，大意是：那雀子怎样怎样不该把粪落在他身上，应该落在那穿绸穿缎的人的身上。不外骂那雀子糊涂瞎眼之类。

可是那雀子很敏捷的落了粪之后，早已飞得无影无踪了，于是他就骂着他头顶上那块蓝瓦瓦的天空。

三

有二伯说话的时候，把"这个"说成"介个"。

"那个人好。"

"介个人坏。"

"介个人狼心狗肺。"

"介个物,不是物。"

"家雀也往身上落粪,介个年头是啥年头。"

四

还有,

有二伯不吃羊肉。

五

祖父说,有二伯在三十年前他就来到了我们家里,那时候他才三十多岁。

而今有二伯六十多岁了。

他的乳名叫"有子",他已经六十多岁了,还叫着乳名。祖父叫他"有子做这个","有子做那个"。

我们叫他"有二伯"。

老厨子叫他"有二爷"。

他到房户,地户那里去,人家叫他"有二东家"。

他到北街头的烧锅去,人家叫他"有二掌柜的"。

他到油房去抬油,人家也叫他"有二掌柜的"。

他到肉铺子上去买肉,人家也叫他"有二掌柜的"。

一听人家叫他"二掌柜的",他就笑逐颜开。叫他"有二爷"叫他"有二东家",叫他"有二伯"也都是一样的笑逐颜开。

有二伯最忌讳人家叫他的乳名,比方街上的孩子们,那些讨厌的,就常常在他的背后抛一颗石子,掘一捧灰土,嘴里边喊着"有二子""大有子""小有子"。

有二伯一遇到这机会,就没有不立刻打了过去的。他手里若是拿着蝇甩子,他就用蝇甩子把去打。他手里若是拿着烟袋,他就用烟袋锅子去打。

把他气得像老母鸡似的,把眼睛都气红了。

那些顽皮的孩子们一看他打了来,就立刻说,"有二爷,有二东家,有二掌柜的,有二伯。"并且举起手来作着揖,向他朝拜着。

有二伯一看他们这样子,立刻就笑逐颜开,也不打他们了,就走自己的路去了。

可是他走不了多远,那些孩子们就在后边又吵起来了,什么:

"有二爷,兔儿爷。"

"有二伯,打桨杆。"

"有二东家,捉大王八。"

他在前边走,孩子们还在他背后的远处喊。一边喊着一边扬着街道上的灰土,灰土高飞着,一会工夫,街上闹成个小旋风似的了。

有二伯不知道听见了这个与否,但孩子们以为他是听见了的。

有二伯却很庄严的,连头也不回的一步一步的沉着的向前走去了。

"有二爷,"老厨子总是一开口"有二爷"一闭口"有二爷"的叫着。

"有二爷的蝇甩子……"

"有二爷的烟袋锅子……"

"有二爷的烟合包……"

"有二爷的烟合包疙疸……"

"有二爷吃饭啦……"

"有二爷,天下雨啦……"

"有二爷快看吧,院子里的狗打仗啦……"

"有二爷,猫上墙头啦……"

"有二爷,你的蝇甩子掉了毛啦。"

"有二爷,你的草帽顶落了家雀粪啦。"

老厨子一向是叫他"有二爷"的。唯独他们两个一吵起架来的时候,老厨子就说:

"我看你这个'二爷'一丢了,就只剩下个'有'字了。"

"有字"和"有子"差不多,有二伯一听正好是他的乳名。

于是他和老厨子骂了起来,他骂他一句,他骂他两句。越骂声音越大。有时他们两个也就打了起来。

但是过了不久,他们两个又照旧的好了起来。又是:

"有二爷这个。"

"有二爷那个。"

老厨子一高起兴来,就说:

"有二爷,我看你的头上去了个'有'字,不就只剩了'二爷'吗?"

有二伯于是又笑逐颜开了。

祖父叫他"有子",他不生气,他说:

"向皇上说话,还称自己是奴才呢!总也得有个大小。宰相大不大?可是他见了皇上也得跪下,在万人之上,在一人之下。"

有二伯的胆子是很大的,他什么也不怕。我问他怕狼不怕?

他说:

"狼有什么怕的,在山上,你二伯小的时候上山放猪去,那山上就有狼。"

我问他敢走黑路不敢?

他说:

"走黑路怕啥的,没有愧心事,不怕鬼叫门。"

我问他夜里一个人,敢过那东大桥吗?

他说:

"有啥不敢的,你二伯就是愧心事不敢做,别的都敢。"

有二伯常常说,跑毛子①的时候(日俄战时)他怎样怎样的胆大,全城都跑空了,我们家也跑空了。那毛子拿着大马刀在街上跑来跑去,骑在马身上。那真是杀人无数。见了关着大门的就敲,敲开了,抓着人就杀。有二伯说:

"毛子在街上跑来跑去,那大马蹄子跑得呱呱的响,我正自己煮面条吃呢,毛子就来敲大门来了,在外边喊着'里边有人没有?'若有人快点把门打开,不打开毛子就要拿刀把门劈开的,劈开门进来,那就没有好,非杀不可……"

我就问:

"有二伯你可怕?"

他说:

"你二伯烧着一锅开水,正在下着面条。那毛子在外边敲,你二伯还在屋里吃面呢……"

我还是问他:

"你可怕?"

他说:

"怕什么?"

我说:

"那毛子进来,他不拿马刀杀你?"

他说:

"杀又怎么样! 不就是一条命吗。"

可是每当他和祖父算起账来的时候,他就不这么说了。他说:

---

① 毛子,又称老毛子,旧时东北人对俄国人的蔑称。

"人是肉长的呀!人是爹娘养的呀!谁没有五脏六腑。不怕,怎么能不怕!也是吓得抖抖乱颤,……眼看着那是大马刀,一刀上来,一条命就完了。"

我一问他:

"你不是说过,你不怕吗?"

这种时候,他就骂我:

"没心肝的,远的去着罢!不怕,是人还有不怕的……"

不知怎么的,他一和祖父提起跑毛子来,他就胆小了,他自己越说越怕。有的时候他还哭了起来。说那大马刀闪光湛亮,说那毛子骑在马上乱杀乱砍。

六

有二伯的行李,是零零碎碎的,一掀动他的被子就从被角往外流着棉花,一掀动他的褥子,那所铺着的毡片,就一片一片的好像活动地图似的一省一省的割据开了。

有二伯的枕头,里边装的是荞麦壳,每当他一抡动的时候,那枕头就在角上或是在肚上漏了馅了,花花的往外流着荞麦壳。

有二伯是爱护他这一套行李的,没有事的时候,他就拿起针来缝它们。缝缝枕头,缝缝毡片,缝缝被子。

不知他的东西,怎那样的不结实,有二伯三天两天的就要动手缝一次。

有二伯的手是很粗的,因此他拿着一颗很大的大针,他说太小的针他拿不住。他的针是太大了点,迎着太阳,好像一颗女人头上的银簪子似的。

他往针鼻里穿线的时候,那才好看呢。他把针线举得高高的,睁着一个眼睛,闭着一个眼睛,好像是在瞄准,好像他在半天空里看见了一样东四,他想要快快的拿它,又怕拿不准跑了,想要研究一会再去拿,又怕过一会就没有了。于是他的手一着急就哆嗦起来,那才好看呢。

有二伯的行李,睡觉起来,就卷起来的。卷起来之后,用绳子捆着。好像他每天要去旅行的样子。

有二伯没有一定的住处,今天住在那咣咣响着房架子的粉房里,明天住在养猪的那家的小猪倌的炕梢上,后天也许就和那磨房里的冯歪嘴子一条炕睡上了。反正他是什么地方有空他就在什么地方睡。

他的行李他自己背着。老厨子一看他背起行李,就大嚷大叫的说:

"有二爷,又赶集去了……"

有二伯也就远远的回答着他:

"老王,我去赶集,你有啥捎的没有呵?"

于是有二伯又自己走自己的路,到房户的家里的方便地方去投宿去了。

七

有二伯的草帽没有边沿,只有一个帽顶。他的脸焦焦黑,他的头顶雪雪白。黑白分明的地方,就正是那草帽扣下去被切得溜齐的脑盖的地方。他每一摘下帽子来,是上一半白,下一半黑。就好像后园里的倭瓜,晒着太阳的那半是绿的,背着阴的那半是白的一样。

不过他一戴起草帽来也就看不见了,他戴帽的尺度是很准确的,一戴就把帽边很准确的切在了黑白分明的那条线上。不高不低,就正正的在那条线上。偶尔也戴得略微高了一点,但是这种时候很少，不大被人注意。那就是草帽与脑盖之间，好像镶了一趟窄窄的白边似的，有那么一趟白线。

八

有二伯穿的是大半截子的衣裳。不是长衫，也不是短衫，而是齐到膝头那么长的衣裳。那衣裳是鱼蓝色竹布的，带着四方的大尖托领，宽衣大袖，怀前带着大麻铜钮子。

这衣裳本是前清的旧货，压在祖父的箱底里，祖母一死了，就陆续的穿在有二伯的身上了。

所以有二伯一走在街上，都不知他是哪个朝代的人。

老厨子常说：

"有二爷，你宽衣大袖的，和尚看了像和尚，道人看了像道人。"

有二伯是喜欢卷着裤脚的，所以耕田种地的庄稼人看了，又以为他是一个庄稼人，一定是插秧了刚刚回来。

九

有二伯的鞋子，不是前边掉了底，就是后边缺了跟。

他自己前边掌掌，后边钉钉，似乎钉也钉不好，掌也掌不好，过了几天又是掉底缺跟仍然照旧。

走路的时候拖拖的，再不然就搭搭的。前边掉了底，那鞋就张着嘴，他的脚好像舌头似的，每一迈步，就在那大嘴里边活动着。后边缺了跟，每一走动，就踢踢踏踏的脚跟打着鞋底发响。

有二伯的脚，永远离不开地面，母亲说他的脚下了千斤闸。

老厨子说有二伯的脚上了绊马锁。

有二伯自己则说：

"你二伯挂了绊脚丝了。"

绊脚丝是人临死的时候挂在两只脚上的绳子。有二伯就这样的说着自己。

十

有二伯虽然作弄成一个耍猴不像耍猴的，讨饭不像讨饭的，可是他一走起路来，却是端庄，沉静，两个脚跟非常有力，打得地面冬冬的响，而且是慢吞吞的前进，好像一位大将军似的。

有二伯一进了祖父的屋子，那摆在琴桌上的那口黑色的座钟，钟里边的钟摆，就常常格夌夌，格夌夌的响了一阵就停下来了。

原来有二伯的脚步过于沉重了点，好像大石头似的打着地板，使地板上所有的东西，一时都起了跳动。

十一

有二伯偷东西被我撞见了。

秋末，后园里的大榆树也落了叶子，园里荒凉了。没有什么好玩的了。

长在前院的蒿草，也都败坏了而倒了下来，房后菜园上的各种秧棵完全挂满了白霜，老榆树全身的叶子已经没有多少了，可是秋风还在摇动着它。天空是发灰的，云彩也失了形状，好像被洗过砚台的水盆，有深有浅，混洞洞的。这样的云彩，有的带来了雨点，有时带来了细雪。

这样的天气，我为着外边没有好玩的，我就在藏乱东西的后房里玩着。我爬上了装旧东西的屋顶去。

我是登着箱子上去的,我摸到了一个小琉璃罐,那里边装的完全是墨枣。

等我抱着这罐子要下来的时候,可就下不来了。方才上来的时候,我登着的那箱子,有二伯站在那里正在开着它。

他不是用钥匙开,他是用铁丝在开。

我看着他开了很多时候,他用牙齿咬着他手里的那块小东西……他歪着头,咬得格格拉拉的发响。咬了之后又放在手里扭着它,而后又把它触到箱子上去试一试。

他显然不知道我在棚顶上看着他,他既打开了箱子,他就把没有边沿的草帽脱下来,把那块咬了半天的小东西就压在帽顶里面。

他把箱子翻了好几次,红色的椅垫,蓝色粗布的绣花围裙,女人的绣花鞋子……还有一团滚乱的花色的丝线,在箱子底上还躺着一只湛黄的铜酒壶。

有二伯用他满都是脉络的粗手把绣花鞋子,乱丝线,抓到一边去,只把铜酒壶从那一堆之中抓出来了。

太师椅上的红垫子,他把它放在地上,用腰带捆了起来。铜酒壶放在箱子盖上,而后把箱子锁了。

看样子好像他要带着这些东西出去,不知为什么,他没有带东西,他自己出去了。

我一看他出去,我赶快的登着箱子就下来了。

我一下来,有二伯就又回来了,这一下子可把我吓了一跳,因为我是在偷墨枣,若让母亲晓得了,母亲非打我不可。平常我偷着把鸡蛋馒头之类,拿出去和邻居家的孩子一块去吃,有二伯一看见就没有不告诉母亲的,母亲一晓得就打我。

他先提起门旁的椅垫子,而后又来拿箱子盖上的铜酒壶。等他掀着衣襟把铜酒壶压在肚子上边,他才看到墙角上站着的是我。

他的肚子前压着铜酒壶,我的肚子前抱着一罐墨枣。他偷,我也偷,所以两边害怕。

有二伯一看见我,立刻头盖上就冒着很大的汗珠。他说:

"你不说么?"

"说什么……"

"不说,好孩子……"他拍着我的头顶。

"那么,你让我把这琉璃罐拿出去。"

他说,"拿吧。"

他一点没有阻挡我。我看他不阻挡我,我还在门旁的筐子里抓了四五个大馒头,就跑了。

有二伯还在粮食仓子里边偷米,用小口袋背着,背到大桥东边那粮米铺去卖了。

有二伯还偷各种东西,锡火锅,大铜钱,烟袋嘴……反正家里边一丢了东西,就说有二伯偷去了。有的东西是老厨子偷去的,也就赖上了有二伯。有的东西是我偷着拿出去玩了,也赖上了有二伯。还有比方一个镰刀头,根本没有丢,只不过放忘了地方,等用的时候一找不到,就说有二伯偷去了。

有二伯带着我上公园的时候,他什么也不买给我吃。公园里边卖什么的都有,油炸糕,香油掀饼,豆腐脑,碗碴。他一点也不买给我吃。

我若是稍稍在那卖东西吃的旁边一站,他就说:

"快走吧,快往前走。"

逛公园就好像赶路似的,他一步也不让我停。

公园里变把戏的,耍熊瞎子的都有,敲锣打鼓,非常热闹。而他不让我看。我若是稍稍的在那变把戏的前边停了一停,他就说:

"快走吧,快往前走。"

不知为什么他时时在追着我。

等走到一个卖冰水的白布篷前边,我看见那玻璃瓶子里边泡着两个焦黄的大佛手,这东西我没有见过,我就问有二伯那是什么?

他说:

"快走吧,快往前走。"

好像我若再多看一会工夫,人家就要来打我了似的。

等来到了跑马戏的近前,那里边连喊带唱的,实在热闹,我就非要进去看不可。有二伯则一定不进去,他说:

"没有什么好看的……"

他说:

"你二伯不看介个……"

他又说:

"家里边吃饭了。"

他又说:

"你再闹,我打你。"

到了后来,他才说:

"你二伯也是愿意看,好看的有谁不愿意看。你二伯没有钱,没有钱买票人家不让咱进去。"

在公园里边,当场我就拉住了有二伯的口袋,给他施以检查,检查出几个铜板来,买票是不够的。有二伯又说:

"你二伯没有钱……"

我一急就说:

"没有钱你不会偷?"

有二伯听了我这话,脸色雪白,可是一转眼之间又变成通红的了。他通红的脸上,他的小眼睛故意的笑着,他的嘴唇颤抖着,好像他又要照着他的习惯,一串一串的说一大套的话。但是他没有说。

"回家吧!"

他想了一想之后,他这样的招呼着我。

我还看见过有二伯偷过一个大澡盆。

我家院子里本来一天到晚是静的,祖父常常睡觉,父亲不在家里,母亲也只是在屋子里边忙着,外边的事情,她不大看见。

尤其是到了夏天睡午觉的时候,全家都睡了,连老厨子也睡了。连大黄狗也睡在有荫凉的地方了。所以前院,后园,静悄悄的一个人也没有,一点声音也没有。

就在这样的一个白天,一个大澡盆被一个人掮着在后园里边走起来了。

那大澡盆是白洋铁的,在太阳下边闪光湛亮。大澡盆有一人多长,一边走着还一边光郎光郎的响着。看起来,很害怕,好像瞎话上的白色的大蛇。

那大澡盆太大了,扣在有二伯的头上,一时看不见有二伯,只看见了大澡盆。好像那大澡盆自己走动了起来似的。

再一细看,才知道是有二伯顶着它。

有二伯走路,好像是没有眼睛似的,东倒一倒,西斜一斜,两边歪着。我怕他撞到了我,我就靠在了墙根上。

那大澡盆是很深的,从有二伯头上扣下来,一直扣到他的腰间。所以他看不见路了,他摸着往前走。

有二伯偷了这澡盆之后,就像他偷了那铜酒壶之后的一样。一被发现了之后,老厨子就天天戏弄他,用各种的话戏弄着有二伯。

有二伯偷了铜酒壶之后,每当他一拿着酒壶喝酒的时候,老厨子就问他:

"有二爷,喝酒还是铜酒壶好呀,还是锡酒壶好?"

有二伯说:

"什么的还不是一样,反正喝的是酒。"

老厨子说：

"不见得吧,大概还是铜的好呢……"

有二伯说：

"铜的有啥好!"

老厨子说：

"对了,有二爷。咱们就是不要铜酒壶,铜酒壶拿去卖了也不值钱。"

旁边的人听到这里都笑了,可是有二伯还不自觉。

老厨子问有二伯：

"一个铜酒壶卖多少钱?"

有二伯说：

"没卖过,不知道。"

到后来老厨子又说五十吊,又说七十吊。

有二伯说：

"哪有那么贵的价钱,好大一个铜酒壶还卖不上三十吊呢。"

于是把大家都笑坏了。

自从有二伯偷了澡盆之后,那老厨子就不提酒壶,而常常问有二伯洗澡不洗澡,问他一年洗几次澡,问有二伯一辈子洗几次澡。他还问人死了到阴间也洗澡的吗?

有二伯说：

"到阴间,阴间阳间一样,活着是个穷人,死了是条穷鬼。穷鬼阎王爷也不爱惜,不下地狱就是好的,还洗澡呢!别玷污了那洗澡水。"

老厨子于是说：

"有二爷,照你说的穷人是用不着澡盆的啰!"

有二伯有点听出来了,就说：

"阴间没去过,用不用不知道。"

"不知道？"

"不知道。"

"我看你是明明知道，我看你是昧着良心说瞎话……"老厨子说。

于是两个人打起来了。

有二伯逼着问老厨子，他哪儿昧过良心。有二伯说：

"一辈子没昧过良心。走的正，行的端，一步两脚窝……"

老厨子说：

"两脚窝，看不透……"

有二伯正颜厉色的说：

"你有什么看不透的？"

老厨子说：

"说出来怕你羞死。"

有二伯说：

"死，死不了，你别看我穷，穷人还有个穷活头。"

老厨子说：

"我看你也是死不了。"

有二伯说：

"死不了。"

老厨子说：

"死不了，老不死，我看你也是个老不死的。"

有的时候，他们两个能接续着骂了一两天，每次到后来，都是有二伯打了败仗。老厨子骂他是个老"绝后"。

有二伯每一听到这两个字，就甚于一切别的字，比"见阎王"更坏。于是他哭了起来，他说：

"可不是么！死了连个添坟上土的人也没有。人活一辈子是个白活，到了归终是一场空……无家无业，死了连个打灵头幡的人也没有。"

于是他们两个又和和平平的,笑笑嘻嘻的照旧的过着和平的日子。

十二

后来我家在五间正房的旁边,造了三间东厢房。

这新房子一造起来,有二伯就搬回家里来住了。

我家是静的,尤其是夜里,连鸡鸭都上了架,房头的鸽子,檐前的麻雀也都各自回到自己的窝里去睡觉了。

这时候就常常听到厢房里的哭声。

有一回父亲打了有二伯,父亲三十多岁,有二伯快六十岁了。他站起来就被父亲打倒下去,他再站起来,又被父亲打倒下去,最后他起不来了,他躺在院子里边了,而他的鼻子也许是嘴还流了一些血。

院子里一些看热闹的人都站得远远的,大黄狗也吓跑了,鸡也吓跑了。老厨子该收柴收柴,该担水担水,假装没有看见。

有二伯孤冷冷的躺在院心,他的没有边的草帽,也被打掉了,所以看得见有二伯的头部的上一半是白的,下一半是黑的,而且黑白分明的那条线就在他的前额上,好像西瓜的"阴阳面"。

有二伯就这样自己躺着,躺了许多时候,才有两个鸭子来啄食撒在有二伯身边的那些血。

那两个鸭子,一个是花脖,一个是绿头顶。

有二伯要上吊,就是这个夜里。他先是骂着,后是哭着,到后来也不哭也不骂了。又过了一会,老厨子一声喊起,几乎是发现了什么怪物似的大叫:

"有二爷上吊啦!有二爷上吊啦!"

祖父穿起衣裳来，带着我。等我们跑到厢房去一看，有二伯不在了。

老厨子在房子外边招呼着我们。我们一看南房梢上挂了绳子，是黑夜，本来看不见，是老厨子打着灯笼我们才看到的。

南房梢上有一根两丈来高的横杆，绳子在那横杆上托托落落的垂着。

有二伯在哪里呢？等我们拿灯笼一照，才看见他在房墙的根边，好好的坐着。他也没有哭，他也没有骂。

等我再拿灯笼向他脸上一照，我看他用哭红了的小眼睛瞪了我一下。

过了不久，有二伯又跳井了。

是同院住的挑水的来报的信，又敲窗户又打门。我们跑到井边上一看，有二伯并没有在井里边，而是坐在井外边。而是离开井口五十步之外的安安稳稳的柴堆上。他在那柴堆上安安稳稳的坐着。

我们打着灯笼一照，他还在那里拿着小烟袋抽烟呢。

老厨子，挑水的，粉房里的漏粉的都来了，惊动了不少的邻居。

他开初是一动不动。后来他看人们来全了，他站起来就往井边上跑，于是许多人就把他抓住了，那许多人，哪里会眼看着他去跳井的。

有二伯去跳井，他的烟合包，小烟袋都带着，人们推劝着他回家的时候，那柴堆上还有一枝小洋蜡，他说：

"把那洋蜡给我带着。"

后来有二伯"跳井""上吊"这些事，都成了笑话，街上的孩子都给编成了一套歌在唱着："有二爷跳井，没那么回事。""有二伯上吊，白吓唬人。"

老厨子说他贪生怕死，别人也都说他死不了。

以后有二伯再"跳井""上吊"也都没有人看他了。

有二伯还是活着。

十三

我家的院子是荒凉的,冬天一片白雪,夏天则满院蒿草。风来了,蒿草发着声响,雨来了,蒿草梢上冒烟了。

没有风,没有雨,则关着大门静静的过着日子。

狗有狗窝,鸡有鸡架,鸟有鸟笼,一切各得其所。唯独有二伯夜夜不好好的睡觉。在那厢房里边,他自己半夜三更的就讲起话来。

"说我怕'死',我也不是吹,叫过三个两个来看!问问他们见过'死'没有!那俄国毛子的大马刀闪光湛亮,说杀就杀,说砍就砍。那些胆大的,不怕死的,一听说俄国毛子来了,只顾逃命连家业也不要了。那时候,若不是这胆小的给他守着,怕是跑毛子回来连条裤子都没有穿的。到了如今,吃得饱,穿得暖,前因后果连想也不想,早就忘到九霄云外去了。良心长到肋条上,黑心荔,铁面人,……"

"……说我怕死,我也不是吹,兵马刀枪我见过,霹雷,黄风我见过。就说那俄国毛子的大马刀吧,见人就砍,可是我也没有怕过,说我怕死……介年头是啥年头,……"

那东厢房里,有二伯一套套的讲着,又是河沟涨水了,水涨得多么大,别人没有敢过的,有二伯说他敢过。又是什么时候有一次着大火,别人都逃了,有二伯上去抢了不少的东西。又是他的小时候,上山去打柴,遇见了狼,那狼是多么凶狠,他说:

"狼心狗肺,介个年头的人狼心狗肺的,吃香的喝辣的。好人在介个年头,是个王八蛋,兔羔子……"

"兔羔子,兔羔子……"

有二伯夜里不睡,有的时候就来在院子里没头没尾的"兔羔子兔羔子"自己说着话。

半夜三更的,鸡、鸭、猫、狗都睡了。唯独有二伯不睡。

祖父的窗子上了帘子,看不见天上的星星月亮,看不见大昴星落了没有,看不见三星是否打了横梁。只见白萨萨的窗帘子被星光月光照得发白通亮。

等我睡醒了,我听见有二伯"兔羔子兔羔子"的自己在说话,我要起来掀起窗帘来往院子里看一看他,祖父不让我起来,祖父说:

"好好睡吧,明天早晨早早起来,咱们烧包米吃。"

祖父怕我起来,就用好话安慰着我。

等再睡觉了,就在梦中听到了呼兰河的南岸,或是呼兰河城外远处的狗咬。

于是我做了一个梦,梦见了一个大白兔,那兔子的耳朵,和那磨房里的小驴的耳朵一般大。我听见有二伯说"兔羔子",我想到一个大白兔,我听到了磨房的梆子声,我想到了磨房里的小毛驴,于是梦见了白兔长了毛驴那么大的耳朵。

我抱着那大白兔,我越看越喜欢,我一笑笑醒了。

醒来一听,有二伯仍旧"兔羔子兔羔子"的坐在院子里。后边那磨房里的梆子也还打得很响。

我梦见的这大白兔,我问祖父是不是就是有二伯所说的"兔羔子"?

祖父说:

"快睡觉吧,半夜三更不好讲话的。"

说完了,祖父也笑了,他又说:

"快睡吧,夜里不好多讲话的。"

我和祖父还都没有睡着,我们听到那远处的狗咬,慢慢的由远而近,近处的狗也有的叫了起来。大墙之外,已经稀疏疏的有车马经过了。原来天已经快亮了。可是有二伯还在骂"兔羔子!"后边磨房里的磨倌还在打着梆子。

十四

第二天早晨一起来,我就跑去问有二伯,"兔羔子"是不是就是大白兔?

有二伯一听就生气了:

"你们家里没好东西,尽是些耗子,从上到下,都是良心长在肋条上,大人是大耗子,小孩是小耗子……"

我不知道他说的是什么,我听了一会,没有听懂。

第七章

一

磨房里边住着冯歪嘴子。

冯歪嘴子打着梆子,半夜半夜的打,一夜一夜的打。冬天还稍微好一点,夏天就更打得厉害。

那磨房的窗子临着我家的后园。我家的后园四周的墙根上都种着倭瓜,西葫芦或是黄瓜等类会爬蔓子的植物。倭瓜爬上墙头了,在墙头上开起花来了,有的竟越过了高墙爬到街上去,向着大街开了一朵大黄的黄花。

因此那磨房的窗子上也就爬满了那顶会爬蔓子的黄瓜了。黄瓜的小细蔓,细得像银丝似的,太阳一来了的时候,那小细蔓闪眼湛亮,那蔓梢干净得好像用黄蜡抽成的丝子,一棵黄瓜秧上伸出来无数的这样的丝子。丝蔓的尖顶每棵都是掉转头来向回卷曲着,好像是说它们虽然勇敢,大树,野草,墙头,窗棂,到处的乱爬,但到底它们也怀着恐惧的心理。

太阳一出来了,那些在夜里冷清清的丝蔓,一变而为温暖了。于是它们向前发展的速率更快了,好像眼看着那丝蔓就长了,就向前跑去了。因为种在磨房窗根下的黄瓜秧,一天爬上了窗台,两天爬上了窗棂,等到第三天就在窗棂上开起花来了。

再过几天,一不留心,那黄瓜梗经过了磨房的窗子,爬上房顶去了。

后来那黄瓜秧就像它们彼此招呼着似的,成群结队的就都一齐把那磨房的窗给瞒住了。

从此那磨房里边的磨倌就见不着天日了。磨房就有一张窗子,而今被黄瓜掩遮得风雨不透。从此那磨房里黑沉沉的,园里,园外,分成两个世界了。冯歪嘴子就被分到花园以外去了。

但是从外边看起来,那窗子实在好看,开花的开花,结果的结果。满窗是黄瓜了。

还有一棵倭瓜秧,也顺着磨房的窗子爬到房顶去了,就在房檐上结了一个大倭瓜。那倭瓜不像是从秧子上长出来的,好像是由人搬着坐在那屋瓦上晒太阳似的。实在好看。

夏天,我在后园里玩的时候,冯歪嘴子就喊我,他向我要黄瓜。

我就摘了黄瓜,从窗子递进去。那窗子被黄瓜秧封闭得严密得很,冯歪嘴子用手扒开那满窗的叶子,从一条小缝中伸出手来把黄瓜拿进去。

有时候,他停止了打他的梆子,他问我,黄瓜长了多大了?西红柿红了没有?他与这后园只隔了一张窗子,就像离着多远似的。

祖父在园子里的时候,他和祖父谈话。他说拉着磨的小驴,驴蹄子坏了,一走一瘸。祖父说请个兽医给它看看。冯歪嘴子说,看过了,也不见好。祖父问那驴吃的什么药?冯歪嘴子说是吃的黄瓜子拌高粱醋。

冯歪嘴子在窗里,祖父在窗外,祖父看不见冯歪嘴子,冯歪嘴子看不见祖父。

有的时候,祖父走远了,回屋去了,只剩下我一个人在磨房的

墙根下边坐着玩,我听到了冯歪嘴子还说:

"老太爷今年没下乡去看看哪!"

有的时候,我听了这话,我故意的不出声,听听他往下还说什么。

有的时候,我心里觉得可笑,忍也不能忍住,我就跳了起来了,用手敲打着窗子,笑得我把窗上挂着的黄瓜都敲打掉了。而后我一溜烟的跑进屋去,把这情形告诉了祖父。祖父也一样和我似的,笑得不能停了,眼睛笑出眼泪来。但是总是说,不要笑啦,不要笑啦,看他听见。有的时候祖父竟把后门关起来再笑。祖父怕冯歪嘴子听见了不好意思。

但是老厨子就不然了。有的时候,他和冯歪嘴子谈天,故意谈到一半他就溜掉了。因为冯歪嘴子隔着爬满了黄瓜秧的窗子,看不见他走了,就自己独自说了一大篇话,而后让他故意得不到反响。

老厨子提着筐子到后园去摘茄子,一边摘着一边就跟冯歪嘴子谈话,正谈到半路,老厨子蹑手蹑足的,提着筐子就溜了,回到屋里去烧饭去了。

这时冯歪嘴子还在磨房里边大声的说:

"西公园来了跑马戏的,我还没得空去看,你去看过了吗?老王。"

其实后花园里一个人也没有了,蜻蜓,蝴蝶随意的飞着,冯歪嘴子的话声,空空的落到花园里来,又空空的消失了。

烟消火灭了。

等他发现了老王早已不在花园里,他这才又打起梆子来,看着小驴拉磨。

有二伯一和冯歪嘴子谈话,可从来没有偷着溜掉过,他问下雨天,磨房的房顶漏得厉害不厉害?磨房里的耗子多不多?

冯歪嘴子同时也问着有二伯,今年后园里雨水大吗?茄子,云豆都快罢园了吧?

他们两个彼此说完了话,有二伯让冯歪嘴子到后园里来走走,冯歪嘴子让有二伯到磨房去坐坐。

"有空到园子里来走走。"

"有空到磨房里来坐坐。"

有二伯于是也就告别走出园子来。冯歪嘴子也就照旧打他的梆子。

秋天,大榆树的叶子黄了,墙头上的狗尾草干倒了,园里一天一天的荒凉起来了。

这时候冯歪嘴子的窗子也露出来了。因为那些纠纠缠缠的黄瓜秧也都蔫败了舍弃了窗棂而脱落下来了。

于是站在后园里就可看到冯歪嘴子,扒着窗子就可以看到在拉磨的小驴。那小驴竖着耳朵,戴着眼罩。走了三五步就响一次鼻子,每一抬脚那只后腿就有点瘸。每一停下来,小驴就用三条腿站着。

冯歪嘴子说小驴的一条腿坏了。

这窗子上的黄瓜秧一干掉了,磨房里的冯歪嘴子就天天可以看到的。

冯歪嘴子喝酒了,冯歪嘴子睡觉了,冯歪嘴子打梆子了。冯歪嘴子拉胡琴了,冯歪嘴子唱唱本了。冯歪嘴子摇风车了。只要一扒着那窗台,就什么都可以看见的。

一到了秋天,新鲜黏米一下来的时候,冯歪嘴子就三天一拉磨,两天一卖黏糕。黄米黏糕,撒上大云豆。一层黄,一层红,黄的金黄,红的通红。三个铜板一条,两个铜板一片的用刀切着卖。愿意加红糖的有红糖,愿意加白糖的有白糖。又甜又香,加了糖不另要钱。

冯歪嘴子推着单轮车在街上一走,小孩子们就在后边跟了一大帮,有的花钱买,有的围着看。

祖父最喜欢吃这黏糕,母亲也喜欢,而我更喜欢。母亲有时让老厨子去买,有的时候让我去买。

不过买了来是有数的,一人只能吃手掌那么大的一片,不准多吃,吃多了怕不能消化。

祖父一边吃着,一边说够了够了。意思是怕我多吃。母亲吃完了也说够了,意思是怕我还要去买。其实我真的觉得不够,觉得再吃两块也还不多呢!不过经别人这样一说,我也就没有什么办法了,也就不好意思喊着再去买。但是实在话是没有吃够的。

当我在大门外玩的时候,推着单轮车的冯歪嘴子总是在那块大黏糕上切下一片来送给我吃。于是我就接受了。

当我在院子里玩的时候,冯歪嘴子一喊着"黏糕""黏糕"的从大墙外经过,我就爬上墙头去了。

因为西南角上的那段土墙,因为年久了出了一个豁,我就扒着那墙豁往外看着。果然冯歪嘴子载着黏糕的单轮车由远而近了。来到我的旁边,就问着:

"要吃一片吗?"

而我也不说吃,也不说不吃。但我也不从墙头上下来,还是若无其事的呆在那里。

冯歪嘴子把车子一停,于是切好一片黏糕送上来了。

一到了冬天,冯歪嘴子差不多天天出去卖一锅黏糕的。

这黏糕在做的时候,需要很大的一口锅,里边烧着开水,锅口上坐着竹帘子。把碾碎了的黄米粉就撒在这竹帘子上,撒一层粉,撒一层豆。冯歪嘴子就在磨房里撒的,弄得满屋热气蒸蒸。进去买黏糕的时候,刚一开门,只听屋里火柴烧得批巴的响,竟看不见人了。

我去买黏糕的时候,我总是去得早一点,我在那边等着,等着刚一出锅,好买热的。

那屋里的蒸气实在大,是看不见人的。每次我一开门,我就说:

"我来了。"

冯歪嘴子一听我的声音就说:

"这边来,这边来。"

二

有一次母亲让我去买黏糕,我略微的去得晚了一点,黏糕已经出锅了。我慌慌忙忙的买了就回来了。回到家里一看,不对了。母亲让我买的是加白糖的,而我买回来的是加红糖的。当时我没有留心,回到家里一看,才知道错了。

错了,我又跑回去换。冯歪嘴子又另外切了几片,撒上白糖。

接过黏糕来,我正想拿着走的时候,一回头,看见了冯歪嘴子的那张小炕上挂着一张布帘。

我想这是做什么,我跑过去看一看。

我伸手就掀开布帘了,往里边一看,呀!里边还有一个小孩呢!

我转身就往家跑,跑到家里就跟祖父讲,说那冯歪嘴子的炕上不知谁家的女人睡在那里,女人的被窝里边还有一个小孩,那小孩还露着小头顶呢,那小孩头还是通红的呢!

祖父听了一会觉得纳闷,就说让我快吃黏糕吧,一会冷了,不好吃了。

可是我哪里吃得下去。觉得这事情真好玩,那磨房里边,不单有一个小驴,还有一个小孩呢。

这一天早晨闹得黏糕我也没有吃,又戴起皮帽子来,跑去看了一次。

这一次,冯歪嘴子不在屋里,不知他到哪里去了,黏糕大概也没有去卖,推黏糕的车子还在磨盘的旁边扔着。

我一开门进去,风就把那挂着的白布帘吹开了,那女人仍旧躺着不动,那小孩也一声不哭。我往屋子的四边观察一下,屋子的别处没有什么变动,只是磨盘上放着一个黄铜盆,铜盆里泡着一块破布,盆里的水已经结冰了。其余的没有什么变动。

小驴一到冬天就住在磨房的屋里,那小驴还是照旧的站在那里,并且还是安安敦敦的和每天一样的抹搭①着眼睛。其余的磨房里的风车子,罗柜②,磨盘,都是照旧的在那里呆着。就是墙根下的那些耗子也出来和往日一样的乱跑,耗子一边跑着还一边吱吱喳喳的叫着。

我看了一会,看不出所以然来,觉得十分无趣。正想转身出来的时候,被我发现了一个瓦盆就在炕沿上已经像小冰山似的冻得鼓鼓的了。于是我想起这屋的冷来了,立刻觉得要打寒颤,冷得不能站脚了。我一细看那扇通到后园去的窗子也通着大洞,瓦房的房盖也透着青天。

我开门就跑了,一跑到家里,家里的火炉正烧得通红,一进门就热气扑脸。

我正想要问祖父,那磨房里是谁家的小孩,这时冯歪嘴子从外边来了。

戴着他的四耳帽子,他未曾说话先笑的样子,一看就是冯歪嘴子。

---

① 抹搭,眼皮向下但不合拢。
② 罗柜,筛面粉等的器具,内装筛面罗,多用脚踏动。

他进了屋来,他坐在祖父旁边的太师椅上,那太师椅垫着红毛哔叽的厚垫子。

冯歪嘴子坐在那里,似乎有话说不出来,右手不住的摸擦着椅垫子,左手不住的拉着他的左耳朵。他未曾说话先笑的样子,笑了好几阵也没说出话来。

我们家里的火炉太热,把他的脸烤得通红的了。他说:

"老太爷,我摊了点事。……"

祖父就问他摊了什么事呢?

冯歪嘴子坐在太师椅上扭扭曲曲的,摘下他那狗皮帽子来,手里玩弄着那狗皮帽子。未曾说话他先笑了,笑了好一阵工夫,他才说出一句话来:

"我成了家啦。"

说着冯歪嘴子的眼睛就流出眼泪来,他说:

"请老太爷帮帮忙,现下她们就在磨房里呢!她们没有地方住。"

我听到了这里,就赶快抢住了向祖父说,我说:

"爷爷,那磨房里冷呵!炕沿上的瓦盆都冻裂了。"

祖父往一边推着我,似乎他在思索的样子。我又说:

"那炕上还睡着一个小孩呢!"

祖父答应了让他搬到磨房南头那个装草的房子里去暂住。

冯歪嘴子一听,连忙就站起来了,说:

"道谢,道谢。"

一边说着,他的眼睛又一边来了眼泪。而后戴起狗皮帽子来,眼泪汪汪的就走了。

冯歪嘴子刚一走出屋去,祖父回头就跟我说:

"你这孩子当人面不好多说话的。"

我那时也不过六七岁,不懂这是什么意思,我问着祖父:

"为什么不准说,为什么不准说?"

祖父说:

"你没看冯歪嘴子的眼泪都要掉下来了吗?冯歪嘴子难为情了。"

我想可有什么难为情的,我不明白。

三

晌午,冯歪嘴子那磨房里就吵起来了。

冯歪嘴子一声不响的站在磨盘的旁边,他的掌柜的拿着烟袋在他的眼前骂着,掌柜的太太一边骂着一边拍着风车子,她说:

"破了风水了,我这碾磨房岂是你那不干不净的野老婆住的地方!"

"青龙白虎也是女人可以冲的吗!"

"冯歪嘴子,从此我不发财,我就跟你算账,你是什么东西,你还算个人吗?你没有脸,你若有脸你还能把个野老婆弄到大面上来。弄到人的眼皮下边来……你赶快给我滚蛋……"

冯歪嘴子说:

"我就要叫她们搬的,就搬……"

掌柜的太太说:

"叫她们搬,她们是什么东西,我不知道。我是叫你滚蛋的,你可把人糟踏苦了……"

说着她往炕上一看:

"唉呀!面口袋也是你那野老婆盖得的!赶快给我拿下来。我说冯歪嘴子,你可把我糟踏苦了。你可把我糟踏苦了。"

那个刚生下来的小孩是盖着盛面口袋在睡觉的,一齐盖着四五张,厚敦敦的压着小脸。

掌柜的太太在旁边喊着：

"给我拿下来，快给我拿下来！"

冯歪嘴子过去把面口袋拿下来了，立刻就露出孩子通红的小手来，而且那小手还伸伸缩缩的摇动着，摇动了几下就哭起来了。

那孩子一哭从孩子的嘴里冒着雪白的白气。

那掌柜的太太把面口袋接到手里说：

"可冻死我了，你赶快搬罢，我可没工夫跟你吵了……"

说着开了门缩着肩膀就跑回上屋去了。

王四掌柜的，就是冯歪嘴子的东家，他请祖父到上屋去喝茶。

我们坐在上屋的炕上，一边烤着炭火盆，一边听到磨房里的那小孩的哭声。

祖父问我的手烤暖了没有？我说还没烤暖，祖父说：

"烤暖了，回家吧。"

从王四掌柜的家里出来，我还说要到磨房里去看看。祖父说，没有什么的，要看回家暖过来再看。

磨房里没有寒暑表，我家里是有的。我问祖父：

"爷爷你说磨房的温度在多少度上？"

祖父说在零度以下。

我问：

"在零度以下多少？"

祖父说：

"没有寒暑表，哪儿知道呵！"

我说：

"到底在零度以下多少？"

祖父看一看天色就说：

"在零下七八度。"

我高兴起来了，我说：

"嗳吩，好冷呵！那不和室外寒度一样了吗。"

我抬脚就往家里跑，井台，井台旁边的水槽子，井台旁边的大石头碾子，房户老周家的大玻璃窗子，我家的大高烟筒，在我一溜烟的跑起来的时候，我看它们都移移动动的了，它们都像往后退着。我越跑越快，好像不是我在跑，而像房子和大烟筒在跑似的。

我自己煊惑得我跑得和风一般快。

我想那磨房的温度在零度以下，岂不是等于露天地了吗？这真笑话，房子和露天地一样。我越想越可笑，也就越高兴。

于是连喊带叫的也就跑到家了。

四

下半天冯歪嘴子就把小孩搬到磨房南头那草棚子里去了。

那小孩哭的声音很大，好像他并不是刚一出生，好像他已经长大了的样子。

那草房里吵得不得了，我又想去看看。

这回那女人坐起来了，身上披着被子，很长的大辫子垂在背后，面朝里，坐在一堆草上不知在干什么，她一听门响，她一回头。我看出来了，她就是我们同院住着的老王家的大姑娘，我们都叫她王大姐的。

这可奇怪，怎么就是她呢？她一回头几乎是把我吓了一跳。

我转身就想往家里跑。跑到家里好赶快的告诉祖父，这到底是怎么回事。

她看是我，她就先向我一笑。她长的是很大的脸孔，很尖的鼻子，每笑的时候，她的鼻梁上就皱了一堆的褶。今天她的笑法还是和从前的一样，鼻梁处堆满了皱褶。

平常我们后园里的菜吃不了的时候，她就提着筐到我们后园

来摘些茄子,黄瓜之类回家去。她是很能说能笑的人,她是很响亮的人,她和别人相见之下,她问别人:

"你吃饭了吗?"

那声音才大呢,好像房顶上落了鹊雀似的。

她的父亲是赶车的,她牵着马到井上去饮水,她打起水来,比她父亲打的更快。三绕两绕就是一桶。别人看了都说:

"这姑娘将来兴家立业好手!"

她在我家后园里摘菜,摘完临走的时候,常常就折一朵马蛇菜花戴在头上。

她那辫子梳得才光呢,红辫根,绿辫梢,干干净净,又加上一朵马蛇菜花戴在鬓角上,非常好看。她提着筐子前边走了,后边的人就都指指划划的说她的好处。

老厨子说她大鼻子大眼睛长得怪好的。

有二伯说她膀大腰圆的带点福相。

母亲说她:

"我没有这么大的儿子,有儿子我娶她,这姑娘真响亮。"

同院住的老周家三奶奶则说:

"哟哟,这姑娘真是一棵大葵花,又高又大,你今年十几啦?"

周三奶奶一看到王大姐就问她十几岁?已经问了不知几遍了,好像一看见就必得这么问,若不问就好像没有话说似的。

每逢一问,王大姐也总是说:

"二十了。"

"二十了,可得给说一个媒了。"再不然就是:"看谁家有这么大的福气,看吧,将来看吧。"

隔院的杨家的老太太,扒着墙头一看见王大姐就说:

"这姑娘的脸红得像一盆火似的。"

现在王大姐一笑还是一皱鼻子,不过她的脸有一点清瘦,颜色发白了许多。

她怀里抱着小孩。我看一看她,她也不好意思了,我也不好意思了。我的不好意思是因为好久不见的缘故,我想她也许是和我一样吧。我想要走,又不好意思立刻就走开。想要多呆一会又没有什么话好说的。

我就站在那里静静的站了一会,我看她用草把小孩盖了起来,把小孩放到炕上去。其实也看不见什么是炕,乌七沼沼的都是草,地上是草,炕上也是草,草捆子堆得房梁上去了。那小炕本来不大,又都叫草捆子给占满了。那小孩也就在草中偎了个草窝,铺着草盖着草的就睡着了。

我越看越觉得好玩,好像小孩睡在鹊雀窝里了似的。

到了晚上,我又把全套我所见的告诉了祖父。

祖父什么也不说。但我看出来祖父晓得的比我晓得的多的样子。我说:

"那小孩还盖着草呢!"

祖父说:

"嗯!"

我说:

"那不是王大姐吗?"

祖父说:

"嗯。"

祖父是什么也不问,什么也不听的样子。

等到了晚上在煤油灯的下边,我家全体的人都聚齐了的时候,那才热闹呢!连说带讲的。这个说,王大姑娘这么的。那个说王大姑娘那么着……说来说去,说得不成样子了。

说王大姑娘这样坏,那样坏,一看就知道不是好东西。

说她说话的声音那么大,一定不是好东西。哪有姑娘家家的,大说大讲的。

有二伯说：

"好好的一个姑娘，看上了一个磨房的磨倌，介个年头是啥年头！"

老厨子说：

"男子要长个粗壮，女子要长个秀气。没见过一个姑娘长得和一个抗大个的（抗工）似的。"

有二伯也就接着说：

"对呀！老爷像老爷，娘娘像娘娘，你没四月十八去逛过庙吗，那老爷庙上的老爷，威风八面，娘娘庙上的娘娘，温柔典雅。"

老厨子又说：

"哪有的勾当，姑娘家家的，打起水来，比个男子大丈夫还有力气。没见过，姑娘家家的那么大的力气。"

有二伯说：

"那算完，长的是一身穷骨头穷肉，那穿绸穿缎的她不去看，她看上了个灰秃秃的磨倌。真是武大郎玩鸭子，啥人玩啥鸟。"

第二天左邻右居的都晓得了王大姑娘生了小孩了。

周三奶奶跑到我家来探听了一番，母亲说就在那草棚子里，让她去看。她说：

"哟哟！我可没那么大的工夫去看的，什么好勾当。"

西院的杨老太太听了风也来了。穿了一身浆得闪光发亮的鱼蓝大布衫，头上扣着银扁方，手上戴着白铜的戒指。

一进屋母亲就告诉她冯歪嘴子得了儿子了。杨老太太连忙就说：

"我可不是来探听他们那些猫三狗四的，我是来问问那广和银号的利息到底是大加一①呢，还是八成？因为昨天西荒上的二

---

① 大加一，一种高利贷形式，一般情况下指月息十分（10%），具体实践中又有差异。

小子打信来说他老丈人要给一个亲戚抬几万吊钱①。"

说完了,她庄庄严严的坐在那里。

我家的屋子太热,杨老太太一进屋来就把脸热的通红。母亲连忙打开了北边的那通气窗。

通气窗一开,那草棚子里的小孩的哭声就听见了,那哭声特别吵闹。

"听听啦,"母亲说,"这就是冯歪嘴子的儿子。"

"怎么的啦?那王大姑娘我看就不是个好东西,我就说,那姑娘将来好不了。"杨老太太说,"前些日子那姑娘忽然不见了,我就问她妈,'你们大姑娘哪儿去啦?'她妈说,'上她姥姥家去了。'一去去了这么久没回来,我就有点觉景。"

母亲说:

"王大姑娘夏天的时候常常哭,把眼圈都哭红了,她妈说她脾气大,跟她妈吵架气的。"

杨老太太把肩膀一抱说:

"气的,好大的气性,到今天都丢了人啦怎么没气死呢。那姑娘不是好东西,你看她那俩眼睛,多么大!我早就说过,这姑娘好不了。"

而后在母亲的耳朵上曲曲喳喳了一阵,又说又笑的走了。

把她那原来到我家里来的原意,大概也忘了。她来是为了广和银号利息的问题,可是一直到走也没有再提起那广和银号来。

杨老太太,周三奶奶,还有同院住的那些粉房里的人,没有一个不说王大姑娘坏的。

说王大姑娘的眼睛长得不好,说王大姑娘的力气太大,说王大姑娘的辫子长得也太大。

---

① 抬钱,即向高利贷借款。

五

（这事情一发,全院子的人给王大姑娘做论的做论,做传的做传,还有给她做日记的。

（做传的说,她从小就在外祖母家里养着,一天尽和男孩子在一块,没男没女,有一天她竟拿着烧火的叉子把她的表弟给打伤了。又是一天刮大风,她把外祖母的二十多个鸭蛋一次给偷着吃光了。又是一天她在河沟子里边采菱角,她自己采的少,她就把别人的菱角倒在她的筐里了,就说是她采的。说她强横得不得了,没有人敢去和她分辩,一分辩,她开口就骂,举手就打。

（那给她做传的人,说着就好像看见过似的,她说腊月二十三,过小年的那天,王大姑娘因为外祖母少给了她一块肉吃,她就跟外祖母打了一仗,就跑回家里来了。

"你看看吧,她的嘴该多馋。"

（于是四边听着的人,没有不笑的。

（那给王大姑娘做传的人,材料的确搜集得不少。

（自从团圆媳妇死了,院子里似乎寂寞了很长的一个时期,现在虽然不能说十分热闹,但大家都总要尽力的鼓吹一番。虽然不跳神打鼓,但也总应该给大家多少开一开心。

（于是吹风的,把眼的,跑线的,绝对的不辞辛苦,在飘着白白的大雪的夜里,也就戴着皮帽子,穿着大毡靴,站在冯歪嘴子的窗户外边,在那里守候着,为的是偷听一点什么消息。若能听到一点点,哪怕针孔那么大一点,也总算没有白挨冻,好做为第二天宣传的材料。

（所以冯歪嘴子那门下在开初的几天,竟站着不少的探访员。

（这些探访员往往没有受过教育,他们最喜欢造谣生事。

（比方我家的老厨子出去探访了一阵，回家报告说：

"那草棚子才冷呢！五凤楼似的。那小孩一声不响了，大概是冻死了，快去看热闹吧！"

（老厨子举手舞脚的，他高兴得不得了。

（不一会他又戴上了狗皮帽子，他又去探访了一阵，这一回他报告说：

"他妈的，没有死，那小孩还没冻死呢！还在娘怀里吃奶呢。"

（这新闻发生的地点，离我家也不过五十步远，可是一经探访员们这一探访，事情本来的面目可就大大的两样了。

（有的看了冯歪嘴子的炕上有一段绳头，于是就传说着冯歪嘴子要上吊。

（这"上吊"的刺激，给人们的力量真是不小。女的戴上风帽，男的穿上毡靴，要来这里参观的，或是准备着来参观的人不知有多少。

（西院老杨家就有三十多口人，小孩不算在内，若算在内也有四十口了。就单说这三十多人若都来看上吊的冯歪嘴子，岂不把我家的那小草棚挤翻了吗！就说他家那些人中有的老的病的，不能够来，就说最低限度来上十个人吧。那么西院老杨家来十个，同院的老周家来三个——周三奶奶，周四婶子，周老婶子——外加周四婶子怀抱着一个孩子，周老婶子手里牵着个孩子——她们是有这样的习惯的——那么一共周家老少三辈总算五口了。

（还有磨房①里的漏粉匠，烧火的，跑街送货的等等，一时也数不清是几多人，总之这全院好看热闹的人也不下二三十。还有前后街上的，一听了消息也少不了来了不少的。

（"上吊"，为啥一个好好人，活着不愿意活，而愿意"上吊"呢？

---

① 此处的"磨房"依初版文本未动，据上下文似应作"粉房"。

大家快去看看吧,其中必是趣味无穷,大家快去看看吧。

（再说开开眼也是好的,反正也不是去看跑马戏的,又要花钱,又要买票。

（所以呼兰河城里是凡一有跳井投河的,或是上吊的,那看热闹的人就特别多,我不知道中国别的地方是否这样,但在我的家乡确是这样的。

（投了河的女人,被打捞上来了,也不赶快的埋,也不赶快的葬。摆在那里一两天,让大家围着观看。

（跳了井的女人,从井里捞出来,也不赶快的埋,也不赶快的葬,好像国货展览会似的。热闹得车水马龙了。

（其实那没有什么好看的,假若冯歪嘴子上了吊,那岂不是看了很害怕吗!

（有一些胆小的女人,看了投河的,跳井的,三天五夜的不能睡觉。但是下次,一有这样的冤魂,她仍旧是去看的,看了回来就觉得那恶劣的印象就在眼前,于是又是睡觉不安,吃饭也不香。但是不去看,是不行的,第三次仍旧去看,哪怕去看了之后,心里觉得恐怖,而后再买一匹黄钱纸,一扎线香到十字路口上去烧了,向着那东西南北的大道磕上三个头,同时嘴里说:

"邪魔野鬼可不要上我的身哪,我这里香纸的也都打发过你们了。"

（有的谁家的姑娘,为了去看上吊的,回来吓死了。听说不但看上吊的,就是看跳井的,也有被吓死的。吓出一场病来,千医百治的治不好,后来死了。

（但是人们还是愿意看,男人也许特别胆子大,不害怕,女人却都是胆小的多,都是振着胆子看。

（还有小孩,女人也把他们带来看。他们还没有长成为一个人,母亲就提早把他们带来了,也许在这热闹的世界里,还是提早的演习着一点的好,免得将来对于跳井上吊太外行了。

(有的探访员晓得了冯歪嘴子从街上买来了一把家常用的切菜的刀,于是就大放冯歪嘴子要自刎的空气。)

六

冯歪嘴子,没有上吊,没有自刎,还是好好的活着。过了一年,他的孩子长大了。

过年我家杀猪的时候,冯歪嘴子还到我家里来帮忙的,帮着刮猪毛。到了晚上他吃了饭,喝了酒之后,临回去的时候,祖父说,让他带了几个大馒头回去。他把馒头挟在腰里就走了。

人们都取笑着冯歪嘴子,说:

"冯歪嘴子有了大少爷了。"

冯歪嘴子平常给我家做一点小事,磨半斗豆子做小豆腐,或是推二斗上好的红黏谷,撒黏糕吃,祖父都是招呼他到我家里来吃饭的。就在饭桌上,当着众人,老厨子就说:

"冯歪嘴子少吃两个馒头吧,留着馒头带给大少爷去吧……"

冯歪嘴子听了也并不难为情,也不觉得这是嘲笑他的话,他很庄严的说:

"他在家里有吃的,他在家里有吃的。"

等吃完了,祖父说:

"还是带上几个吧!"

冯歪嘴子拿起几个馒头来,往哪儿放呢?放在腰里,馒头太热。放在袖筒里怕掉了。

于是老厨子说:

"你放在帽兜子里呵!"

于是冯歪嘴子用帽子兜着馒头回家去了。

东邻西舍谁家若是办了红白喜事,冯歪嘴子若也在席上的话,肉丸子一上来,别人就说:

"冯歪嘴子,这肉丸子你不能吃,你家里有大少爷的是不是?"

于是人们说着,就把冯歪嘴子应得的那一份的两个肉丸子,用筷子夹出来,放在冯歪嘴子旁边的小碟里。来了红烧肉,也是这么照办,来了干果碟,也是这么照办。

冯歪嘴子一点也不感到羞耻,等席散之后,用手巾包着,带回家来,给他的儿子吃了。

七

(他的儿子也和普通的小孩一样,七个月出牙,八个月会爬,一年会走,两年会跑了。)

夏天,那孩子浑身不穿衣裳,只戴着一个花兜肚,在门前的水坑里捉小蛤蟆。他的母亲坐在门前给他绣着花兜肚嘴。他的父亲在磨房打着梆子看管着小驴拉着磨。

八

又过了两三年,冯歪嘴子的第二个孩子又要出生了。冯歪嘴子欢喜得不得了,嘴都闭不上了。

在外边,有人问他:

"冯歪嘴子又要得儿子了?"

他呵呵呵。他故意的平静着自己。

他在家里边,他一看见他的女人端一个大盆,他就说:

"你这是干什么,你让我来拿不好么!"

他看见他的女人抱一捆柴火,他也这样阻止着她:

"你让我来拿不好么!"

可是那王大姐,却一天比一天瘦,一天比一天苍白,她的眼睛更大了,她的鼻子也更尖了似的。冯歪嘴子说,过后多吃几个鸡蛋好好养养就身子好起来了。

他家是快乐的,冯歪嘴子把窗子上挂了一张窗帘。这张白布是新从铺子里买来的。冯歪嘴子的窗子,三五年也没有挂过帘子,这是第一次。

冯歪嘴子买了二斤新棉花。买了好几尺花洋布,买了二三十个上好的鸡蛋。

冯歪嘴子还是照旧的拉磨,王大姐就剪裁着花洋布做成小小的衣裳。

二三十个鸡蛋,用小筐装着,挂在二梁上。每一开门开窗的,那小筐就在高处游荡着。

门口一来担挑卖鸡蛋的,冯歪嘴子就说:

"你身子不好,我看还应该多吃几个鸡蛋。"

冯歪嘴子每次都想再买一些,但都被孩子的母亲阻止了。冯歪嘴子说:

"你从生了这小子以来,身子就一直没养过来。多吃几个鸡蛋算什么呢!我多卖几斤黏糕就有了。"

祖父一到他家里去串门,冯歪嘴子就把这一套话告诉了祖父。他说:

"那个人才俭省呢,过日子连一根柴草也不肯多烧。要生小孩了,多吃一个鸡蛋也不肯。看着吧,将来会发家的……"

冯歪嘴子说完了,是很得意的。

九

七月一过去,八月乌鸦就来了。

其实乌鸦七月里已经来了。不过没有八月那样多就是了。

七月的晚霞,红得像火似的,奇奇怪怪的,老虎,大狮子,马头,狗群。这一些云彩,一到了八月,就都没有。那满天红洞洞的,那满天金黄的,满天绛紫的,满天朱砂色的云彩,一齐都没有了,无论早晨或黄昏,天空就再也没有它们了,就再也看不见它们了。

八月的天空是静悄悄的,一丝不挂。六月的黑云,七月的红云,都没有了。一进了八月雨也没有了,风也没有了。白天就是黄金的太阳,夜里就是雪白的月亮。

天气有些寒了,人们都穿起夹衣来。

晚饭之后,乘凉的人没有了。院子里显得冷清寂寞了许多。

鸡鸭都上架去了,猪也进了猪栏,狗也进了狗窝。院子里的蒿草,因为没有风,就都一动不动的站着。因为没有云,大昴星一出来就亮得和一盏小灯似的了。

在这样的一个夜里,冯歪嘴子的女人死了。第二天早晨,正过着乌鸦的时候,就给冯歪嘴子的女人送殡了。

乌鸦是黄昏的时候,或黎明的时候才飞过。不知道这乌鸦从什么地方来,飞到什么地方去,但这一大群遮天蔽瓦的,吵着叫着,好像一大片黑云似的从远处来了,来到头上,不一会又过去了。终究过到什么地方去,也许大人知道,孩子们是不知道的,我也不知道。

听说那些乌鸦就过到呼兰河南岸那柳条林里去的,过到那柳条林里去做什么,所以我不大相信。不过那柳条林,乌烟瘴气的,不知那里有些什么,或者是过了那柳条林,柳条林的那边更是些个什么。站在呼兰河的这边,只见那乌烟瘴气的,有好几里路远的柳条林上,飞着白白的大鸟,除了那白白的大鸟之外,究竟还有什么,那就不得而知了。

据说乌鸦就往那边过,乌鸦过到那边又怎样,又从那边究竟飞到什么地方去,这个人们不大知道了。

冯歪嘴子的女人是产后死的,传说上这样的女人死了,大庙不收,小庙不留,是将要成为游魂的。

我要到草棚子去看,祖父不让我去看。

我在大门口里等着。

我看见了冯歪嘴子的儿子,打着灵头幡送他的母亲。

灵头幡在前,棺材在后,冯歪嘴子在最前边,他在最前边领着路向东大桥那边走去了。

那灵头幡是用白纸剪的,剪成络络网,剪成葫椒眼,剪成不少的轻飘飘的穗子,用一根杆子挑着,扛在那孩子的肩上。

那孩子也不哭,也不表示什么,只好像他扛不动那灵头幡,使他扛得非常吃力似的。

他往东边越走越远了,我在大门外看着,一直看着他走过了东大桥。几乎是看不见了,我还在那里看着。

乌鸦在头上呱呱的叫着。

过了一群,又一群,等我们回到了家里,那乌鸦还在天空里叫着。

十

(冯歪嘴子的女人一死,大家觉得这回冯歪嘴子算完了。扔下了两个孩子,一个四五岁,一个刚生下来。)

看吧,看他可怎样办!

老厨子说:

"看热闹吧,冯歪嘴子又该喝酒了,又该坐在磨盘上哭了。"

（东家西舍的也都说冯歪嘴子这回可非完不可了。那些好看热闹的人,都在准备着看冯歪嘴子的热闹。

（可是冯歪嘴子自己,并不像旁观者眼中的那样的绝望,好像他活着还很有把握的样子似的,他不但没有感到绝望已经洞穿了他,因为他看见了他的两个孩子,他反而镇定下来。他觉得在这世界上,他一定要生根的。要长得牢牢的。他不管他自己有这份能力没有,他看看别人也都是这样做的,他觉得他也应该这样做。

（于是他照常的活在世界上,他照常的负着他那份责任。

（于是他自己动手喂他那刚出生的孩子,他用筷子喂他,他不吃,他用调匙喂他。

（喂着小的,带着大的。他该担水,担水。该拉磨,拉磨。

（早晨一起来,一开门,看见邻人到井口去打水的时候,他总说一声:

"去挑水吗!"

（若遇见了卖豆腐的,他也说一声:

"豆腐这么早出锅啦!"

（他在这世界上他不知道人们都用悲观绝望的眼光来看他,他不知道他已经处在了怎样的一种艰难的境地。他不知道他自己已经完了。他没有想过。

（他虽然也有悲哀,他虽然也常常满满含着眼泪,但是他一看见他的大儿子会拉着小驴饮水了,他就立刻把那含着眼泪的眼睛笑了起来。

他说:

"慢慢的就中用了。"

他的小儿子,一天一天的喂着,越喂眼睛越大。胳臂,腿,越来越瘦。

（在别人的眼里,这孩子非死不可。这孩子一直不死,大家都觉得惊奇。

（到后来大家简直都莫明其妙了,对于冯歪嘴子的这孩子的不死,别人都起了恐惧的心理,觉得,这是可能的吗？这是世界上应该有的？）

但是冯歪嘴子,一休息下来就抱着他的孩子。天太冷了,他就烘了一堆火给他烤着。那孩子刚一咧嘴笑,那笑得才难看呢,因为又像笑,又像哭。其实又不像笑,又不像哭,而是介乎两者之间的那么一咧嘴。

但是冯歪嘴子却喜欢得不得了了。

他说：

"这小东西会哄人了。"

或是：

"这小东西懂人事了。"

（那孩子到了七八个月才会拍一拍掌,其实别人家的孩子到七八个月,都会爬了,会坐着了,要学着说话了。冯歪嘴子的孩子都不会,只会拍一拍掌,别的都不会。）

冯歪嘴子一看见他的孩子拍掌,他就眉开眼笑的。

他说：

"这孩子眼看着就大了。"

（那孩子在别人的眼睛里看来,并没有大,似乎一天更比一天小似的。因为越瘦那孩子的眼睛就越大,只见眼睛大,不见身子大,看起来好像那孩子始终也没有长一般地。那孩子好像是泥做的,而不是孩子了。两个月之后,和两个月之前,完全一样。两个月之前看见过那孩子,两个月之后再看见,也绝不会使人惊讶,时间是快的,大人虽不见老,孩子却一天一天的不同。

（看了冯歪嘴子的儿子,绝不会给人以时间上的观感。大人总喜欢在孩子的身上去触到时间。但是冯歪嘴子的孩子是不能给人这个满足的。因为两个月前看见过他那么大,两个月后看见他还是那么大。还不如去看后花园里的黄瓜,那黄瓜三月里下种,四月里爬蔓,五月里开花,五月末就吃大黄瓜。

（但是冯歪嘴子却不这样的看法,他看他的孩子是一天比一天大。

（大的孩子会拉着小驴到井边上去饮水了。小的会笑了,会拍手了,会摇头了。给他东西吃,他会伸手来拿。而且小牙也长出来了。

（微微的一咧嘴笑,那小白牙就露出来了。）

尾　声

呼兰河这小城里边，以前住着我的祖父，现在埋着我的祖父。

我生的时候，祖父已经六十多岁了，我长到四五岁，祖父就快七十了。我还没有长到二十岁，祖父就八十岁了。祖父一过了八十，祖父就死了。

从前那后花园的主人，而今不见了。老主人死了，小主人逃荒去了。

那园里的蝴蝶，蚂蚱，蜻蜓，也许还是年年仍旧，也许现在完全荒凉了。

小黄瓜，大倭瓜，也许还是年年的种着，也许现在根本没有了。

那早晨的露珠是不是还落在花盆架上。那午间的太阳是不是还照着那大向日葵。那黄昏时候的红霞是不是还会一会工夫会变出来一匹马来，一会工夫会变出来一匹狗来。那么变着。

这一些不能想象了。

听说有二伯死了。

老厨子就是活着年纪也不小了。

东邻西舍也都不知怎样了。

至于那磨房里的磨倌，至今究竟如何，则完全不晓得了。

以上我所写的并没有什么幽美的故事,只因他们充满我幼年的记忆,忘却不了,难以忘却,就记在这里了。

　　　　　　　　　　　一九四〇年十二月廿日香港完稿。
　　　　　　　　　　　　本书由作者保留一切权益。

附 录 一

永久的憧憬和追求

一九一一年,在一个小县城里边,我生在一个小地主的家里。那县城差不多就是中国的最东最北部——黑龙江省——所以一年之中,倒有四个月飘着白雪。

父亲常常为着贪婪而失掉了人性。他对待仆人,对待自己的儿女,以及对待我的祖父都是同样的吝啬而疏远,甚至于无情。

有一次,为着房屋租金的事情,父亲把房客的全套的马车赶了过来。房客的家属们哭着,诉说着,向着我的祖父跪了下来,于是祖父把两匹棕色的马从车上解下来还了回去。

为着这两匹马,父亲向祖父起着终夜的争吵。"两匹马,咱们是不算什么的,穷人,这两匹马就是命根。"祖父这样说着,而父亲还是争吵。

九岁时,母亲死去。父亲也就更变了样,偶然打碎了一只杯子,他就要骂到使人发抖的程度。后来就连父亲的眼睛也转了弯,每从他的身边经过,我就像自己的身上生了针刺一样:他斜视着你,他那高傲的眼光从鼻梁经过嘴角而后往下流着。

所以每每在大雪中的黄昏里,围着暖炉,围着祖父;听着祖父读着诗篇,看着祖父读着诗篇时微红的嘴唇。

父亲打了我的时候,我就在祖父的房里,一直面向着窗子,从黄昏到深夜——窗外的白雪,好像白棉一样的飘着;而暖炉上水壶的盖子,则像伴奏的乐器似的振动着。

祖父时时把多纹的两手放在我的肩上,而后又放在我的头上,我的耳边便响着这样的声音:

"快快长吧!长大就好了。"

二十岁那年,我就逃出了父亲的家庭。直到现在还是过着流浪的生活。

"长大"是"长大"了,而没有"好"。

可是从祖父那里,知道了人生除掉了冰冷和憎恶而外,还有温暖和爱。

所以我就向这"温暖"和"爱"的方面,怀着永久的憧憬和追求。

一九三六,十二,十二日①

(原载1937年1月10日《报告》第1卷第1期)

---

① 初刊文本篇末尚有一段"附记":"这是作者写给 Edgar Snow 翻译的 *Living China* 中国小说集,准备在美国版时加进去的一篇自传,兹先刊在这里。"

附 录 二

手

在我们的同学中,从来没有见过这样的手:蓝的,黑的,又好像紫的;从指甲一直变色到手腕以上。

她初来的几天,我们叫她"怪物"。下课以后大家在地板上跑着也总是绕着她。关于她的手,但也没有一个人去问过。

教师在点名,使我们越忍越忍不住了,非笑不可了。

"李洁!""到。"

"张楚芳!""到。"

"徐桂真!""到。"

迅速而有规律性的站起来一个,又坐下去一个。但每次一喊到王亚明的地方,就要费一些时间了。

"王亚明,王亚明……叫到你啦!"别的同学有时要催促她,于是她才站起来,把两只青手垂得很直,肩头落下去,面向着棚顶说:

"到,到到。"

不管同学们怎样笑她,她一点也不感到慌乱,仍旧弄着椅子响,庄严的,似乎费掉了几分钟才坐下去。

有一天上英文课的时候,英文教师笑得把眼镜脱下来在擦着眼睛:

"你下次不要再答'黑耳'了,就答'到'吧!"

全班的同学都在笑,把地板擦得很响。

第二天的英文课,又喊到王亚明时,我们又听到了"黑耳——黑——耳"。

"你从前学过英文没有?"英文教师把眼镜移动了一下。

"不就是那英国话吗?学是学过的,是个麻子脸先生教的……铅笔叫'喷丝儿',钢笔叫'盆'。可是没学过'黑耳'。"

"here 就是'这里'的意思,你读:here！ here！"

"喜儿！喜儿。"她又读起"喜儿"来了。这样的怪读法,全课堂都笑得颤栗起来。可是王亚明,她自己却安然的坐下去,青色的手开始翻转着书页。并且低声读了起来:

"华提……贼死……阿儿……"

数学课上,她读起算题来也和读文章一样:

"$2x+y=$……$x^2=$……"

午餐的桌上,那青色的手已经抓到了馒头,她还想着"地理"课本:"墨西哥产白银……云南……唔,云南的大理石。"

夜里她躲在厕所里边读书,天将明的时候,她就坐在楼梯口。只要有一点光亮的地方,我常遇到过她。有一天落着大雪的早晨,窗外的树枝挂着白绒似的穗头,在宿舍的那边,长筒过道的尽头,窗台上似乎有人睡在那里了。

"谁呢?这地方多么凉！"我的皮鞋拍打着地板,发出一种空洞洞的嗡声,因是星期日的早晨,全个学校出现在特有的安宁里。一部分的同学在化着装;一部分的同学还睡在眠床上。

还没走到她的旁边,我看到那摊在膝头上的书页被风翻动着。

"这是谁呢?礼拜日还这样用功！"正要唤醒她,忽然看到那青色的手了。

"王亚明,嗳……醒醒吧……"我还没有直接招呼过她的名字,感到生涩和直硬。

"喝喝……睡着啦!"她每逢说话总是开始钝重的笑笑。

"华提……贼死,右……爱……"她还没找到书上的字就读起来。

"华提……贼死,这英国话,真难……不像咱们中国字:什么字旁,什么字头……这个:委曲拐弯的,好像长虫爬在脑子里,越爬越胡涂,越爬越记不住。英文先生也说不难,不难,我看你们也不难。我的脑筋笨,乡下人的脑筋没有你们那样灵活。我的父亲还不如我,他说他年青的时候,就记他这个'王'字,记了半顿饭的工夫还没记住。右……爱……右……阿儿……"说完一句话,在末尾不相干的她又读起单字来。

风车哗啦,哗啦的响在壁上,通气窗时时有小的雪片飞进来,在窗台上结着些水珠。

她的眼睛完全爬满着红丝条,贪婪,把持,和那青色的手一样在争取她那不能满足的愿望。

在角落里,在只有一点灯光的地方我都看到过她,好像老鼠在啃嚼什么东西似的。

她的父亲第一次来看她的时候,说她胖了:

"妈的,吃胖了,这里吃得比咱家吃得好,是不是?好好干吧!干下三年来,不成圣人吧,也总算明白明白人情大道理。"在课堂上,一个星期之内人们都是学着王亚明的父亲。第二次,她的父亲又来看她,她向她父亲要一双手套。

"就把我这副给你吧!书,好好念书,要一副手套还没有吗?等一等,不用忙……要戴就先戴这副,开春啦!我又不常出什么门,明子,上冬咱们再买,是不是?明子!"在接见室的门口嚷嚷着,四周已经是围满着同学,于是他又喊着明子明子的又说了一些事情:

"三妹妹到二姨家去串门啦,去了两三天啦!小肥猪每天又多加两把豆子,胖得那样你没看见,耳朵都挣挣起来了,……姐姐又来家腌了两罐子咸葱……"

正讲得他流汗的时候,女校长穿着人群站到前面去:

"请到接见室里面坐吧——"

"不用了,不用了,耽搁工夫,我也是不行的,我还就要去赶火车……赶回去,家里一群孩子,放不下心……"他把皮帽子放在手上,向校长点着头,头上冒着气他就推开门出去了。好像校长把他赶走似的。可是他又转回身来,把手套脱下来。

"爹,你戴着吧,我戴手套本来是没用的。"

她的父亲也是青色的手,比王亚明的手更大更黑。

在阅报室里,王亚明问我:

"你说,是吗?到接见室去坐下谈话就要钱的吗?"

"哪里要钱!要的什么钱!"

"你小点声说,叫她们听见,她们又谈笑话了。"她用手掌指点着我读着的报纸,"我父亲说的,他说接见室里摆着茶壶和茶碗,若进去,怕是校役就给倒茶了,倒茶就要钱了。我说不要,他可是不信,他说连小店房进去喝一碗水也多少得点赏钱,何况学堂呢?你想学堂是多么大的地方!"

校长已说过她几次:

"你的手,就洗不净了吗?多加点肥皂!好好洗洗,用热水烫一烫。早操的时候,在操场上竖起来的几百条手臂都是白的,就是你,特别呀!真特别。"女校长用她贫血的和化石一般透明的手指去触动王亚明的青色手,看那样子,她好像是害怕,好像微微有点抑止着呼吸,就如同让她去接触黑色的已经死掉的鸟类似的:"是褪得很多了,手心可以看到皮肤了。比你来的时候强得多,那时候,那简直是铁手……你的功课赶得上了吗?多用点功,以后,早操你就不用上,学校的墙很低,春天里散步的外国人又多,他们常常停在墙外看的。等你的手褪掉颜色再上早操吧!"校长告诉她,停止了她的早操。

"我已经向父亲要到了手套,戴起手套来不就看不见了吗?"打开了书箱,取出她父亲的手套来。

校长笑得发着咳嗽,那贫血的面孔立刻旋动着红的颜色:"不必了!既然是不整齐,戴手套也是不整齐。"

假山上面的雪消融了去,校役把铃子也打得似乎更响些,窗前的杨树抽着芽,操场好像冒着烟似的,被太阳蒸发着。上早操的时候,那指挥官的口笛振鸣得也远了,和窗外树丛中的人家起着回应。

我们在跑在跳,和群鸟似的在噪杂。带着糖质的空气迷漫着我们,从树梢上面吹下来的风混和着嫩芽的香味。被冬天枷锁了的灵魂和被束卷的棉花一样舒展开来。

正当早操刚收场的时候,忽然听到楼窗口有人在招呼什么,那声音被空气负载着向天空响去似的:

"好和暖的太阳!你们热了吧?你们……"在抽芽的杨树后面,那窗口站着王亚明。

等杨树已经长了绿叶,满院结成了荫影的时候,王亚明却渐渐变成了干缩,眼睛的边缘发着绿色,耳朵也似乎薄了一些,至于她的肩头一点也不再显出蛮野和强壮。当她偶然出现在树荫下,那开始陷下的胸部使我立刻从她想到了生肺病的人。

"我的功课,校长还说跟不上,倒也是跟不上,到年底若再跟不上,喝喝!真会留级的吗?"她讲话虽然仍和从前一样"喝喝"的,但她的手却开始畏缩起来,左手背在背后,右手在衣襟下面突出个小丘。

我们从来没有看到她哭过,大风在窗外倒拔着杨树的那天,她背向着教室,也背向着我们,对着窗外的大风哭了。那是那些参观的人走了以后的事情,她用那已经开始在褪着色的青手捧着眼泪。

"还哭!还哭什么?来了参观的人,还不躲开。你自己看看,谁像你这样特别!两只蓝手还不说,你看看,你这件上衣,快变成灰的了!别人都是蓝上衣,哪有你这样特别,太旧的衣裳颜色是不整齐的……不能因为你一个人而破坏了制服的规律性……"她一面嘴唇与嘴唇切合着,一面用她惨白的手指去撕着王亚明的领口:"我是叫你下楼,等参观的走了再上来,谁叫你就站在过道呢?在过道,你想想:他们看不到你吗?你倒戴起了这样大的一副手套……"

说到"手套"的地方,校长的黑色漆皮鞋,那亮晶的鞋尖去踢了一下已经落到地板上的一只:

"你觉得你戴上了手套站在这地方就十分好了吗?这叫什么玩艺?"她又在手套上踏了一下,她看到那和马车夫一样肥大的手套,抑止不住的笑出声来了。

王亚明哭了这一次,好像风声都停止了,她还没有停止。

暑假以后,她又来了。夏末简直和秋天一样凉爽,黄昏以前的太阳染在马路上使那些铺路的石块都变成了朱红色。我们集着群在校门里的山丁树下吃着山丁。就是这时候,王亚明坐着的马车从"喇嘛台"那边哗啦,哗啦的跑来了。只要马车一停下,那就全然寂静下去,她的父亲搬着行李,她抱着面盆和一些零碎。走上台阶来了,我们并不立刻为她闪开,有的说着:"来啦!""你来啦!"有的完全向她张着嘴。

等她父亲腰带上挂着的白毛巾一抖一抖的走上了台阶,就有人在说:

"怎么!在家住了一个暑假,她的手又黑了呢?那不是和铁一样了吗?"

秋季以后,宿舍搬家的那天,我才真正注意到这铁手:我似乎

已经睡着了,但能听到隔壁在吵叫着:

"我不要她,我不和她并床……"

"我也不和她并床。"

我再细听了一些时候,就什么也听不清了,只听到嚅嚅的笑声和绞成一团的吵嚷。夜里我偶然起来到过道去喝了一次水。长椅上睡着一个人,立刻就被我认出来,那是王亚明。两只黑手遮着脸孔,被子一半脱落在地板上,一半挂在她的脚上。我想她一定又是借着过道的灯光在夜里读书,可是她的旁边也没有什么书本,并且她的包袱和一些零碎就在地板上围绕着她。

第二天的夜晚,校长走在王亚明的前面,一面走一面响着鼻子,她穿着床位,她用她的细手推动那一些连成排的铺平的白床单:

"这里,这里的一排七张床,只睡八个人,六张床还睡九个呢!"她翻着那被子,把它排开一点,让王亚明把被子就夹在这地方。

王亚明的被子展开了,为着高兴的缘故,她还一边铺着床铺,一边嘴里似乎打着哨子,我还从没听到过这个,在女学校里边,没有人用嘴打过哨子。

她已经铺好了,她坐在床上张着嘴,把下颚微微向前抬起一点,像是安然和舒畅在镇压着她似的。校长已经下楼了,或者已经离开了宿舍,回家去了。但,舍监这老太太,鞋子在地板上擦擦着,头发完全失掉了光泽,她跑来跑去:

"我说,这也不行……不讲卫生,身上生着虫类,什么人还不想躲开她呢?"她又向角落里走了几步,我看到她的白眼球好像对着我似的:"看这被子吧!你们去嗅一嗅!隔着二尺远都有气味了……挨着她睡觉,滑稽不滑稽!谁知道……虫类不会爬了满身吗?去看看,那棉花都黑得什么样子啦!"

舍监常常讲她自己的事情,她的丈夫在日本留学的时候,她也在日本,也算是留学。同学们问她:

"学的什么呢?"

"不用专学什么!在日本说日本话,看看日本风俗,这不也是留学吗?"她说话总离不了"不卫生,滑稽不滑稽……腌脏",她叫虱子特别要叫虫类。

"人腌脏手也腌脏。"她的肩头很宽,说着腌脏她把肩头故意抬高了一下,好像寒风忽然吹到她似的,她跑出去了。

"这样的学生,我看校长可真是……可真是多余要……"打过熄灯铃之后,舍监还在过道里和别的一些同学在讲说着。

第三天夜晚,王亚明又提着包袱,卷着行李,前面又是走着白脸的校长。

"我们不要,我们的人数够啦!"

校长的指甲还没接触到她们的被边时,她们就嚷了起来,并且换了一排床铺也是嚷了起来:

"我们的人数也够啦!还多了呢!六张床,九个人,还能再加了吗?"

"一二三四……"校长开始计算,"不够,还可以再加一个,四张床,应该六个人,你们只有五个……来!王亚明!"

"不,那是留给我妹妹的,她明天就来……"那个同学跑过去,把被子用手按住。

最后,校长把她带到别的宿舍去了。

"她有虱子,我不挨着她……"

"我也不挨着她……"

"王亚明的被子没有被里,棉花贴着身子睡,不信,校长看看!"

后来她们就开着玩笑,至于说出害怕王亚明的黑手而不敢接近她。

以后,这黑手人就睡在过道的长椅上。我起得早的时候,就遇到她在卷着行李,并且提着行李下楼去。我有时也在地下储藏室遇到她,那当然是夜晚,所以她和我谈话的时候,我都是看看墙上的影子,她搔着头发的手,那影子印在墙上也和头发一样颜色。

"惯了,椅子也一样睡,就是地板也一样,睡觉的地方,就是睡觉,管什么好歹!念书是要紧的……我的英文,不知在考试的时候,马先生能给我多少分数?不够六十分,年底要留级的吗?"

"不要紧,一门不能够留级。"我说。

"爹爹可是说啦!三年毕业,再多半年,他也不能供给我学费……这英国话,我的舌头可真转不过弯来。喝喝……"

全宿舍的人都在厌烦她,虽然她是住在过道里。因为她夜里总是咳嗽着……同时在宿舍里边她开始用颜料染着袜子和上衣。

"衣裳旧了,染染差不多和新的一样。比方夏季制服,染成灰色就可以当秋季制服穿……比方,买白袜子:把它染成黑色,这都可以……"

"为什么你不买黑袜子呢?"我问她。

"黑袜子,他们是用机器染的,矾太多……不结实,一穿就破的……还是咱们自己家染的好……一双袜子好几毛钱……破了就破了还得了吗?"

礼拜六的晚上,同学们用小铁锅煮着鸡子。每个礼拜六差不多总是这样,她们要动手烧一点东西来吃。从小铁锅煮好的鸡子,我也看到的,是黑的,我以为那是中了毒。那端着鸡子的同学,几乎把眼镜咆哮得掉落下来:

"谁干的好事!谁?这是谁?"

王亚明把面孔向着她们来到了厨房,她拥挤着别人,嘴里喝喝的:

"是我,我不知道这锅还有人用,我用它煮了两双袜子……喝喝……我去……"

"你去干什么?你去……"

"我去洗洗它!"

"染臭袜子的锅还能煮鸡子吃!还要它?"铁锅就当着众人在地板上光郎,光郎的跳着,人咆哮着,戴眼镜的同学把黑色的鸡子好像抛着石头似的用力抛在地上。

人们都散开的时候,王亚明一边拾着地板上的鸡子,一边在自己说着话:

"哟!染了两双新袜子,铁锅就不要了!新袜子怎么会臭呢?"

冬天,落雪的夜里,从学校出发到宿舍去,所经过的小街完全被雪片占据了。我们向前冲着,扑着,若遇到大风,我们就风雪中打着转,倒退着走,或者是横着走。清早,照例又要从宿舍出发,在十二月里,每个人的脚都冻木了,虽然是跑着也要冻木的。所以我们咒诅和怨恨,甚至于有的同学已经在骂着,骂着校长是"混蛋",不应该把宿舍离开学校这样远,不应该在天还不亮就让学生们从宿舍出发。

有些天,在路上我单独的遇到王亚明。远处的天空和远处的雪都在闪着光,月亮使得我和她踏着影子前进。大街和小街都看不见行人。风吹着路旁的树枝在发响,也时时听到路旁的玻璃窗被雪扫着在呻叫。我和她谈话的声音,被零度以下的气温所反应也增加了硬度。等我们的嘴唇也和我们的腿部一样感到了不灵活,这时候,我们总是终止了谈话,只听着脚下被踏着的雪,乍乍乍的响。

手在按着门铃,腿好像就要自己脱离开去,膝盖向前时时要跪了下去似的。

我记不得哪一个早晨,腋下带着还没有读过的小说,走出了宿舍,我转过身去,把栏栅门拉紧。但心上总有些恐惧,越看远处模糊不清的房子,越听后面在扫着的风雪,就越害怕起来。星光是那样微小,月亮也许落下去了,也许被灰色的和土色的云彩所遮蔽。

走过一丈远,又像增加了一丈似的,希望有一个过路的人出现,但又害怕那过路人,因为在没有月亮的夜里,只能听到声音而看不见人,等一看见人影那就从地面突然长了起来似的。

我踏上了学校门前的石阶,心脏仍在发热,我在按铃的手,似乎已经失去了力量。突然石阶又有一个人走上来了:

"谁?谁?"

"我!是我。"

"你就走在我的后面吗!"因为一路上我并没听到有另外的脚步声,这使我更害怕起来。

"不,我没走在你的后面,我来了好半天了。校役他是不给开门的,我招呼了不知道多大工夫了。"

"你没按过铃吗?"

"按铃没有用,喝喝,校役开了灯,来到门口,隔着玻璃向外看看……可是到底他不给开。"

里边的灯亮起来,一边骂着似的光郎郎的把门给闪开了:

"半夜三更叫门……该考背榜①不是一样考背榜吗?"

"干什么?你说什么?"我这话还没有说出来,校役就改变了态度:

"萧先生,您叫门叫了好半天了吧?"

我和王亚明一直走进了地下室,她咳嗽着,她的脸苍黄得几乎是打着皱纹似的颤索了一些时候。被风吹得而挂下来的眼泪还停留在脸上她就打开了课本。

---

① 背榜,指考试名列榜末。

"校役为什么不给你开门?"我问。

"谁知道?他说来得太早,让我回去,后来他又说校长的命令。"

"你等了多少时候了?"

"不算多大工夫,等一会,就等一会,一顿饭这个样子。喝喝……"

她读书的样子完全和刚来的时候不一样,那喉咙渐渐窄小了似的,只是喃喃着,并且那两边摇动的肩头也显着紧缩和偏狭,背脊已经弓了起来,胸部却平了下去。

我读着小说,很小的声音读着,怕是搅扰了她,但,这是第一次,我不知道为什么这只是第一次?

她问我读的什么小说,读没读过《三国演义》?有时她也拿到手里看看书面,或是翻翻书页:"像你们多聪明!功课连看也不看,到考试的时候也一点不怕。我就不行,也想歇一会,看看别的书……可是那就不成了……"

有一个星期日,宿舍里面空朗朗的,我就大声读着《屠场》上正是女工马利亚昏倒在雪地上的那段,我一面看着窗外的雪地一面读着,觉得很感动。王亚明站在我的背后,我一点也不知道。

"你有什么看过的书,也借给我一本,下雪天气,实在沉闷,本地又没有亲戚,上街又没有什么买的,又要花车钱……"

"你父亲很久不来看你了吗?"我以为她是想家了。

"哪能来!火车钱,一来回就是两元多……再说家里也没有人……"

我就把《屠场》放在她的手上,因为我已经读过了。

她笑着,"喝喝"着,她把床沿颤了两下,她开始研究着那书的封面。等她走出去时,我听在过道里她也学着我把那书开头的第一句读得很响。

以后,我又不记得是哪一天,也许又是什么假日,总之,宿舍是空朗朗的,一直到月亮已经照上窗子,全宿舍依然被剩在寂静中。我听到床头上有沙沙的声音,好像什么人在我的床头摸索着,我仰过头去,在月光下我看到了是王亚明的黑手,并且把我借给她的那本书放在我的旁边。

我问她:"看得有趣吗?好吗?"

起初,她并不回答我,后来她把脸孔用手掩住,她的头发也像在抖着似的,她说:

"好。"

我听她的声音也像在抖着,于是我坐了起来。她却逃开了,用着那和头发一样颜色的手横在脸上。

过道的长廊空朗朗的,我看着沉在月光里的地板的花纹。

"马利亚,真像有这个人一样,她倒在雪地上,我想她没有死吧!她不会死吧……那医生知道她是没有钱的人,就不给她看病……喝喝!"很高的声音她笑了,借着笑的抖动眼泪才滚落下来:"我也去请过医生,我母亲生病的时候,你看那医生他来吗?他先向我要马车钱,我说钱在家里,先坐车来吧!人要不行了……你看他来吗?他站在院心问我:'你家是干什么的?你家开"染缸房"(染衣店)吗?'不知为什么,一告诉他是开'染缸房'的,他就拉开门进屋去了……我等他,他没有出来,我又去敲门,他在门里面说:'不能去看这病,你回去吧!'我回来了……"她又擦了擦眼睛才说下去,"从这时候我就照顾着两个弟弟和两个妹妹。爹爹染黑的和蓝的,姐姐染红的……姐姐定亲的那年,上冬的时候,她的婆婆从乡下来住在我们家里,一看到姐姐她就说:'唉呀!那杀人的手!'从这起,爹爹就说不许某个人专染红的,某个人专染蓝的。我的手是黑的,细看才带点紫色,那两个妹妹也都和我一样。"

"你的妹妹没有读书?"

"没有,我将来教她们,可是我也不知道我读得好不好,读不好连妹妹都对不起……染一匹布多不过三毛钱……一个月能有几匹布来染呢?衣裳每件一毛钱,又不论大小,送来染的都是大衣裳居多……去掉火柴钱,去掉颜料钱……那不是吗!我的学费……把他们在家吃咸盐的钱都给我拿来啦……我哪能不用心念书,我哪能?"她又去摸触那书本。

我仍然看着地板上的花纹,我想她的眼泪比我的同情高贵得多。

还不到放寒假时,王亚明在一天的早晨,整理着手提箱和零碎,她的行李已经束得很紧立在墙根的地方。

并没有人和她去告别,也没有人和她说一声再见。我们从宿舍出发,一个一个的经过夜里王亚明睡觉的长椅,她向我们每个人笑着,同时也好像从窗口在望着远方。我们使过道起着沉重的骚音,我们下着楼梯,经过了院宇,在栏栅门口,王亚明也赶到了,并且呼喘,并且张着嘴:

"我的父亲还没有来,多学一点钟是一点钟……"她向着大家在说话一样。

这最后的每一点钟都使她流着汗,在英文课上她忙着用小册子记下来黑板上所有的生字,同时读着,同时连教师随手写的已经是不必要的读过的熟字她也记了下来。在第二点钟"地理"课上她又费着气力模仿着黑板上教师画的地图,她在小册子上也画了起来……好像所有这最末一天经过她的思想都重要起来,都必得留下一个痕迹。

在下课的时间,我看了她的小册子,那完全记错了:英文字母,有的脱落一个,有的她多加上一个……她的心情已经慌乱了。

夜里,她的父亲也没有来接她,她又在那长椅上展了被褥。只有这一次,她睡得这样早,睡得超过平常以上的安然。头发接近着被边,肩头随着呼吸放宽了一些。今天她的左右并不摆着书本。

早晨,太阳停在颤抖的挂着雪的树枝上面,鸟雀刚出巢的时候,她的父亲来了。停在楼梯口,他放下肩上背来的大毡靴,他用围着脖子的白毛巾掳去胡须上的冰溜:

"你落了榜吗?你……"冰溜在楼梯上溶成小小的水珠。

"没有,还没考试,校长告诉我,说我不用考啦,不能及格的……"

她的父亲站在楼梯口,把脸向着墙壁,腰间挂着的白手巾动也不动。

行李拖到楼梯口了,王亚明又去提着手提箱,抱着面盆和一些零碎,她把大手套还给她的父亲。

"我不要,你戴吧!"他的毡靴一移动就在地板上压了几个泥圈圈。

因为是早晨,来围观的同学们很少。王亚明就在轻微的笑声里边戴起了手套。

"穿上毡靴吧!书没念好,别再冻掉了两只脚。"她的父亲把两只靴子相连的皮条解开。

靴子一直掩过了她的膝盖,她和一个赶马车的人一样,头部也用白色的绒布包了起。

"再来,把书回家好好读读再来。喝……喝。"不知道她向谁在说着。当她又提起了手提箱,她问她的父亲:

"叫来的马车就在门外吗?"

"马车,什么马车?走着上站吧……我背着行李……"

王亚明的毡靴在楼梯上扑扑的拍着。父亲走在前面,变了颜色的手抓着行李的角落。

那被朝阳拖得苗长的影子,跳动着在人的前面先爬上了木栅门。从窗子看去,人也好像和影子一般轻浮,只能看到他们,而听不到关于他们的一点声音。

　　出了木栅门,他们就向着远方,向着迷漫着朝阳的方向走去。

　　雪地好像碎玻璃似的,越远那闪光就越刚强。我一直看到那远处的雪地刺痛了我的眼睛。

一九三六年三月

(原载 1936 年 4 月 15 日《作家》第 1 卷第 1 期)

牛 车 上

金花菜在三月的末梢就开遍了溪边。我们的车子在朝阳里轧着山下的红绿颜色的小草,走出了外祖父的村梢。

车夫是远族上的舅父,他打着鞭子,但那不是打在牛的背上,只是鞭梢在空中绕来绕去。

"想睡了吗?车刚走出村子呢!喝点梅子汤吧!等过了前面的那道溪水再睡。"外祖父家的女用人,是到城里去看她的儿子的。

"什么溪水,刚才不是过的吗?"从外祖父家带回来的黄猫也好像要在我的膝头上睡觉了。

"后塘溪。"她说。

"什么后塘溪?"我并没有注意她,因为外祖父家留在我们的后面,什么也看不见了,只有村梢上庙堂前的红旗杆还露着两个金顶。

"喝一碗梅子汤吧,提一提精神。"她已经端了一杯深黄色的梅子汤在手里,一边又去盖着瓶口。

"我不提,提什么精神,你自己提吧!"

他们都笑了起来,车夫立刻把鞭子抽响了一下。

"你这姑娘……顽皮,巧舌头……我……我……"他从车辕转过身来,伸手要抓我的头发。

我缩着肩头跑到车尾上去。村里的孩子没有不怕他的,说他当过兵,说他捏人的耳朵也很痛。

五云嫂下车去给我采了这样的花,又采了那样的花,旷野上的风吹得更强些,所以她的头巾好像是在飘着。因为乡村留给我尚没有忘却的记忆,我时时把她的头巾看成乌鸦或是鹊雀。她几乎是跳着,几乎和孩子一样。回到车上,她就唱着各种花朵的名字,我从来没看到过她像这样放肆一般地欢喜。

车夫也在前面哼着低粗的声音,但那分不清是什么词句。那短小的烟管顺着风时时送着烟氛。我们的路途刚一开始,希望和期待都还离得很远。

我终于睡了,不知是过了后塘溪,是什么地方,我醒过一次,模模糊糊的好像那管鸭的孩子仍和我打着招呼,也看到了坐在牛背上的小根和我告诉的情景……也好像外祖父拉住我的手又在说:"回家告诉你爷爷,秋凉的时候让他来乡下走走……你就说你姥爷腌的鹌鹑和顶好的高粱酒等着他来一块喝呢……你就说我动不了,若不然,这两年,我总也去……"

唤醒我的不是什么人,而是那空空响的车轮。我醒来,第一下看到的是那黄牛自己走在大道上,车夫并不坐在车辕。在我寻找的时候,他被我发现在车尾上。手上的鞭子被他的烟管代替着,左手不住的在擦着下颏,他的眼睛顺着地平线望着辽阔的远方。

我寻找黄猫的时候,黄猫坐到五云嫂的膝头上去了,并且她还抚摸猫的尾巴。我看看她的蓝布头巾已经盖过了眉头,鼻子上显明的皱纹因为挂了尘土,更显明起来。

他们并没有注意到我的醒转。

"到第三年他就不来信啦!你们这当兵的人……"

我就问她:"你丈夫也是当兵的吗?"

赶车的舅舅,抓了我的辫发,把我向后拉了一下。

"那么以后……就总也没有信来?"他问她。

"你听我说呀!八月节刚过……可记不得哪一年啦,吃完了早饭,我就在门前喂猪,一边咚咚的敲着槽子,一边嗬唠嗬唠的叫着猪……哪里听得着呢?南村王家的二姑娘喊着:'五云嫂,五云嫂……'一边跑着一边喊:'我娘说,许是五云哥给你捎来的信!'真是,在我眼前的真是一封信,等我把信拿到手哇!看看……我不知为什么就止不住心酸起来……他还活着吗!他……眼泪就掉在那红签条上,我就用手去擦,一擦这红圈子就印到白的上面去。把猪食就丢在院心……进屋换了件干净衣裳。我就赶紧跑,跑到南村的学房见了学房的先生,我一面笑着就一面流着眼泪……我说:'是外头人来的信,请先生看看……一年来的没来过一个字。'学房先生接到手里一看就说不是我的。那信我就丢在学房里跑回来啦……猪也没有喂,鸡也没有上架,我就躺在炕上啦……好几天,我像失了魂似的。"

"从此就没有来信?"

"没有。"她打开了梅子汤的瓶口,喝了一碗,又喝一碗。

"你们这当兵的人,只说三年二载……可是回来……回来个什么呢!回来个魂灵给人看看吧……"

"什么?"车夫说,"莫不是阵亡在外吗……"

"是,就算吧!音信皆无过了一年多。"

"是阵亡?"车夫从车上跳下去,拿了鞭子,在空中抽了两下,似乎是什么爆裂的声音。

"还问什么……这当兵的人真是凶多吉少。"她折皱的嘴唇好像撕裂了的绸片似的,显着轻浮和单薄。

车子一过黄村,太阳就开始斜了下去,青青的麦田上飞着鹊雀。

"五云哥阵亡的时候,你哭吗?"我一面捉弄着黄猫的尾巴,一面看着她。但她没有睬我,自己在整理着头巾。

等车夫颠跳着来在了车尾,扶了车栏,他一跳就坐在了车辕,在他没有抽烟之前,他的厚嘴唇好像关紧了的瓶口似的严密。

五云嫂的说话,好像落着小雨似的,我又顺着车栏睡下了。

等我再醒来,车子停在一个小村头的井口边,牛在饮着水,五云嫂也许是哭过,她陷下的眼睛高起了,并且眼角的皱纹也张开来。车夫从井口绞了一桶水提到车子旁边:

"不喝点吗?清凉清凉……"

"不喝。"她说。

"喝点吧,不喝就是用凉水洗洗脸也是好的。"他从腰带上取下手巾来,浸了浸水,"揩一揩!尘土迷了眼睛……"

当兵的人,怎么也会替人拿手巾?我感到了惊奇。我知道的当兵的人就会打仗,就会打女人,就会捏孩子们的耳朵。

"那年冬天,我去赶年市……我到城里去卖猪鬃,我在年市上喊着:'好硬的猪鬃来……好长的猪鬃来……'后一年,我好像把他爹忘下啦……心上也不牵挂……想想那没有个好,这些年,人还会活着!到秋天,我也到田上去割高粱,看我这手,也吃过气力……春天就带着孩子去做长工,两个月三个月的就把家拆了。冬天又把家归拢起来。什么牛毛啦……猪毛啦……还有些收拾来的鸟雀的毛。冬天就在家里收拾,收拾干净了呀……就选一个暖和的天气进城去卖。若有顺便进城去的车呢,把秃子也就带着……那一次没有带秃子。偏偏天气又不好,天天下清雪,年市上不怎么热闹;没有几捆猪鬃也总卖不完。一早就蹲在市上,一直蹲到太阳偏西。在十字街口,一家大买卖的墙头上贴着一张大纸,人们来来往往的在那里看,像是从一早那张纸就贴出来了!也许是晌午贴的……有的还一边看,一边念出来几句。我不懂得那一套……人们说是：'告示，告示。'可是告的什么，我也不懂那一套……'告示'，倒知道是官家的事情，与我们做小民的有什么长短！可不知为什么看的人就那么多……听说么，是捉逃兵的'告示'……又听说么……又听说么……几天就要送到县城来枪毙……"

"哪一年？民国十年枪毙逃兵二十多个的那回事吗？"车夫把卷起的衣袖在下意识里把它放下来，又用手扫着下颏。

"我不知道那叫什么年……反正枪毙不枪毙与我何干，反正我的猪鬃卖不完就不走运气……"她把手掌互相擦了一会，猛然，像是拍着蚊虫似的，凭空打了一下：

"有人念着逃兵的名字……我看着那穿黑马褂的人……我就说：'你再念一遍！'起先猪毛还拿在我的手上……我听到了姜五云姜五云的，好像那名字响了好几遍……我过了一些时候才想要呕吐……喉管里像有什么腥气的东西喷上来，我想咽下去……又咽不下去……眼睛冒着火苗……那些看'告示'的人往上挤着，我就退在了旁边，我再上前去看看，腿就不做主啦！看'告示'的人越多，我就退下来了！越退越远啦……"

她的前额和鼻头都流下汗来。

"跟了车，回到乡里，就快半夜了。一下车的时候，我才想起了猪毛……哪里还记得起猪毛……耳朵和两张木片似的啦……包头巾也许是掉在路上，也许是掉在城里……"

她把头巾掀起来，两个耳朵的下梢完全丢失了。

"看看，这是当兵的老婆……"

这回她把头巾束得更紧了一些，所以随着她的讲话那头巾的角部也起着小小的跳动。

"五云倒还活着，我就想看看他，也算夫妇一回……

"……二月里，我就背着秃子，今天进城，明天进城……'告示'听说又贴过了几回，我不去看那玩艺儿，我到衙门去问，他们说：'这里不管这事。'让我到兵营里去……我从小就怕见官……乡下孩子，没有见过。那些带刀挂枪的，我一看到就发颤……去吧！反正他们也不是见人就杀……后来常常去问，也就不怕了。反正一家三口，已经有一口拿在他们的手心里……他们告诉我，逃兵还没有送过来。我说什么时候才送过来呢？他们说：'再过一个月吧！'……等我一回到乡下就听说逃兵已从什么县城，那是什么县城？到今天我也记不住那是什么县城……就是听说送过来啦就是啦……都说若不快点去看，人可就没有了。我再背着秃子，再进城……去问问，兵营的人说：'好心急，你还要问个百八十回。不知道，也许就不送过来的。'……有一天，我看着一个大官，坐着马车，钉东钉东的响着铃子，从营房走出来了……我把秃子放在地上，我就跑过去，正好马车是向着这边来的，我就跪下了，也不怕马蹄就踏在我的头上。

"'大老爷，我的丈夫……姜五……'我还没有说出来，就觉得肩膀上很沉重……那赶马车的把我往后面推倒了，好像跌了交似的我爬在道边去。只看到那赶马车的也戴着兵帽子。

"我站起来，把秃子又背在背上……营房的前边，就是一条河，一个下半天都在河边上看着河水。有些钓鱼的，也有些洗衣裳的。远一点，在那河湾上，那水就深了，看着那浪头一排排的从眼前过去。不知道几百条浪头都坐着看过去了。我想把秃子放在河边上，我一跳就下去吧！留他一条小命，他一哭就会有人把他收了去。

"我拍着那小胸脯，我好像说：'秃儿，睡吧。'我还摸摸那圆圆的耳朵，那孩子的耳朵，真是，长得肥满，和他爹的一模一样，一看到那孩子的耳朵，就看到他爹了。"

她为了赞美而笑了笑。

"我又拍着那小胸脯，我又说：'睡吧！秃儿。'我想起了，我还有几吊钱,也放在孩子的胸脯里吧!正在伸,伸手去放……放的时节……孩子睁开眼睛了……又加上一只风船转过河湾来,船上的孩子喊妈的声音我一听到,我就从沙滩上面……把秃子抱……抱在……怀里了……"

她用包头巾像是紧了紧她的喉咙,随着她的手,眼泪就流了下来。

"还是……还是背着他回家吧!哪怕讨饭,也是有个亲娘……亲娘的好……"

那蓝色头巾的角部,也随着她的下颏颤抖了起来。

我们车子的前面正过着一堆羊群,放羊的孩子口里响着用柳条做成的叫子,野地在斜过去的太阳里边分不出什么是花,什么是草了!只是混混黄黄的一片。

车夫跟着车子走在旁边,把鞭梢在地上荡起着一条条的烟尘。

"……一直到五月,营房的人才说:'就要来的,就要来的。'

"……五月的末梢,一只大轮船就停在了营房门前的河沿上。不知怎么这样多的人!比七月十五看河灯的人还多……"

她的两只袖子在招摇着。

"逃兵的家属,站在右边……我也站过去,走过一个戴兵帽子的人,还每人给挂了一张牌子……谁知道,我也不认识那字……

"要搭跳板的时候,就来了一群兵队,把我们这些挂牌子的……就圈了起来……'离开河沿远点,远点……'他们用枪把把我们赶到离开那轮船有三四丈远……站在我旁边的,一个白胡子的老头,他一只手下提着一个包裹,我问他:'老伯,为啥还带来这东西?'……'哼!不!我有一个儿子和一个侄子……一人一包……回阴曹地府,不穿洁净衣裳是不上高的。……'

"跳板搭起来了……一看跳板搭起来就有哭的……我是不哭,我把脚跟立得稳稳当当的,眼睛往船上看着……可是,总不见出来……过了一会,一个兵官,挎着洋刀,手扶着栏杆说:'让家属们再往后退退……就要下船……'听着嗝唠一声,那些兵队又用枪把手把我们向后赶了过去,一直赶上了道旁的豆田,我们就站在豆秧上,跳板又呼隆隆的搭起了一块……走下来了,一个兵官领头……那脚镣子,哗拉哗拉的……我还记得,第一个还是个小矮个……走下来五六个啦……没有一个像秃子他爹宽宽肩膀的,是真的,很难看……两条胳臂直伸伸的……我看了半天工夫才看出手上都是戴了铐子的。旁边的人越哭,我就格外更安静。我只把眼睛看着那跳板……我要问问他爹'为啥当兵不好好当,要当逃兵……你看看,你的儿子,对得起吗?'

"二十来个,我不知道哪个是他爹,远看都是那么个样儿。一个年轻的媳妇……还穿了件绿衣裳,发疯了似的,穿开了兵队抢过去了……当兵的哪肯叫她过去……就把她抓回来,她就在地上打滚,她喊:'当了兵还不到三个月呀……还不到……'两个兵队的人,就把她抬回来,那头发都披散开啦。又过了一袋烟的工夫,才把我们这些挂牌子的人带过去……越走越近了,越近也就越看不清楚哪个是秃子他爹……眼睛起了白濛……又加上别人都呜呜嗨嗨的,哭得我多少也有点心慌……

"还有的嘴上抽着烟卷,还有的骂着……就是笑的也有。当兵的这种人……不怪说,当兵的不惜命……

"我看看,真是没有秃子他爹,哼!这可怪事……我一回身就把一个兵官的皮带抓住:'姜五云呢?''他是你的什么人?''是我的丈夫。'我把秃子可就放在地上啦……放在地上那不做美的就哭起来,我拍的一声,给秃子一个嘴巴……接着我就打了那兵官:'你们把人消灭到什么地方去啦?'

"'好的……好家伙……够朋友……'那些逃兵们就连起声来跺着脚喊。兵官看看这情形赶快叫当兵的把我拖开啦……他们

说:'不只姜五云一个人,还有两个没有送过来,明后天,下一班船就送来……逃兵里他们三个是头目。'

"我背着孩子就离开了河沿,我就挂着牌子走下去了,我一路走,一路两条腿发颤。奔来看热闹的人满街满道啦……我走过了营房的背后,兵营的墙根下坐着那提着两个包裹的老头,他的包裹只剩了一个。我说:'老伯,你的儿子也没来吗?'我一问他,他就把背脊弓了起来,用手把胡子放在嘴唇上,咬着胡子就哭啦!

"他还说:'因为是头目,就当地正法了咧!'当时我还不知道这'正法'是什么……"

她再说下去,那是完全不相接连的话头。

"又过三年,秃子八岁的那年,把他送进了豆腐房……就是这样:一年我来看他两回。二年回家一趟……回来也就是十天半月的……"

车夫离开车子,在小毛道上走着,两只手放在背后,太阳从横面把他拖成一条长影,他每走一步,那影子就分成了一个叉形。

"我也有家小……"他的话从嘴唇上流了下来似的,好像他对着旷野说的一般。

"哟!"五云嫂把头巾放松了些。

"什么!"她鼻子上的折皱纠动了一些时候,"可是真的……兵不当啦也不回家……"

"哼!回家!就背着两条腿回家?"车夫把肥厚的手揩扭着自己的鼻子笑了。

"这几年,还没多少赚几个?"

"都是想赚几个呀!才当逃兵去啦!"他把腰带更束紧了一些。

我加了一件棉衣,五云嫂披了一张毯子。

"嗯!还有三里路……这若是套的马……嗯!一颠搭就到

啦！牛就不行，这牲口性子没紧没慢，上阵打仗，牛就不行……"车夫从草包取出棉袄来，那棉袄顺着风飞着草末，他就穿上了。

黄昏的风，却是和二月里的一样。车夫在车尾上打开了外祖父给祖父带来的酒坛。

"喝吧！半路开酒坛，穷人好赌钱……喝上两杯……"他喝了几杯之后，把胸膛就完全露在外面。他一面啃嚼着肉干，一边嘴上起着泡沫。风从他的嘴边走过时，他唇上的泡沫也宏大了一些。

我们将奔到的那座城，在一种灰色的气候里，只能够辨别那不是旷野，也不是山岗，又不是海边，又不是树林……

车子越往前进，城座看来越退越远。脸孔和手上，都有一种黏黏的感觉……再往前看，连道路也看不到尽头……

车夫收拾了酒坛，拾起了鞭子……这时候，牛角也模糊了去。

"你从出来就没回过家？家也不来信？"五云嫂的问话，车夫一定没有听到，他打着口哨，招呼着牛。后来他跳下车去，跟着牛在前面走着。

对面走过一辆空车，车辕上挂着红色的灯笼。

"大雾！"

"好大的雾！"车夫彼此招呼着。

"三月里大雾……不是兵灾，就是荒年……"

两个车子又过去了。

（原载 1936 年 10 月 1 日《文季月刊》第 1 卷第 5 期）

后 花 园

　　后花园五月里就开花的,六月里就结果子,黄瓜、茄子、玉蜀黍、大云豆、冬瓜、西瓜、西红柿,还有爬着蔓子的倭瓜。这倭瓜秧往往会爬到墙头上去,而后从墙头它出去了,出到院子外边去了。就向着大街,这倭瓜蔓上开了一朵大黄花。

　　正临着这热闹闹的后花园,有一座冷清清的黑洞洞的磨房,磨房的后窗子就向着花园。刚巧沿着窗外的一排种的就是黄瓜。这黄瓜虽然不是倭瓜,但同样会爬蔓子的,于是就在磨房的窗棂上开了花,而且巧妙的结了果子。

　　在朝露里,那样嫩弱的须蔓的梢头,好像淡绿色的玻璃抽成的,不敢去触,一触非断不可的样子。同时一边结着果子,一边绕着窗棂往高处伸张,好像它们彼此学着样,一个跟着一个都爬上窗子来了。到六月,窗子就被封满了,而且就在窗棂上挂着滴滴都都的大黄瓜、小黄瓜,瘦黄瓜、胖黄瓜,还有最小的小黄瓜纽儿,头顶上还正在顶着一朵黄花还没有落呢。

　　于是随着磨房里打着铜筛罗的震抖而这些黄瓜也就在窗子上摇摆起来了。铜罗在磨夫的脚下东踏一下它就"咚",西踏一下它就"咚"。这些黄瓜也就在窗子上滴滴都都地跟着东边"咚",西边"咚"。

六月里后花园更热闹起来了,蝴蝶飞,蜻蜓飞,蛤蛤[①]跳,蚂蚱跳。大红的外国柿子都红了,茄子青的青、紫的紫,溜明湛亮,又肥又胖,每一棵茄秧上结着三四个,四五个。玉蜀黍的缨子刚刚才出芽,就各色不同,好比女人绣花的丝线夹子打开了,红的绿的,深的浅的,干净得过分了,简直不知道它为什么那样干净,不知怎样它才那样干净的,不知怎样才做到那样的。或者说它是刚刚用水洗过,或者说它是用膏油涂过。但是又都不像,那简直是干净得连手都没有上过。

然而这样漂亮的缨子并不发出什么香气,所以蜂子、蝴蝶永久不在它上边搔一搔,或是吮一吮。

却是那些蝴蝶乱纷纷的在那些正开着的花上闹着。

后花园沿着主人住屋的一方面,种着一大片花草。因为这园主并非怎样精细的人,而是一位厚敦敦的老头,所以他的花园多半变成菜园了。其余种花的部分也没有什么好花,比如马蛇菜、爬山虎、胭粉豆、小龙头……这都是些草本植物,没有什么高贵的。到冬天就都埋在大雪里边,它们就都死去了。春天打扫干净了这个地盘,再重种起来。有的甚或不用下种,它就自己出来了,好比大菽茨,那就是每年也不用种它就自己出来的。

它自己的种子,今年落在地上没有人去拾它,明年它就出来了。明年落了子,又没有人去采它,它就又自己出来了。

这样年年代代,这花园无处不长着大花。墙根上,花架边,人行道的两旁,有的竟长在倭瓜或者黄瓜一块儿去了。那讨厌的倭瓜的丝蔓竟缠绕在它的身上,缠得多了,把它拉倒了。

可是它就倒在地上仍旧开着花。

铲地的人一遇到它,总是把它拔了,可是越拔它越生得快,那

[①] "蛤蛤",疑为"蝈蝈"之误。

第一班开过的花子落下,落在地上,不久它就生出新的来。所以铲也铲不尽,拔也拔不尽,简直成了一种讨厌的东西了。还有那些被倭瓜缠住了的,若想拔它,把倭瓜也拔掉了。所以只得让它横躺竖卧的在地上也不能不开花。

长得非常之高,五六尺高,和玉蜀黍差不多一般高,比人还高了一点。红辣辣的开满了一片。

人们并不把它当做花看待,要折就折,要断就断,要连根拔也都随便。到这园子来玩的孩子随便折了一堆去,女人折了插满了一头。

这花园从园主一直到来游园的人没有一个人是爱护这花的。这些花从来不浇水,任着风吹,任着太阳晒,可是却越开越红,越开越旺盛,把园子煊耀得闪眼,把六月夸奖得和水滚着那么热。

胭粉豆、金荷叶、马蛇菜都开得像火一般。

其中尤其是马蛇菜,红得鲜明晃眼,红得它自己随时要破裂流下红色汁液来。

从磨房看这园子,这园子更不知鲜明了多少倍,简直是金属的了,简直像在火里边烧着那么热烈。

可是磨房里的磨倌是寂寞的。

他终天没有朋友来访他,他也不去访别人,他记忆中的那些生活也模糊下去了,新的一样也没有。他三十多岁了,尚未结过婚,可是他的头发白了许多,牙齿脱落了好几个,看起来像是个青年的老头。阴天下雨,他不晓得。春夏秋冬,在他都是一样。和他同院的住些什么人,他不去留心;他的邻居和他住得很久了,他没有记得,住的是什么人,他没有记得。

他什么都忘了,他什么都记不得,因为他觉得没有一件事情是新鲜的。人间在他是全然呆板的了。他只知道他自己是个磨倌,磨倌就是拉磨,拉磨之外的事情都与他毫无关系。

所以邻家的女儿，他好像没有见过；见过是见过的，因为他没有印象，就像没见过差不多。

磨房里，一匹小驴子围着一盘青白的圆石转着。磨道下面，被驴子经年的踢踏，已经陷下去一圈小洼槽。小驴的眼睛是戴了眼罩的，所以它什么也看不见，只是绕着圈瞎走。嘴上也给戴上了笼头，怕它偷吃磨盘上的麦子。

小驴知道，一上了磨道就该开始转了，所以走起来一声不响，两个耳朵尖尖的竖得笔直。

磨倌坐在罗架上，身子有点向前探着。他的面前竖了一只木架，架上横着一个用木做成的乐器，那乐器的名字叫："梆子"。

每一个磨倌都用一个，也就是每一个磨房都有一个。旧的磨倌走了，新的磨倌来了，仍然打着原来的梆子。梆子渐渐变成个元宝的形状，两端高而中间陷下，所发出来的音响也就不好听了，不响亮，不脆快，而且"踏踏"的沉闷的调子。

冯二成的梆子正是已经旧了的。他自己说：

"这梆子有什么用，打在这梆子上就像打在老牛身上一样。"

说尽管如此说，梆子他仍旧是打的。

磨眼上的麦子没有了，他去添一添。从磨漏下来的麦粉流了一磨盘，他过去扫了扫。小驴的眼罩松了，他替它紧一紧。若是麦粉磨得太多了，应该上风车子了，他就把风车添满，摇着风车的大手轮，吹了起来，把麦皮都从风车的后部吹了出去。那风车是很大的，好像大象那么大。尤其是当那手轮摇起来的时候，呼呼的作响，麦皮混着冷风从洞口喷出来。这风车摇起来是很好看的，同时很好听。可是风车并不常吹，一天或两天才吹一次。

除了这一点点工作，冯二成子多半是站在罗架上，身子向前探着，他的左脚踏一下，右脚踏一下。罗底磕着罗床，那力量是很大的，连地皮都抖动了，和盖新房子时打地基的功夫差不多，哐哐的，又沉重,又闷气,使人听了要睡觉的样子。

所有磨房里的设备都说过了,只不过还有一件东西没有说,那就是冯二成子的小炕了。那小炕没有什么好记载的。总之这磨房是简单、寂静、呆板。看那小驴竖着两个尖尖的耳朵,好像也不吃草也不喝水只晓得拉磨的样子。

冯二成子一看就看到小驴那两个直竖竖的耳朵,再看就看到墙下跑出的耗子,那滴溜溜亮的眼睛好像两颗小油灯似的。再看也看不见别的,仍旧是小驴的耳朵。

所以他不能不打梆子,从午间打起,一打打个通宵。

花儿和鸟儿睡着了,太阳回去了。大地变得清凉了好些。

从后花园透进来的夜气,凉爽爽的,风也不吹了,树也不摇了。

窗外虫子的鸣叫,远处狗的夜吠和冯二成子的梆子混在一起好像三种乐器似的。

磨房的小油灯忽咧咧的燃着(那小灯是刻在墙壁中间的,好像古墓里边点的长明灯似的),和有风吹着它似的。这磨房只有一扇窗子,还被挂满了黄瓜,把窗子遮得风雨不透。可是从哪里来的风?小驴也在响着鼻子抖擞着毛,好像小驴也着了寒了。

每天是如此:东方快启明的时候,朝露就先下来了;伴随着朝露而来的,是一种阴森森的冷气,这冷气冒着白烟似的沉重重的压到地面上来了。

落到屋瓦上,屋瓦从浅灰变到深灰色。落到茅屋上,那本来是浅黄的草,就变成深黄的了。因为露珠把它们打湿了,它们吸收了露珠的缘故。

惟有落到花上、草上、叶子上那露珠是原形不变,并且由小聚大。大叶子上聚着大露珠,小叶子上聚着小露珠。

玉蜀黍的缨穗挂上了霜似的,毛绒绒的。

倭瓜花的中心抱着一颗大水晶球。

剑形草是又细又长的一种野草,这野草顶不住太大的露珠,所以它的遍身都是一点点的小粒。

等到太阳一出来时,那亮晶晶的后花园无异于昨夜洒了银水了。

冯二成子看一看墙上的灯碗,在灯心上结了一个红橙橙的大灯花。他又伸手去摸一摸那生长在窗棂上的黄瓜,黄瓜跟水洗的一样。

他知道天快亮了,露水已经下来了。

这时候正是人们睡得正熟的时候。而冯二成子就像更焕发了起来。他的梆子就更响了,他拚命的打,他用了全身的力量,使那梆子响得爆豆似的。不但如此,那磨房唱了起来了,他大声急呼的。好像他是照着民间所流传的,他是招了鬼了。他有意要把远近的人家都惊动起来,他竟乱打起来,他不把梆子打断了,他不甘心停止似的。

有一天下雨了。

雨下得很大,青蛙跳进磨房来好几个,有些蛾子就不断的往小油灯上扑,扑了几下之后,被烧坏了翅膀就掉在油碗里溺死了,而且不久蛾子就把油灯碗给掉满了,所以油灯渐渐的不亮下去,几乎连小驴的耳朵都看不清楚。

冯二成子想要添些灯油,但是灯油在上房里,在主人的屋里。

他推开门一看,雨真是大得不得了,瓢泼的一样,而且上房里也怕是睡下了,灯光不很大,只是影影绰绰的。也许是因为下雨上了风窗的关系,才那样黑混混的。

——十步八步跑过去,拿了灯油就跑回来。——冯二成子想。

但雨也是太大了,衣裳非都湿了不可;湿了衣裳不要紧,湿了鞋子可得什么时候干。

他推开门看了好几次,也都是把门关上了没有跑过去。

可是墙上的灯又一会一会的要灭了,小驴的耳朵简直看不见了。他又打开门向上房看看,上房灭了灯了,院子里什么也看不见,只有隔壁赵老太太那屋还亮通通的。窗里还有格格的笑声。

那笑的是赵老太太的女儿。冯二成子不知为什么心里好不平静,他赶快关了门,赶快去拨灯碗,赶快走到磨架上,开始很慌张的打动着筛罗。可是无论如何那窗里的笑声好像还在那儿笑。

冯二成子打起梆子来,打了不几下,很自然的就会停住,又好像很愿意再听到那笑声似的。

——这可奇怪了,怎么像第一天那边住着人。——他自己想。

第二天早晨,雨过天晴了。

冯二成子在院子里晒他的那双湿得透透的鞋子时,偶一抬头见了赵老太太的女儿,跟他站了个对面。

冯二成子从来没和女人接近过,他赶快低下头去。

那邻家女儿是从井边来,提了满满的一桶水,走得非常慢。等她完全走过去了,冯二成子才抬起头来。

她那向日葵花似的大眼睛,似笑非笑的样子,冯二成子一想起来就无缘无故的心跳。

有一天冯二成子用一个大盆在院子里洗他自己的衣裳,洗着洗着一不小心,大盆从木凳滑落而打碎了。

赵老太太也在窗下缝着针线,连忙就喊她的女儿把自家的大盆搬出来,借给他用。

冯二成子接过那大盆时,他连看都没看赵姑娘一眼,连抬头都没敢抬头,但是赵姑娘的眼睛像向日葵花那么大,在想象之中他比看见来得清晰。于是他的手好像抖着似的把大盆接过来了。他又重新打了点水,没有打很多的,只打了一大盆底。

恍恍忽忽的衣裳也没有洗干净,他就晒起来了。

从那之后,他也并不常见赵姑娘,但他觉得好像天天见面的一样。尤其是到了夜深,他常常听到隔壁的笑声。

有一天,他打了一夜梆子。天亮了,他的全身都酸了。他把小驴子解下来,拉到下过朝露的潮湿的院子里,看着那小驴打了几个滚,而后把小驴拴到槽子上去吃草。他也该是睡觉的时候了。

他刚躺下就听到隔壁女孩的笑声,他赶快抓住被边把耳朵掩盖起来。

但那笑声仍旧在笑。

他翻了一个身,把背脊向着墙壁。可是仍旧不能睡。

他和那女孩相邻的住了两年多了,好像他听到她的笑还是最近的事情。他自己也奇怪起来。

那边虽是笑声停止了,但是又有别的声音了,刷锅,劈柴发火的声音,件件样样都听得清清晰晰。而后吃早饭的声音他都感觉得到了。

这一天,他实在睡不着,他躺在那里心中十分悲哀,他把这两年来的生活都回想了一遍。

刚来的那年,母亲来看过他一次。从乡下给他带来一筐子黄米豆包。母亲临走的时候还流了眼泪说:"孩儿你在外边好好给东家做事,东家错待不了你的……你老娘这两年身子不大硬实。一旦有个一口气不来,只让你哥哥把老娘埋起来就算了事。人死如灯灭,你就是跑到家又能怎样,……可千万要听娘的话,人家拉磨,一天拉好多麦子,是一定的,耽误不得,可要记住老娘的话。……"

那时冯二成子已经三十六岁了,他仍很小似的,听了那话就哭了。他抬起头看看母亲,母亲确是瘦得利害,而且也咳嗽得利害。

"不要这样傻气,你老娘说是这样说,哪就真会离开了你们的。你和你哥哥都是三十多岁了,还没成家,你老娘还要看到你们……"

冯二成子想到"成家"两个字,脸红了一阵。

母亲回到乡下去,不久就死了。

他没有照着母亲的话做,他回去了,他和哥哥亲自送的葬。

是八月里辣椒红了的时候。送葬回来沿路还摘了许多红辣椒炒着吃了。

以后再想一想,就想不起什么来了。拉磨的小驴子仍旧是原来的小驴子。磨房也一点没有改变,风车也是和他刚来时一样,黑洞洞的站在那里,连个方向也没改换。筛罗子一踏起来它就"咚咚"响。他向筛罗子看了一眼,宛如他不去踏它,它也在响的样子。

一切都习惯了,一切都照着老样子。他想来想去什么也没有变。什么也没有多,什么也没有少。这两年是怎样生活的呢?他自己也不知道,好像他没有活过的一样。他伸出自己的手来,看看也没有什么变化;捏一捏手指的骨节,骨节也是原来的样子,尖锐而突出。

他又回想到他更远的幼小的时候去,在沙滩上煎着小鱼,在河里脱光了衣裳洗澡。冬天堆了雪人,用绿豆给雪人做了眼睛,用红豆做了嘴唇。下雨的天气,妈妈打来了,就往水堆中跑……妈妈因此而打不着他。

再想又想不起什么来,这时候他昏昏沉沉的要睡了去。

刚要睡着,他又被惊醒了,好几次都是这样。也许是炕下的耗子,也许是院子里什么人说话。

但他每次睁开眼睛都觉得是邻家女儿惊动了他。他在梦中羞怯怯的红了好几次脸。

从这以后,他早晨睡觉时,他先站在地中心听一听,邻家是否有了声音。若是有了声音,他就到院子里拿着一把马刷子刷那小驴。

但是巧得很,那女孩子一清早就到院子来走动,一会出来拿一捆柴,一会出来泼一瓢水。总之他与她从这以后,好像天天相见。

这一天八月十五,冯二成子穿了崭新的衣裳,刚刚理过了头发回来,上房就嚷着:

"喝酒了,喝酒啦……"

因为过节是和东家同桌吃的饭,什么腊肉,什么松花蛋,样样皆有。其中下酒最好的要算凉拌粉皮,粉皮上外加着一束黄瓜丝,还有辣椒油洒在上面。

冯二成子喝足了酒,退出来了,连饭也没有吃,他打算到磨房去睡一觉。常年也不喝酒,喝了酒头有些昏。他从上房走出来,走到院子里碰到了赵老太太,她手里拿着一包月饼,正要到亲戚家去。她一见了冯二成子,她连忙喊着女儿说:

"你快拿月饼给老冯吃。过节了,在外边的跑腿人,不要客气。"

说完了赵老太太就走了。

冯二成子接过月饼在手里,他看那姑娘满身都穿了新衣裳,脸上涂着胭脂和香粉。因为他怕难为情,他想说一声谢谢也没有说出来,回身就进了磨房。

磨房比平日更冷清了,小驴也没有拉磨,磨盘上供着一块黄色的牌位,上面写着"白虎神之位",燃了两根红蜡烛,烧着三炷香。

冯二成子迷迷昏昏吃完了月饼,靠着罗架站着,眼睛望着窗外的花园。他一无所思的往外看着,正这时又有了女人的笑声,并且这笑声是熟悉的,但不知这笑声是从哪方面来的,后花园还是隔壁?

他一回身就看见了邻家的女儿站在大开着的门口。

她的嘴是红的,她的眼睛是黑的,她的周身发着光辉带着吸力。

他怕了，低了头不敢再看。

那姑娘自言自语的说：

"这儿还供着白虎神呢！"

说着她的一个小同伴招呼着她就跑了。

冯二成子几乎要昏倒了，他坚持着自己，他睁大了眼睛，看一看自己的周遭，看一看是否在做梦。

这哪里是在做梦，小驴站在院子里吃草，上房还没有喝完酒的划拳的吵闹声仍还没有完结。他站到磨房外边，向着远处都看了一遍。远处的人家，有的在树林中，有的在白云中露着屋角，而附近的人家，就是同院子住着的也都恬静的在节日里边升腾着一种看不见的欢喜，流荡着一种听不见的笑声。

但冯二成子看着什么都是空虚的。寂寞的秋空的游丝，飞了他满脸，挂住了他的鼻子，绕住了他的头发。他用手把游丝揉擦断了，他还是往前看去。

他的眼睛充满了亮晶晶的眼泪，他的心中起了一阵莫明其妙的悲哀。

他羡慕在他左右跳着的活泼的麻雀，他妒恨房脊上咕咕叫的悠闲的鸽子。

他的感情软弱得像要瘫了的蜡烛似的。他心里想：鸽子你为什么叫，你叫得人心慌。你不能不叫吗？游丝你为什么绕了我满脸，你多可恨！

恍恍忽忽他又听到那女孩子的笑声。

而且和闪电一般，那女孩来到他的面前了。从他面前跑过去了。一转眼跑得无影无踪的。

冯二成子仿佛被卷在旋风里似的，迷迷离离的被卷了半天，而后旋风把他丢弃了。旋风自己跑去了，他仍旧是站在磨房外边。

从这以后,可怜的冯二成子害了相思病,脸色灰白,眼圈发紫,茶也不想吃,饭也咽不下,他一心一意的想着那邻家的姑娘。

读者们,你们读到这里,一定以为那磨房里的磨倌必得要和邻家女儿发生一点关系。其实不然的。后来是另外的一位寡妇。

世界上竟有这样谦卑的人,他爱了她,他又怕自己的身份太低,怕毁坏了她。他偷着对她寄托一种心思,好像他在信仰一种宗教一样。邻家女儿根本不晓得有这么一回事。

不久邻家女儿来了说媒的,不久那女儿就出嫁去了。

婆家来娶新媳妇的那天,抬着花轿子,打着锣鼓,吹着喇叭,就在磨房的窗外连吹带打地热闹了起来。

冯二成子把头伏在梆子上,他闭了眼睛,他一动也不动。

那边姑娘穿了大红的衣裳,擦了胭脂粉,满手抓着铜钱,被人抱上了轿子。放了一阵爆仗,敲了一阵铜锣,抬起轿子来走了。

走得很远很远了,走出了街去,那打锣声只能丝丝拉拉听到一点。

冯二成子仍旧没有把头抬起。一直到那轿子走出几里路之外,就连被娶亲惊醒了的狗叫也都平静下去时,他才抬起头来。

那小驴蒙着眼罩静静的一圈一圈的在拉着空磨。

他看一看磨眼上一点麦子也没有了,白花花的麦粉流了满地。

那女儿出嫁以后,冯二成子常常和赵老太太攀谈,有的时候还到老太太的房里坐一坐。他不知为什么总把那老太太当做一位近亲来看待,早晚相见时,总是彼此笑笑。

这样也就算了,他觉得那女儿出嫁了反而随便些。

可是这样过了没多久,赵老太太也要搬家了,搬到女儿家去。

冯二成子帮着去收拾东西。在他收拾着东西时,他看见针线簸里有一个细小的白骨顶针。他想:这可不是她的?那姑娘又活跃跃的来在他的眼前。他看见了好几样东西,都是那姑娘的。刺花的围裙卷在小柜门里,一团扎过了的红头绳子洗得干干净净的用一块纸包着。他在许多乱东西里拾到这纸包,他打开一看,他问赵老太太,这头绳要放在哪里?老太太说:

"放在小梳头匣子里吧,我好给她带去。"

冯二成子打开了小梳头匣,他看见几根扣发针,和一个假烧蓝翠的戒指仍放在里边。他嗅到一种梳头油的香气。他想这一定是那姑娘的,他把梳头匣关了。

他帮着老太太把东西收拾好,装上了车,还牵着拉车的大黑骡子上前去送了一程。

送到郊外,迎面的菜花都开了,满野飘着香气。老太太催他回来,他说他再送一程。他好像对着旷野要高歌的样子,他的胸怀像飞鸟似的张着,他面向着前面,放着大步,好像他一去就不回来的样子。

可是冯二成子回来的时候,太阳还正晌午。虽然是秋天了,没有夏天那么鲜艳,但是到处飘着香气,高粱成熟了,大豆黄了秧子,野地上仍旧是红的红,绿的绿。冯二成子沿着原路往回走。走了一程他还转回身去向着赵老太太走去的远方望一望。但是连一点影子都看不见了。

蓝天凝静得那么严酷,连一些皱褶也没有,简直像是用蓝色纸剪成的。他用了他所有的目力,探究着蓝色的天边处,是否还存在着一点点黑点;若是还有一个黑点,那就是赵老太太的车子了。可是连一个黑点也没有,实在是没有的,只有一条白亮亮的大路,向着蓝天那边爬去。爬到蓝天的尽头,这大路只剩了窄狭的一条。

赵老太太这一去什么时候再能够见到,没有和她约定时间,也没有和她约定地方。他想顺着大路跑去,跑到赵老太太的车子前面,拉住了大黑骡子,他要向她说:

"不要忘记了你的邻居,上城里来的时候可来看我一次。"

但是车子一点影也没有了,追也追不上了。

他转回身来,仍走他的归途,他觉得这回来的路,比去的时候不知远了多少倍。

他不知为什么这次送赵老太太,比送他自己的亲娘还更难过。他想:人活着为什么要分别,既然永远分别,当初又何必认识。人与人之间又是谁给造了这个机会?既然造了机会,又是谁把机会给取消了?

他越走他的脚越沉重,他的心越空虚,就在一个有树荫的地方坐下来。他往四方左右望一望。他望到的,都是在劳动着的,都是在活着的,赶车的赶车,拉马的拉马,割高粱的人,满头流着大汗。还有的手被高粱秆扎破了,或是脚被扎破了,还浸浸的泌着血,而仍是不停的在割。他看了一看,他不能明白这都是在做什么,他不明白这都是为着什么。他想:你们那些手拿着的,脚踏着的,到了终归,你们是什么也没有的。你们没有了母亲,你们的父亲早早死了。你们该娶的时候,娶不到你们所想的。你们到老的时候,看不到你们的子女成人,你们就先累死了。

冯二成子看一看自己的鞋子掉底了,于是脱下鞋子用手提鞋子,站起来光着脚走。他越走越奇怪,本来是往回走,可是心越走越往远处飞。究竟飞到哪里去了,他自己也把捉不定。总之他越往回走,他就越觉得空虚。路上他遇到了一些推手车的,挑担的,他都用了奇怪的眼光看了他们一下:

你们是什么也不知道,你们只知道为你们的老婆孩子当一辈子牛马,你们都白活了,你们自己还不知道。你们要吃的吃不到嘴,要穿的穿不上身,你们为了什么活着?活得那么起劲。

他看见几个卖豆腐脑的,搭着白布篷,篷下站着好几个人在吃。有的争着要多加点酱油,而那卖豆腐脑的偏偏给他加上几粒盐。卖豆腐脑的说酱油太贵,多加要赔本的。于是为着点酱油争吵了起来。冯二成子老远的就听他们在嚷嚷。他用斜眼看了那卖豆腐脑的：

你这个小气人,你为什么那么苛刻,你都是为了老婆孩子。你要白白活这一辈子,你省吃俭用,到头你还不是个穷鬼!

冯二成子这一路上所看到的几乎完全是这一类人。

他用各种眼光批评了他们。

他走了一会转回身去,看看远方,并且站着等了一会,好像远方会有什么东西自动向他飞来,又好像远方有谁在招呼着他。他几次三番的这样停下来,好像他侧着耳朵细听。但只有雀子的叫声从他头上飞过。其余没有别的了。

他又转身向回走,但走得非常迟缓,像走在荆蓁的草中。仿佛他走一步,被那荆蓁拉住过一次。

终于他全然没有了气力,全身和头脑。他找到一片小树林,他在那里伏在地上哭了一袋烟的工夫。他的眼泪落了一满树根。

他回想着那姑娘束了花围裙的样子,那走路的全身愉快的样子。他再想那姑娘是什么时候搬来的？他连一点印象也没有记住,他后悔他为什么不早点发现她。她的眼睛看过他两三次,他虽不敢直视过去,但他感觉得到,那眼睛是深黑的,含着无限情意的。他想到了那天早晨他与她站了个对面,那眼睛是多么大！那眼光是直逼着他而来的。他一想到这里,他恨不得站起来扑过去。但是现在都完了,都去得无声无息的那么远了,也一点痕迹没有留下,也永久不会重来了。

这样广茫茫的人间,让他走到哪方面去呢？是谁让人如此,把人生下来,并不领给他一条路子,就不管他了。

黄昏的时候,他从地面上抓了两把泥土,他昏昏沉沉的站起来,仍旧得走他的归路。

他好像失了魂魄的样子,回到了磨房。

看一看罗架好好的在那儿站着,磨盘好好的在那儿放着,一切都没有变动。吹来的风依旧是很凉爽的。从风车吹出来的麦皮仍旧在大篓子里盛着,他抓起一把放在手心上擦了擦,这都是昨天磨的麦子,昨天和今天是一点也没有变。他拿了刷子刷了一下磨盘,残余的麦粉冒了一阵白烟。这一切都和昨天一样,什么也没有变。耗子的眼睛仍旧是很亮很亮的跑来跑去。后花园静静的和往日里一样的没有声音。上房里东家的太太抱着孙儿和邻居讲话,讲得仍旧和往常一样热闹。担水的往来在井边,有谈有笑的放着大步往来的跑,绞着井绳的转车喀拉喀拉的大大方方的响着。一切都是快乐的,有意思的。就连站在槽子那里的小驴,一看冯二成子回来了,也表示欢迎似的张开大嘴来叫了几声。冯二成子走上前去,摸一摸小驴的耳朵,而后从草包取一点草散在槽子里,又而后领了那小驴到井边去饮水。

他打算再工作起来,把小驴仍旧架到磨上,而他自己还是愿意鼓动着勇气打起梆子来。但是他未能做到,他好像丢了什么似的,好像是被人家抢去了什么似的。

他没有拉磨,他走到街上来荡了半夜,二更之后,街上的人稀疏了,都回家去睡觉去了。

他经过靠着缝衣裳来过活的老王那里,看她的灯还未灭,他想进去歇一歇脚也是好的。

老王是一个三十多岁的寡妇,因为生活的忧心,头发白了一半了。

她听了是冯二成子来叫门,就放下了手里的针线来给他开门了。

还没等他坐下,她就把缝好的冯二成子的蓝单衫取出来了,并且说着:

"我这两天就想要给你送去,为着这两天活计多,多做一件,多赚几个,还让你自家来拿……"

她抬头一看冯二成子的脸色是那么冷落,她忙着问:

"你是从街上来的吗?是从哪儿来的?"

一边说着一边就让冯二成子坐下。

他不肯坐下,打算立刻就要去,可是老王说:

"有什么不痛快的,跑腿子在外的人,要舒心坦意。"

冯二成子还是没有响。

老王跑出去给冯二成子买了些烧饼来,那烧饼还是又脆又热的,还买了酱肉。老王手里有钱时常常自己喝一点酒,今天也买了酒来。

酒喝到三更,王寡妇说:

"人活着就是这么的,有孩子的为孩子忙,有老婆的为老婆忙,反正做一辈子牛马。年轻的时候,谁还不是像一棵小树似的,盼着自己往大了长,好像有多少黄金在前边等着。可是没有几年,体力也消耗完了,头发黑的黑,白的白……"

她给他再斟一盅酒。

她斟酒时,冯二成子看她满手都是筋络,苍老得好像大麻的叶子一样。

但是她说的话,他觉得那是对的。于是他把那盅酒举起来就喝了。

冯二成子也把近日的心情告诉了她。他说他对什么都是烦躁的,对什么都没有耐性了。他所说的她都理解得很好,接着他的话,她所发的议论也和他的一样。

喝过了三更以后,冯二成子也该回去了。他站起来,抖擞一下他的前襟,他的感情宁静多了,他也清晰得多了,和落过雨后又复见了太阳似的。他还拿起老王在缝着的衣裳看看,问她一件夹袄手工多少钱。

老王说:"那好说,那好说,有夹袄尽管拿来做吧。"

说着她就拿起一个烧饼把剩下的酱肉通通夹在烧饼里,让冯二成子带着:

"过了半夜,酒要往上返的,吃下去压一压酒。"

冯二成子百般的没有要,开了门,出来了,满天都是星光;中秋以后的风,也有些凉了。

"是个月黑头夜,可怎么走!我这儿也没有灯笼……"

冯二成子说不要不要,就走出来了。

在这时有一条狗往屋里钻,老王骂着那狗:

"还没有到冬天,你就怕冷了,你就往屋里钻。"

因为是夜深了的缘故,这声音很响。

冯二成子看一看附近的人家都睡了。王寡妇也在他的背后闩上了门。适才从门口流出来的那道灯光,在闩门的声音里边,又被收了回去。

冯二成子一边看着天空的北斗星,一边来到了小土坡前。那小土坡上长着不少野草,脚踏在上边,绒绒乎乎的。于是他蹲了双腿,试着用指尖搔一搔,是否这地方可以坐一下。

他坐在那里非常宁静,前前后后的事情,他都忘得干干净净。他心里边没有什么骚绕,什么也没有想,好像什么也想不起来了。晌午他送赵老太太走的那回事,似乎是多少年前的事情。现在他觉得人间并没有许多人,所以彼此没有什么妨害,他的心境自由得多了,也宽舒得多了,任着夜风吹着他的衣襟和裤脚。

他看一看远近的人家,差不多都睡觉了,尤其是老王的那一排房子,通通睡了,只有王寡妇的窗子还透着灯光。他看了一会,他又把眼睛转到另外的方向去,有的透着灯光的窗子,眼睛看着看着,窗子忽然就黑了一个,忽然又黑了一个。屋子一灭掉了灯,竟好像沉到深渊里边去的样子,立刻消灭了。

而老王的窗子仍旧是亮的,她的四周都黑了,都不存在了,那就更显得她单独的停在那里。

"她还没有睡呢!"他想。

她怎么还不睡,他似乎这样想了一下。是否他还要回到她那边去,他心里很犹疑。

等他不自觉的又回到老王的窗下时,他终于敲了她的门。里边应着的声音并没有惊奇,开了门让他进去。

这夜,冯二成子就在王寡妇家里结了婚了。

他并不像世界上所有的人结婚那样:也不跳舞,也不招待宾客;也不到礼拜堂去。而也并不像邻家姑娘那样打着铜锣,敲着大鼓。但是他们庄严得很,因为百感交集,彼此哭了一遍。

第二年夏天,后花园里的花草又是那么热闹,倭瓜淘气的爬上了树了,向日葵开了大花,惹得蜂子成群的闹着,大菽茨、爬山虎、马蛇菜、胭粉豆,样样都开了花。耀眼的耀眼,散着香气的散着香气。年年爬到磨房窗棂上来的黄瓜,今年又照样的爬上来了;年年结果子的,今年又照样的结了果子。

惟有墙上的狗尾草比去年更为茂盛,因为今年雨水多而风少。

园子里虽然是花草鲜艳,而很少有人到园子里来,是依然如故。

偶然园主的小孙女跑进来折一朵大菽茨花,听到屋里有人喊着:

"小春,小春……"

她转身就跑回屋去,而后把门又轻轻的闩上了。

算起来就要一年了,赵老太太的女儿就是从这靠着花园的厢房出嫁的。在街上冯二成子碰到那出嫁的女儿一次,她的怀里抱着一个小孩。

可是冯二成子也有了小孩了。磨房里拉起了一张白布帘子来，帘子后边就藏着出生不久的婴孩和孩子的妈妈。

又过了两年，孩子的妈妈死了。

冯二成子坐在罗架上打筛罗时，就把孩子骑在梆子上。夏昼十分热了，冯二成子把头垂在孩子的腿上，打着瞌睡。

不久那孩子也死了。

后花园里经过了几度繁华，经过了几次凋零，但那大菽茨花它好像世世代代要存在下去的样子，经冬复历春，年年照样的在园子里边开着。

园主人把后花园里的房子都翻了新了，只有这磨房连动也没动，说是磨房用不着好房子的，好房子也让筛罗"咚咚"的震坏了。

所以磨房的屋瓦，为着风吹，为着雨淋，一排一排的都脱了节。每刮一次大风，屋瓦就要随着风在半天空里飞走了几块。

夏昼，冯二成子伏在梆子上，每每要打瞌睡。他瞌睡醒来时，昏昏庸庸的他看见眼前跳跃着无数条光线，他揉一揉眼睛，再仔细看一看，原来是房顶露了天了。

以后两年三年，不知多少年，他仍旧在那磨房里平平静静的活着。

后花园的园主也老死了，后花园也拍卖了。这拍卖只不过给冯二成子换了个主人。这个主人并不是个老头，而是个年轻的，爱漂亮、爱说话的，常常穿了很干净的衣裳来在磨房的窗外，看那磨倌怎样打他的筛罗，怎样摇他的风车。

一九四〇年四月

（原载1940年4月10日至25日香港《大公报》副刊《文艺》及《学生界》）

小 城 三 月

一

三月的原野已经绿了,像地衣那样绿,透出在这里,那里。郊原上的草,是必须转折了好几个弯儿才能钻出地面的,草儿头上还顶着那胀破了种粒的壳,发出一寸多高的芽子,欣幸的钻出了土皮。放牛的孩子,在掀起了墙脚下面的瓦片时,找到了一片草芽了,孩子们到家里告诉妈妈,说:"今天草芽出土了!"妈妈惊喜的说:"那一定是向阳的地方!"抢根菜的白色的圆石似的籽儿在地上滚着,野孩子一升一斗的在拾。蒲公英发芽了,羊咩咩的叫,乌鸦绕着杨树林子飞,天气一天暖似一天,日子一寸一寸的都有意思。杨花满天照地的飞,像棉花似的。人们出门都是用手捉着,杨花挂着他了。草和牛粪都横在道上,放散着强烈的气味。远远的有用石子打船的声音,空空……的大响传来。

河冰发了,冰块顶着冰块,苦闷的又奔放的向下流。乌鸦站在冰块上寻觅小鱼吃,或者是还在冬眠的青蛙。

天气突然的热起来,说是"二八月,小阳春",自然冷天气还是要来的,但是这几天可热了。春天带着强烈的呼唤从这头走到那头……

小城里被杨花给装满了,在榆钱还没变黄之前,大街小巷到处飞着,像纷纷落下的雪块……

春来了,人人像久久等待着一个大暴动,今天夜里就要举行,人人带着犯罪的心情,想参加到解放的尝试……春吹到每个人的心坎,带着呼唤,带着蛊惑……

我有一个姨,和我的堂哥哥大概是恋爱了。

姨母本来是很近的亲属,就是母亲的姊妹。但是我这个姨,她不是我的亲姨,她是我的继母的继母的女儿。那么她可算与我的继母有点血统的关系了,其实也是没有的。因为我这个外祖母已经做了寡妇之后才来到的外祖父家,翠姨就是这个外祖母的原来在另外的一家所生的女儿。

翠姨还有一个妹妹,她的妹妹小她两岁,大概是十七八岁,那么翠姨也就是十八九岁了。

翠姨生得并不是十分漂亮,但是她长得窈窕,走起路来沉静而且漂亮,讲起话来清楚的带着一种平静的感情。她伸手拿樱桃吃的时候,好像她的手指尖对那樱桃十分可怜的样子,她怕把它触坏了似的轻轻的捏着。

假若有人在她的背后招呼她一声,她若是正在走路,她就会停下,若是正在吃饭,就要把饭碗放下,而后把头向着自己的肩膀转过去,而全身并不大转,于是她自觉的闭合着嘴唇,像是有什么要说而一时说不出来似的……

而翠姨的妹妹,忘记了她叫什么名字,反正是一个大说大笑的,不十分修边幅,和她的姐姐完全不同。花的绿的,红的紫的,只要是市上流行的,她就不大加以选择,做起一件衣服来赶快就穿在身上。穿上了而后,到亲戚家去串门,人家恭维她的衣料怎样漂亮的时候,她总是说,和这完全一样的,还有一件,她给了她的姐姐了。

我到外祖父家去,外祖父家里没有像我一般大的女孩子陪着我玩,所以每当我去,外祖母总是把翠姨喊来陪我。

翠姨就住在外祖父的后院,隔着一道板墙,一招呼,听见就来了。

外祖父的院子和翠姨住的院子,虽然只隔一道板墙,但是却没有门可通,所以还得绕到大街上去从正门进来。

因此有时翠姨先来到板墙这里,从板墙缝中和我打了招呼,而后回到屋去装饰了一番,才从大街上绕了个圈来到她母亲的家里。

翠姨很喜欢我,因为我在学堂里念书,而她没有,她想什么事我都比她明白。所以她总是有许多事务同我商量,看看我的意见如何。

到夜里,我住在外祖父家里了,她就陪着我也住下的。

每每从睡下了就谈,谈过了半夜,不知为什么总是谈不完……

开初谈的是衣服怎么穿,穿什么样的颜色的,穿什么样的料子。比如走路应该快或是应该慢。有时白天里她买了一个别针,到夜里她拿出来看看,问我这别针到底是好看或是不好看。那时候,大概是十五年前的时候,我们不知别处如何装扮一个女子,而在这个城里几乎个个都有一条宽大的绒绳结的披肩,蓝的,紫的,各色的也有,但最多多不过枣红色了。几乎在街上所见的都是枣红色的大披肩了。

哪怕红的绿的那么多,但总没有枣红色的最流行。

翠姨的妹妹有一张,翠姨有一张,我的所有的同学,几乎每人有一张。就连素不考究的外祖母的肩上也披着一张,只不过披的是蓝色的,没有敢用那最流行的枣红色的就是了。因为她总算年纪大了一点,对年轻人让了一步。

还有那时候都流行穿绒绳鞋,翠姨的妹妹就赶快的买了穿上。

因为她那个人很粗心大意,好坏她不管,只是人家有她也有。别人是人穿衣裳,而翠姨的妹妹就好像被衣服所穿了似的。芜芜杂杂。但永远合乎着应有尽有的原则。

翠姨的妹妹的那绒绳鞋,买来了,穿上了。在地板上跑着,不大一会工夫,那每只鞋脸上系着的一只毛球,竟有一个毛球已经离开了鞋子,向上跳着,只还有一根绳连着,不然就要掉下来了。很好玩的,好像一颗大红枣被系到脚上去了。因为她的鞋子也是枣红色的。大家都在嘲笑着她的鞋子一买回来就坏了。

翠姨,她没有买,她怀疑了好久。无管什么新样的东西到了,她总不是很快的就去买了来,也许她心里边早已经喜欢了,但是看上去她都像反对似的,好像她都不接受。

她必得等到许多人都开始采办了,这时候看样子,她才稍稍有些动心。

好比买绒绳鞋,夜里她和我谈话,问过我的意见,我说也是好看的,我有很多的同学,她们也都买了绒绳鞋。

第二天翠姨就要求我陪着她上街,先不告诉我去买什么,进了铺子选了半天别的,才问到我绒绳鞋。

走了几家铺子,都没有,都说是已经卖完了。我晓得店铺的人总是这样瞎说的。表示他家这店铺平常总是最丰富的,只恰巧你要的这件东西,他就没有了。我劝翠姨说咱们慢慢的走,别家一定会有的。

我们是坐马车从街梢上的外祖父家来到街中心的。

见了第一家铺子,我们就下了马车。不用说,马车我们已经是付过了价钱的。等我们买好了东西回来的时候,会另外叫一辆的。因为我们不知道要得多久。大概看见什么好,虽然不需要也要买点,或是东西已经买全了不必要再多留连,也要留连一会,或是买东西的目的,本来只在一双鞋,而结果鞋子没有买到,反而啰里啰索的买回来许多用不着的东西。

这一天,我们辞退了马车,进了第一家店铺。

在别的大城市里没有这种情形,而在我家乡里往往是这样,坐了马车,虽然是付过了钱,让他去自由的兜揽生意,但是他常常还仍旧等候在铺子的门外,等一出来,他仍旧请你坐他的车吧。

我们走进第一个铺子,一问没有。于是就看了些别的东西,从绸缎看到呢绒,从呢绒再看到绸缎。布匹是根本不看的,并不像母亲们进了店铺那样子,这个买去做被单,那个买去做棉袄的,因为我们管不了被单棉袄的事。母亲们一月不进店铺,一进店铺又是这个便宜应该买,那个不贵,也应该买。比方一块在夏天才用得的花洋布,母亲们冬天里就买起来了,说是趁着便宜多买点,总是用得着的。而我们就不然了,我们是天天进店铺的,天天搜寻些个看的是贵的,值钱的,平常时候,绝对的用不到想不到的。

那一天我们就买了许多花边回来,钉着光片的,带着琉璃的。说不上要做什么样的衣服才配得着这种花边。也许根本没有想到做衣服,就贸然的把花边买下了。一边买着,一边说好,翠姨说好,我也说好。到了后来,回到家里,当众打开了让大家批判。这个一言,那个一语,让大家说得也有点没有主意了,心里已经五六分空虚了。于是赶快的收拾了起来,或者从别人的手中夺过来,把它包起来,说她们不识货,不让她们看了。

勉强说着:

"我们要做一件红金丝绒的袍子,把这个黑琉璃边镶上。"

或是:

"这红的我们送人去……"

说虽仍旧如此说,心里已经八九分空虚了,大概是这些所心爱的,从此就不会再出头露面的了。

在这小城里,商店究竟没有多少,到后来又加上看不到绒绳鞋,心里着急,也许跑得更快些,不一会工夫,只剩了三两家了。而那三两家,又偏偏是不常去的,铺子小,货物少。想来它那里也是一定不会有的了。

我们走进一个小铺子里去,果然有三四双非小即大。而且颜色都不好看。

翠姨有意要买,我就觉得奇怪,原来就不十分喜欢,既然没有好的,又为什么要买呢?让我说着,没有买成回家去了。

过了两天,我把买鞋子这件事情早经忘了。

翠姨忽然又提议要去买。

从此我知道了她的秘密,她早就爱上了那绒绳鞋了,不过她没有说出来就是。她的恋爱的秘密就是这样子的,她似乎要把它带到坟墓里去,一直不要说出口,好像天底下没有一个人值得听她的告诉……

在外边飞着满天的大雪,我和翠姨坐着马车去买绒绳鞋。我们身上围着皮褥子,赶车的车夫高高的坐在车夫台上,摇晃着身子唱着沙哑的山歌:"喝咧咧……"耳边的风呜呜的啸着,从天上倾下来的大雪迷乱了我们的眼睛,远远的天隐在云雾里,我默默的祝福翠姨快快买到可爱的绒绳鞋,我从心里愿意她得救……

市中心远远的朦朦胧胧的站着,行人很少,全街静悄无声。我们一家挨一家的问着,我比她更急切,我想赶快买到吧,我小心的盘问着那些店员们,我从来不放弃一个细微的机会,我鼓励翠姨,没有忘记一家。使她都有点儿诧异,我为什么忽然这样热心起来。但是我完全不管她的猜疑,我不顾一切的想在这小城里,找出一双绒绳鞋来。

只有我们的马车,因为载着翠姨的愿望,在街上奔驰得特别的清醒,又特别的快。雪下得更大了,街上什么人都没有了,只有我们两个人,催着车夫,跑来跑去。

一直到天都很晚了，鞋子没有买到。翠姨深深的看到我的眼里说："我的命，不会好的。"我很想装出大人的样子，来安慰她，但是没有等到找出什么适当的话来，泪便流出来了。

二

翠姨以后也常来我家住着，是我的继母把她接来的。

因为她的妹妹订婚了，怕是她一旦的结了婚，忽然会剩下她一个人来，使她难过。因为她的家里并没有多少人，只有她的一个六十多岁的老祖父，再就是一个也是寡妇的伯母，带一个女儿。

堂姊妹照理本该在一起玩耍解闷的，但是因为性格的相差太远，一向是水火不同炉的过着日子。

她的堂妹妹，我见过，永久是穿着深色的衣裳，黑黑的脸。一天到晚陪着母亲坐在屋子里，母亲洗衣裳，她也洗衣裳，母亲哭，她也哭。也许她帮着母亲哭她死去的父亲，也许哭的是她们的家穷。那别人就不晓得了。

本来是一家的女儿，翠姨她们两姊妹却像有钱的人家的小姐，而那个堂姊妹，看上去却像乡下丫头。这一点使她得到常常到我们家里来住的权利。

她的亲妹妹订婚了，再过一年就出嫁了。在这一年中，妹妹大大的阔气了起来，因为婆家那方面一订了婚就来了聘礼。这个城里，从前不用大洋票，而用的是广信公司出的帖子[①]，一百吊一千吊的论。她妹妹的聘礼大概是几万吊。所以她忽然不得了起来，今天买这样，明天买那样。花别针一个又一个的，丝头绳一团一团

[①] 帖子，亦称"钱帖"，系银号等发行具有地方性、地区性的辅助货币，持帖可向发帖者兑取现金。

的,带穗的耳坠子,洋手表,样样都有了。每逢出街的时候,她和她的姐姐一道,现在总是她付车钱了,她的姐姐要付,她却百般的不肯,有时当着人面,姐姐一定要付,妹妹一定不肯,结果闹得很窘,姐姐无形中觉得一种权力被人剥夺了。

但是关于妹妹的订婚,翠姨一点也没有羡慕的心理。妹妹未来的丈夫,她是看过的,没有什么好看,很高,穿着蓝袍子黑马褂,好像商人,又跨一个小土绅士。又加上翠姨太年轻了,想不到什么丈夫,什么结婚。

因此虽然妹妹在她的旁边一天比一天的丰富了起来,妹妹是有钱了,但是妹妹为什么才有钱的,她没有考查过。

所以当妹妹尚未离开她之前,她绝对的没有重视"订婚"的事。

就是妹妹已经出嫁了,她也还是没有重视"订婚"的这事。

不过她常常的感到寂寞。她和妹妹出来进去的,因为家庭环境的孤寂,竟好像一对双生子似的,而今去了一个。不但翠姨自己觉得单调,就是她的祖父也觉得她可怜。

所以自从她的妹妹嫁了,她就不大回家,总是住在她的母亲的家里,有时我的继母也把她接到我们家里。

翠姨非常聪明,她会弹大正琴,就是前些年所流行在中国的一种日本琴,她还会吹箫或是会吹笛子。不过弹那琴的时候却很多。住在我家里的时候,我家的伯父,每在晚饭之后必同我们玩这些乐器的。笛子,箫,口琴,日本琴,风琴,月琴,还有什么打琴。真正的西洋的乐器,可一样也没有。

在这种正玩得热闹的时候,翠姨也来参加了。翠姨弹了一个曲子,和我们大家立刻就配合上了。于是大家都觉得在我们那已经天天闹熟了的老调子之中,又多了一个新的花样。于是立刻我们就加倍的努力,正在吹笛子的把笛子吹得特别响,把笛膜振抖得似乎就要爆裂了似的滋滋的叫着。十岁的弟弟在吹口琴,他摇着头,好像要把那口琴吞下去似的,至于他吹的是什么调子,已经是没有人留意了。在大家忽然来了勇气的时候,似乎只需要这种胡闹。

而那按风琴的人,因为越按越快,到后来也许是已经找不到琴键了,只是那踏脚板越踏越快,踏的呜呜的响,好像有意要毁坏了那风琴,而想把风琴撕裂了一般地。

大概所奏的曲子是《梅花三弄》,也不知道接连的弹过了多少圈,看大家的意思都不想要停下来。不过到了后来,实在是气力没有了,找不着拍子的找不着拍子,跟不上调的跟不上调,于是在大笑之中,大家停下来了。

不知为什么,在这么快乐的调子里边,大家都有点伤心,也许是乐极生悲了,把我们都笑得一边流着眼泪,一边还笑。

正这时候,我们往门窗处一看,我的最小的小弟弟,刚会走路,他也背着一个很大的破手风琴来参加了。

谁都知道,那手风琴从来也不会响的。把大家笑死了。在这回得到了快乐。

我的哥哥(伯父的儿子,钢琴弹得很好),吹箫吹得最好,这时候他放下了箫,对翠姨说:"你来吹吧!"翠姨却没有言语,站起身来,跑到自己的屋子去了,我的哥哥,好久好久的看住那帘子。

三

翠姨在我家,和我住一个屋子。月明之夜,屋子照得通亮,翠姨和我谈话,往往谈到鸡叫,觉得也不过刚刚半夜。

鸡叫了,才说:"快睡吧,天亮了。"

有的时候,一转身,她又问我:

"是不是一个人结婚太早不好,或许是女子结婚太早是不好的?"

我们以前谈了很多话,但没有谈到这些。

总是谈什么,衣服怎样穿,鞋子怎么买,颜色怎样配,买了毛线来,这毛线应该打个什样的花纹,买了帽子来,应该批判这帽子还微微有点缺点,这缺点究竟在什么地方,虽然说是不要紧,或者是一点关系也没有,但批评总是要批评的。

有时再谈得远一点,就是表姊表妹之类订了婆家,或是什么亲戚的女儿出嫁了。或是什么耳闻的,听说的,新娘子和新姑爷闹别扭之类。

那个时候,我们的县里,早就有了洋学堂了,小学好几个,大学没有。只有一个男子中学,往往成为谈论的目标。谈论这个,不单是翠姨,外祖母、母亲、姑姑、姐姐之类,都愿意讲究这当地的中学的学生。因为他们一切洋化,穿着裤子,把裤腿卷起来一寸,一张口格得毛宁①外国话,他们彼此一说话就答答答②,听说这是什么毛子话。而更奇怪的就是他们见了女人不怕羞。这一点,大家都批评说是不如从前了,从前的书生,一见了女人脸就红。

我家算是最开通的了,叔叔和哥哥他们都到北京和哈尔滨那些大地方去读书了,他们开了不少的眼界,回到家里来,大讲他们那里都是男孩子和女孩子同学。

这一题目,非常的新奇,开初都认为这是造了反。后来因为叔叔也常和女同学通信,因为叔叔在家庭里是有点地位的人,并且父亲从前也加入过国民党,革过命,所以这个家庭都"咸与维新"起来。

---

① 格得毛宁,英语 Good morning 的音译,意为早安。
② 答答答,俄语 да,да,да 的音译,意为是的,对的。

因此在我家里一切都是很随便的,逛公园,正月十五看花灯,都是不分男女,一齐去。

而且我家里设了网球场,一天到晚的打网球,亲戚家的男孩子来了,我们也一齐的打。

这都不谈,仍旧来谈翠姨。

翠姨听了很多的故事。关于男学生结婚的事情,就是我们本县里,已经有几件事情是不幸的了。有的结婚了,从此就不回家了;有的娶来了太太,把太太放在另一间屋子里住着,而自己却永久住在书房里。

每逢讲到这些故事时,多半别人都是站在女的一面,说那男子都是念书念坏了的,一看了那不识字的又不是女学生之类就生气。觉得处处都不如他。天天总说是婚姻不自由,可是自古至今,都是爹许娘配的,偏偏到了今天,都要自由,看吧,这还没有自由呢,就先来了花头故事了,娶了太太的不回家,或是把太太放在另一个屋子里。这些都是念书念坏了的。

翠姨听了许多别人家的评论。大概她心里边也有些不平,她就问我不读书是不是很坏的,我自然说是很坏的。而且她看了我们家里男孩子,女孩子通通到学堂去念书的。而且我们亲戚家的孩子也都是读书的。

因此她对我很佩服,因为我是读书的。

但是不久,翠姨就订婚了。就是她妹妹出嫁不久的事情。

她的未来的丈夫,我见过。在外祖父的家里。人长得又低又小,穿一身蓝布棉袍子,黑马褂,头上戴一顶赶大车的人所戴的四耳帽子。

当时翠姨也在的,但她不知道那是她的什么人,她只当是哪里来了这样一位乡下的客人。外祖母偷着把我叫过去,特别告诉了我一番,这就是翠姨将来的丈夫。

不久翠姨就很有钱,她的丈夫的家里,比她妹妹丈夫的家里还更有钱得多。婆婆也是个寡妇,守着个独生的儿子。儿子才十七岁,是在乡下的私学馆里读书。

翠姨的母亲常常替翠姨解说,人小点不要紧,岁数还小呢,再长上两三年两个人就一般高了。劝翠姨不要难过,婆家有钱就好的。聘礼的钱十多万都交过来了,而且就由外祖母的手亲自交给了翠姨,而且还有别的条件保障着,那就是说,三年之内绝对的不准娶亲,借着男的一方面年纪太小为辞,翠姨更愿意远远的推着。

翠姨自从订婚之后,是很有钱的了,什么新样子的东西一到,虽说不是一定抢先去买了来,总是过不了多久,箱子里就要有的了。那时候夏天最流行银灰色市布大衫,而翠姨的穿起来最好,因为她有好几件,穿过两次不新鲜就不要了,就只在家里穿,而出门就又去做一件新的。

那时候正流行着一种长穗的耳坠子,翠姨就有两对,一对红宝石的,一对绿的。而我的母亲才能有两对,而我才有一对。可见翠姨是顶阔气的了。

还有那时候就已经开始流行高跟鞋了。可是在我们本街上却不大有人穿,只有我的继母早就开始穿,其余就算是翠姨。并不是一定因为我的母亲有钱,也不是因为高跟鞋一定贵,只是女人们都没有那么摩登的行为,或者说她们不很容易接受新的思想。

翠姨第一天穿起高跟鞋来,走路还很不安定,但到第二天就比较的习惯了。到了第三天,就是说以后,她就是跑起来也是很平稳的。而且走路的姿态更加可爱了。

我们有时也去打网球玩玩,球撞到她脸上的时候,她才用球拍遮了一下,否则她半天也打不到一个球。因为她一上了场站在白线上就是白线上,站在格子里就是格子里,她根本的不动。有的时候,她竟拿着网球拍子站着一边去看风景去。尤其是大家打完了网球,吃东西的吃东西去了,洗脸的洗脸去了,惟有她一个人站在短篱前面,向着远远的哈尔滨市影痴望着。

有一次我同翠姨一同去做客。我继母的族中娶媳妇。她们是八旗人,也就是满人。满人才讲究场面呢,所有的族中的年轻的媳妇都必得到场,而个个打扮得如花似玉。似乎咱们中国的社会,是没这么繁华的社交的场面的,也许那时候,我是小孩子,把什么都看得特别繁华。就只说女人们的衣服吧,就个个都穿得和现在西洋女人在夜会里边那么庄严。一律都穿着绣花大袄。而她们是八旗人,大袄的襟下一律的没有开口。而且很长。大袄的颜色枣红的居多,绛色的也有,玫瑰紫的也有。而那上边绣的花的颜色,有的荷花,有的玫瑰,有的松竹梅,一句话,特别的繁华。

她们的脸上,都擦着白粉,她们的嘴上都染得桃红。

每逢一个客人到了门前,她们是要列着队出来应接的,她们都是我的舅母,一个一个的上前来问候了我和翠姨。

翠姨早就熟识她们的,有的叫表嫂子,有的叫四嫂子。而在我,她们就都是一样的,好像小孩子的时候,所玩的用花纸剪成的纸人,这个和那个都是一样,完全没有分别。都是花缎的袍子,都是白白的脸,都是很红的嘴唇。

就是这一次,翠姨出了风头了。她进到屋里,靠着一张大镜子旁坐下了。

女人们就忽然都上前来看她,也许从来她没有这么漂亮过,今天把别人都惊住了。

以我看翠姨还没有她从前漂亮呢,不过她们说翠姨漂亮得像棵新开的腊梅。翠姨从来不擦胭脂的,而那天又穿了一件为着将来作新娘子而准备的蓝色缎子满是金花的夹袍。

翠姨让她们围起看着,难为情了起来,站起来想要逃掉似的,迈着很勇敢的步子,茫然的往里边的房间里闪开了。

谁知那里边就是新房呢,于是许多的嫂嫂们,就哗然的叫着,说:

"翠姐姐不要急,明年就是个漂亮的新娘子,现在先试试去。"

当天吃饭饮酒的时候,许多客人从别的屋子来呆呆的望着翠姨。翠姨举着筷子,似乎是在思量着,保持着镇静的态度,用温和的眼光看着她们。仿佛她不晓得人们专门在看着她似的。但是别的女人们羡慕了翠姨半天了,脸上又都突然的冷落起来,觉得有什么话要说出,又都没有说,然后彼此对望着,笑了一下,吃菜了。

四

有一年冬天,刚过了年,翠姨就来到了我家。

伯父的儿子——我的哥哥,就正在我家里。

我的哥哥,人很漂亮,很直的鼻子,很黑的眼睛,嘴也好看,头发也梳得好看,人很长,走路很爽快。大概在我们所有的家族中,没有这么漂亮的人物。

冬天,学校放了寒假,所以来我们家里休息。大概不久,学校开学就要上学去了。哥哥是在哈尔滨读书。

我们的音乐会,自然要为这新来的角色而开了。翠姨也参加的。

于是非常的热闹,比方我的母亲,她一点也不懂这行,但是她也列了席,她坐在旁边观看;连家里的厨子,女工,都停下了工作来望着我们,似乎他们不是听什么乐器,而是在看人。我们聚满了一客厅。这些乐器的声音,大概很远的邻居都可以听到。

第二天邻居来串门的,就说:

"昨天晚上,你们家又是给谁祝寿?"

我们就说,是欢迎我们的刚到的哥哥。

因此我们家是很好玩的,很有趣的。不久就来到了正月十五看花灯的时节了。

我们家里自从父亲维新革命,总之在我们家里,兄弟姊妹,一律相待,有好玩的就一齐玩,有好看的就一齐去看。

伯父带着我们,哥哥,弟弟,姨……共八九个人,在大月亮地里往大街里跑去了。那路之滑,滑得不能站脚,而且高低不平。他们男孩子们跑在前面,而我们因为跑得慢就落了后。

于是那在前边的他们回头来嘲笑我们,说我们是小姐,说我们是娘娘。说我们走不动。

我们和翠姨早就连成一排向前冲去,但是不是我倒,就是她倒。到后来还是哥哥他们一个一个的来扶着我们。说是扶着未免的太示弱了,也不过就是和他们连成一排向前进着。

不一会到了市里,满路花灯。人山人海。又加上狮子,旱船,龙灯,秧歌,闹得眼也花起来,一时也数不清多少玩艺。哪里会来得及看,似乎只是在眼前一晃,就过去了,而一会别的又来了,又过去了。其实也不见得繁华得多么了不得了,不过觉得世界上是不会比这个再繁华的了。

商店的门前,点着那么大的火把,好像热带的大椰子树似的。一个比一个亮。

我们进了一家商店,那是父亲的朋友开的。他们很好的招待我们,茶,点心,橘子,元宵。我们哪里吃得下去,听到门外一打鼓,就心慌了。而外边鼓和喇叭又那么多,一阵来了,一阵还没有去远,一阵又来了。

因为城本来是不大的,有许多熟人,也都是来看灯的,都遇到了。其中我们本城里的在哈尔滨念书的几个男学生,他们也来看灯了。哥哥都认识他们。我也认识他们,因为这时候我也到哈尔滨念书去了。所以一遇到了我们,他们就和我们在一起。他们出去看灯,看了一会,又回到我们的地方,和伯父谈话,和哥哥谈话。我晓得他们,因为我们家比较有势力,是很愿和我们讲话的。

所以回家的一路上,又多了两个男孩子。

无管人讨厌不讨厌,他们穿的衣服总算都市化了。个个都穿着西装,戴着呢帽,外套都是到膝盖的地方,脚下很利落清爽。比起我们城里的那种怪样子的外套,好像大棉袍子似的好看得多了。而且颈间又都束着一条围巾,那围巾自然也是全丝全线的花纹。似乎一束起那围巾来,人就更显得庄严,漂亮。

翠姨觉得他们个个都很好看。

哥哥也穿的西装,自然哥哥也很好看。因此在路上她直在看哥哥。

翠姨梳头梳得是很慢的,必定梳得一丝不乱;擦粉也要擦了洗掉,洗掉再擦,一直擦到认为满意为止。花灯节的第二天早晨她就梳得更慢,一边梳头一边在思量。本来按规矩每天吃早饭,必得三请两请才能够出席,今天必得请到四次,她才来了。

我的伯父当年也是一位英雄,骑马,打枪绝对的好。后来虽然已经五十岁了,但是风采犹存。我们都爱伯父的,伯父从小也就爱我们。诗,词,文章,都是伯父教我们的。翠姨住在我们家里,伯父也很喜欢翠姨。今天早饭已经开好了。催了翠姨几次,翠姨总是不出来。

伯父说了一句:"林黛玉……"

于是我们全家的人都笑了起来。

翠姨出来了,看见我们这样的笑,就问我们笑什么。我们没有人肯告诉她。翠姨知道一定是笑的她,她就说:

"你们赶快的告诉我,若不告诉我,今天我就不吃饭了。你们读书识字,我不懂,你们欺侮我……"

闹嚷了很久,还是我的哥哥讲给她听了。伯父当着自己的儿子面前到底有些难为情,喝了好些酒,总算是躲过去了。

翠姨从此想到了念书的问题,但是她已经廿岁了,上哪里去念书?上小学没有她这样大的学生,上中学,她是一字不识,怎样可以。所以仍旧住在我们家里。

弹琴,吹箫,看纸牌,我们一天到晚的玩着。我们玩的时候,全体的参加,我的伯父,我的哥哥,我的母亲。

翠姨对我的哥哥没有什么特别的好,我的哥哥对翠姨就像对我们,也是完全的一样。

不过哥哥讲故事的时候,翠姨总比我们留心听些,那是因为她的年龄稍稍比我们大些,当然在理解力上,比我们更接近一些哥哥的了。哥哥对翠姨比对我们稍稍的客气一点。他和翠姨说话的时候,总是"是的""是的"的,而和我们说话则"对啦""对啦"。这显然因为翠姨是客人的关系,而且在名分上比他大。

不过有一天晚饭之后,翠姨和哥哥都没有了。每天饭后大概总要开个音乐会的。这一天也许因为伯父不在家,没有人领导的缘故。大家吃过饭也就散了。客厅里一个人也没有。我想找弟弟和我下一盘棋,弟弟也不见了。于是我就一个人在客厅里按起风琴来,玩了一下也觉得没有趣。客厅是静得很的,在我关上了风琴盖子之后,我就听见了,在后屋里,或者在我的房子里是有人的。

我想一定是翠姨在屋里。快去看看她,叫她出来张罗着看纸牌。

我跑进去一看,不单是翠姨,还有哥哥陪着她。

看见了我,翠姨就赶快的站起来说:

"我们玩去吧。"

哥哥也说:

"我们下棋去,下棋去。"

他们出来陪我来玩棋,这次哥哥总是输,从前是他回回赢我的,我觉得奇怪,但是心里高兴极了。

不久寒假终了,我就回到哈尔滨的学校念书去了。可是哥哥没有同来,因为他上半年生了点病,曾在医院里休养了一些时候,这次伯父主张他再请两个月的假,留在家里。

以后家里的事情,我就不大知道了。都是由哥哥或母亲讲给我听的。我走了以后,翠姨还住在我的家里。

后来母亲还告诉过,就是在翠姨还没有订婚之前,有过这样一件事情。我的族中有一个小叔叔,和哥哥一般大的年纪,说话口吃,没有风采,也是和哥哥在一个学校里读书。虽然他也到我们家里来过,但怕翠姨没有见过。那时外祖母就主张给翠姨提婚。那族中的祖母,一听就拒绝了,说是寡妇的孩子,命不好,也怕没有家教,何况父亲死了,母亲又出嫁了,好女不嫁二夫郎,这种人家的女儿,祖母不要。但是我母亲说,辈分合,他家还有钱,翠姨过门是一品当朝的日子,不会受气的。

这件事情翠姨是晓得的,而今天又见了我的哥哥,她不能不想哥哥大概是那样看她的。她自觉的觉得自己的命运不会好的,现在翠姨自己已经订了婚,是一个人的未婚妻。二则她是出嫁了的寡妇的女儿,她自己一天把这个背了不知有多少遍,她记得清清楚楚。

五

翠姨订婚,转眼三年了。正这时,翠姨的婆家,通了消息来,张罗要娶。她的母亲来接她回去整理嫁妆。

翠姨一听就得病了。

但没有几天,她的母亲就带着她到哈尔滨采办嫁妆去了。

偏偏那带着她采办嫁妆的向导又是哥哥给介绍来的他的同学。他们住在哈尔滨的秦家岗上,风景绝佳,是洋人最多的地方。

那男学生们的宿舍里边,有暖气,洋床。翠姨带着哥哥的介绍信,像一个女同学似的被他们招待着。又加上已经学了俄国人的规矩,处处尊贵女子,所以翠姨当然受了他们不少的尊敬,请她吃大菜,请她看电影。坐马车的时候,上车让她先上,下车的时候,人家扶她下来。她每一动别人都为她服务,外套一脱,就接过去了;她刚一表示要穿外套,就给她穿上了。

不用说,买嫁妆她是不痛快的,但那几天,她总算一生中最开心的时候。

她觉得到底是读大学的人好,不野蛮,不会对女人不客气的,绝不能像她的妹夫常常打她的妹妹。

经这到哈尔滨去一买嫁妆,翠姨就更不愿意出嫁了。她一想那个又丑又小的男人,她就恐怖。

她回来的时候,母亲又接她来到我们家来住着,说她的家里又黑,又冷,说她太孤单可怜。我们家是一团暖气的。

到了后来,她的母亲发现她对于出嫁太不热心,该剪裁的衣裳,她不去剪裁;有一些零碎还要去买的,她也不去买。做母亲的总是常常要加以督促,后来就要接她回去,接到她的身边,好随时提醒她。她的母亲以为年轻的人必定要随时提醒的,不然总是贪玩。而况出嫁的日子又不远了,或者就是二三月。

想不到外祖母来接她的时候,她从心的不肯回去,她竟很勇敢的提出来她要读书的要求。她说她要念书,她想不到出嫁。

开初外祖母不肯,到后来,她说若是不让她读书,她是不出嫁的,外祖母知道她的心情,而且想起了很多可怕的事情……

外祖母没有办法,依了她。给她在家里请了一位老先生,就在自己家院子的空房子里边摆上了书桌,还有几个邻居家的姑娘,一齐念书。

翠姨白天念书,晚上回到外祖母家。

念了书,不多日子,人就开始咳嗽,而且整天的闷闷不乐。她的母亲问她,有什么不如意吗?陪嫁的东西买得不顺心吗?或者是想到我们家去玩吗?什么事都问到了。

翠姨摇着头不说什么。

过了一些日子,我的母亲去看翠姨,带着我的哥哥。他们一看见她,第一个印象,就觉得她苍白了不少。而且母亲断言的说,她活不久了。

大家都说是念书累的,外祖母也说是念书累的。没有什么要紧的,要出嫁的女儿们,总是先前瘦的,嫁过去就要胖了。

而翠姨自己则点点头,笑笑,不承认,也不加以否认。还是念书,也不到我们家来了,母亲接了几次,也不来,回说没有工夫。

翠姨越来越瘦了,哥哥去到外祖母家看了她两次,也不过是吃饭,喝酒,应酬了一番。而且说是去看外祖母的。在这里年轻的男子,去拜访年轻的女子,是不可以的。哥哥回来也并不带回什么欢喜或是什么新奇的忧郁,还是照样和大家打牌下棋。

翠姨后来支持不了了,躺下了。她的婆婆听说她病,就要娶她,因为花了钱,死了不是可惜吗?这一种消息,翠姨听了病就更加严重。婆家一听她病重,立刻要娶她。因为在迷信中有这么一章,病新娘娶过来一冲,就冲好了。翠姨听了就只盼望赶快死,拚命的糟蹋自己的身体,想死得越快一点儿越好。

母亲记起了翠姨,叫哥哥去看翠姨。是我的母亲派哥哥去的,母亲拿了一些钱让哥哥给翠姨送去,说是母亲送她在病中随便买点什么吃的。母亲晓得他们年轻人是很拘泥的,或者不好意思去看翠姨,也或者翠姨是很想看他的,他们好久不能看见了。同时翠姨不愿出嫁,母亲很久的就在心里边猜疑着他们了。

男子是不好去专访一位小姐的,这城里没有这样的风俗。母亲给了哥哥一件礼物,哥哥就可去了。

哥哥去的那天,她家里正没有人,只是她家的堂妹妹应接着这从未见过生疏的年轻的客人。

那堂妹妹还没问清客人的来由,就往外跑,说是去找她们的祖父去,请他等一等。大概她想是凡男客就是来会祖父的。

客人只说了自己的名字,那女孩子连听也没有听就跑出去了。

哥哥正想,翠姨在什么地方?或者在里屋吗?翠姨大概听出什么人来了,她就在里边说:

"请进来。"

哥哥进去了,坐在翠姨的枕边,他要去摸一摸翠姨的前额,是否发热,他说:

"好了点吗?"

他刚一伸出手去,翠姨就突然的拉住了他的手而且大声的哭起来了,好像把一颗心也哭出来了似的。哥哥没有准备,就很害怕,不知道说什么作什么。他不知道现在应该是保护翠姨的地位,还是保护自己的地位。同时听得见外边已经有人来了,就要开门进来了。一定是翠姨的祖父。

翠姨平静的向他笑着,说:

"你来得很好,一定是姐姐(我的母亲)告诉你来的,我心里永远记念着她。她爱我一场,可惜我不能去看她了……我不能报答她了……不过我总会记起在她家里的日子的……她待我也许没有什么,但是我觉得已经太好了……我永远不会忘记的……我现在也不知道为什么,心里只想死得快一点就好,多活一天也是多余的……人家也许以为我是任性……其实是不对的。不知为什么,那家对我也是很好的,我要是过去,他们对我也会是很好的,但是我不愿意。我小时候,就不好,我的脾气总是不从心的事,我不愿意……这个脾气把我折磨到今天了……可是我怎能从心呢……真是笑话……谢谢姐姐她还惦着我……请你告诉她,我并不像她想的那么苦呢,我也很快乐……"翠姨痛苦的笑了一笑,"我心里很安静,而且我求的我都得到了……"

哥哥茫然的不知道说什么,这时祖父进来了。看了翠姨的热度,又感谢了我的母亲,对我哥哥的降临,感到荣幸。他说请我母亲放心吧,翠姨的病马上就会好的,好了就嫁过去。

哥哥看了翠姨就退出去了,从此再没有看见她。

哥哥后来提起翠姨常常落泪,他不知翠姨为什么死,大家也都心中纳闷。

尾　声

等我春假回来,母亲还当我说:

"要是翠姨一定不愿意出嫁,那也是可以的,假如他们当我说。"

…………

翠姨坟头的草籽已经发芽了,一掀一掀的和土①黏成了一片,坟头显出淡淡的青色,常常会有白色的山羊跑过了。

这时城里的街巷,又装满了春天。

暖和的太阳,又转回来了。

街上有提着筐子卖蒲公英的了,也有卖小根蒜的了。更有些孩子们他们按着时节去折了那刚在发芽的柳条,正好可以拧成哨子,就含在嘴里满街的吹。声音有高有低,因为那哨子有粗有细。

大街小巷,到处的呜呜呜,呜呜呜。好像春天是从他们的手里招呼回来了似的。

但是这为期甚短,一转眼,吹哨子的不见了。

---

① "和土",初刊文本作"都上",似不通,据其他版本作了修改。

接着杨花飞起来了,榆钱飘满了一地。

在我的家乡那里,春天是快的,五天不出屋,树发芽了,再过五天不看树,树长叶了,再过五天,这树就会绿得使人不认识它了。使人想,这棵树,就是前天的那棵树吗?自己回答自己,当然是的。春天就像跑着似的那么快。好像人能够看见似的,春天从老远的地方跑来了,跑到这个地方只向人的耳朵吹一句小小的声音:"我来了呵",而后很快的就跑过去了。

春,好像它不知多么忙迫,好像无论什么地方都在招呼它,假若它晚到一刻,阳光会变色的,大地会干成石头,尤其是树木,那真是好像再多一刻工夫也不能忍耐,假若春天稍稍在什么地方留连了一下,就会误了不少的生命。

春天为什么它不早一点来,来到我们这城里多住一些日子。而后再慢慢的到另外的一个城里去,在另外的一个城里也多住一些日子。

但那是不能的了,春天的命运就是这么短。

年轻的姑娘们,她们三两成双,坐着马车,去选择衣料去了,因为就要换春装了。她们热心的弄着剪刀,打着衣样,想装成自己心中想得出的那么好。她们白天黑夜的忙着,不久春装都换起来了,只是不见载着翠姨的马车来。

一九四一,夏重抄

(原载 1941 年 7 月 1 日《时代文学》第 1 卷第 2 期)